SINA BLACKWOOD

GAMAL – OFFIZIER DER LEIBGARDE

AF218966

Bibliografische Informationen der Deutschen Nationalbibliothek:
Die Deutsche Nationalbibliothek verzeichnet diese Publikation in der
Deutschen Nationalbibliografie; detaillierte bibliografische Daten sind
im Internet über https://dnb.d-nb.de abrufbar.

www.reni-dammrich-geschichtenzauber.de

Herstellung und Verlag:
BoD – Books on Demand, Norderstedt
ISBN: 9783752840308

Feuertaufe in Paris

Raschid brachte seine hübsche Frau und ihren Bodyguard persönlich mit dem Helikopter des Prinzen in die Hauptstadt. Von ihr hatte er sich schon verabschiedet, nun drückte er ihm die Hand.

„Ruft an, wenn ihr wieder da seid. Ich hole euch ab. Viel Spaß!"

„Danke!"

Gamal, hängte sich seine Reisetasche über die Schulter, nahm die beiden Koffer von Jennifer und folgte ihr in die Abfertigungshalle des Flughafens, während Raschid sofort den Rückweg antrat. Normalerweise wäre Jennifer allein nach Paris geflogen, um den Modeljob zu machen. Kendra, Prinz Saladins Ehefrau, hatte sie gebeten, zur Sicherheit einen der besten Männer der Garde mitzunehmen und war damit bei allen auf offene Ohren getroffen. Immerhin erwarteten die Raschids Zwillinge, auch wenn man der werdenden Mama die Schwangerschaft noch nicht einmal ansah.

Gamal, gerade erst in die Elite aufgenommen, hatte sich, obwohl es ein reiner Routinejob sein sollte, akribisch vorbereitet. Er war noch nie im Ausland gewesen und sog begierig sämtliche Informationen auf, wie ein trockener Schwamm das Wasser.

Nun umsorgte er seine Schutzbefohlene mit allen erdenklichen Aufmerksamkeiten, erledigte sämtliche Reiseformalitäten, wobei er sie stets im Auge behielt, auch wenn es auf den ersten Blick nicht so aussah. Schnell fanden sie ein gemeinsames Gesprächsthema und es entspann sich eine ungezwungene Unterhaltung. Mrs. Raschid erzählte über die Mojave-Wüste, an deren Rand sie geboren war und wo sie, bis zur Hochzeit mit Raschid, gelebt hatte. Zwangsläufig kamen sie auf die Poolpartys zu sprechen, die Hassan, der Lebemann und Kunstmäzen, einmal jährlich in Fort Silverrain, dem Lieblingssitz Saladins gab. Gamal beantwortete Jennifers Fragen zu seiner Person diesbezüglich, ohne zu zögern.

„So viel Ehrlichkeit gibt Pluspunkte", sagte sie mit einem Blinzeln.

„Dürfte ich Sie auch etwas fragen?"

„Ja, natürlich. Fragen Sie."

„Wird Mr. Hassan auch in Paris zugegen sein?"

Jennifer setzte ihre Kaffeetasse ab und schaute Gamal irritiert an, ehe sie tonlos, „Ich will es nicht hoffen", sagte.

Sie schwieg ziemlich lange und Gamal glaubte schon, aus Unwissenheit ein Tabu verletzt zu haben, als sie stockend zugab: „Dieser Gedanke macht mich ziemlich nervös, weil er keineswegs abwegig ist."

Der junge Mann sah sie fest an. „Für den Notfall habe ich gewisse Vollmachten von Raschid und auch dem Prinzen bekommen."

Jennifer nickte nur. Sie hatte keine Ahnung, um was es sich dabei handelte, wollte es aber auch gar nicht erst wissen. Auch ohne Waffen waren Saladins Männer äußerst gefährliche Kämpfer. Das hatte sie beim Training oft genug mit eigenen Augen gesehen. Langsam beruhigte sie sich wieder und genoss die letzten Stunden des Fluges ganz entspannt.

Gamal kümmerte sich um das Gepäck, dann rief er ein Taxi. Am Zielort beglich er die Rechnung.

„Sie sprechen fließend Französisch?", fragte Jennifer angenehm überrascht.

„Ja, ich wurde zweisprachig erzogen", verriet der Leibwächter.

„Weiß Raschid davon?"

Gamal hob ahnungslos die Hände. „Glaub ich nicht."

Jennifer lachte. „Für mich wird Ihr Sprachtalent auf alle Fälle sehr hilfreich sein, hier hat man es nicht so mit Leuten, die die Landessprache nicht verstehen."

„Ach, schau an! Das ist also wahr!" Der junge Mann schüttelte erstaunt den Kopf.

Ein livrierter Hotelpage öffnete ihnen dienstbeflissen die Tür. Gamal stellte die Koffer ab, bat Jennifer, zu warten und näherte sich der Rezeption, um zwei Zimmer zu buchen.

„Es wurde bereits für Mrs. Raschid und Sie reserviert", erklärte die Angestellte, ihm zwei Schlüssel reichend.

Dankend nahm er sie entgegen.

„Man erwartete uns", berichtete er Jennifer. „Wir haben die Zimmer acht und zehn."

„Verstehe ich nicht! Wer hätte wissen sollen, dass ich mit Begleitung anreise?"

„Raschid", erwiderte Gamal lächelnd, nahm das Gepäck auf und wandte sich dem Lift zu. Oben angekommen, warf er zuerst allein einen Blick in beide Räume, die völlig identisch und durch einen gemeinsamen Balkon verbunden waren.

„Das beantwortet mir eindeutig die Frage, wer hinter den Buchungen steckt", schmunzelte Gamal. „Raschid denkt immer an alles."

Jennifer wählte das linke Zimmer. „Ich lege mich ein wenig hin. In zwei Stunden essen wir zu Abend."

Sie schloss von innen ab.

Ihr Leibwächter informierte Raschid per SMS über die Ankunft, packte in Ruhe seine Tasche aus, um anschließend durch das große Fenster den Trubel auf der Straße zu beobachten. Die Show stand für den nächsten Tag, vierzehn Uhr auf dem Plan. Mrs. Raschid würde sicher nicht vor zehn Uhr aufstehen, überlegte Gamal, Zeit genug für ihn, das Morgentraining durchzuführen.

Ungewöhnlich zögerliche Schritte auf dem Gang ließen ihn aufhorchen. Die fremde Person blieb für einen Moment vor seiner Tür stehen, dann vor Jennifers Zimmer, um sich anschließend eilig zu entfernen. Der Richtung der Geräusche nach, lief der oder die Fremde nicht zum Lift, sondern nahm die Treppe.

Gamal legte das Ohr ans Holz, lauschte, drückte lautlos die Tür auf und spähte auf den Gang. Stille. Kopfschüttelnd ging er in sein Zimmer zurück, um fortan in erhöhter Alarmbereitschaft zu sein, selbst wenn das eher unbewusst geschah. So entging ihm auch nicht der Weckton von nebenan, dann rauschte für eine Weile Wasser. Mrs. Raschid schien zu duschen. Als sie ihren Schlüssel herumdrehte, verließ er sofort sein Zimmer.

„Perfektes Timing", freute sie sich und nahm den dargebotenen Arm dankbar an.

Fürsorglich rückte er ihren Stuhl zurecht, ehe er ihr gegenüber Platz nahm, worauf sofort zwei Kellner erschienen. Die neugierigen Blicke der anderen Gäste ignorierte er geflissentlich. Jennifer wählte gekühlten Fruchtsaft und Gamal gab ganz selbstverständlich die Bestellung auf.

Ein paar Tische weiter echauffierte sich eine Dame lautstark darüber, dass die beiden zuerst und gleich von zwei Kellnern bedient wurden. Jennifer schloss für den Bruchteil einer Sekunde die Augen, Gamal hob kurz den Blick, dann zuckte er kaum merklich mit dem Lid.

„Ich bin im Bilde", flüsterte Jennifer, die die Stimme durchaus erkannt hatte.

Ein kaum merkliches Lächeln huschte über das Gesicht des Leibwächters. Im Gegensatz zu ihrer Laufstegkonkurrentin, hatte Jennifer in jeder Hinsicht Stil. Er konnte immer besser verstehen, warum Raschid, der Berater des Prinzen, seine Frau auf Händen trug und erst recht, warum er genau diese Frau geheiratet hatte.

„Ich werde morgen mit dem Veranstalter sprechen, dass Sie einen Platz im Publikum bekommen", versprach sie soeben.

Der junge Mann fasste lächelnd in die Innentasche seines Jackets, zog seine Eintrittskarte ein Stück hervor. „Ich werde direkt am Laufsteg sitzen."

„Wie …" Jennifer winkte ab. Fröhlich blinzelnd sagte sie: „Dann bleibt mir nur, Ihnen viel Spaß zu wünschen."

„Danke. Es wird sicher das einzige Mal sein, dass ich solch eine Veranstaltung besuchen kann. Ich werde es ganz bestimmt genießen." Er ließ die Karte wieder verschwinden.

Das Essen wurde aufgetragen und beide widmeten sich den Köstlichkeiten auf ihren Tellern. Später zahlte Gamal und erhob sich, um ihr beim Aufstehen zu helfen. Doch statt dies zu tun, setzte er sich mit zusammengezogenen Augenbrauen sehr langsam wieder hin, wobei er einen Punkt hinter Jennifers Rücken fixierte. Auf ihren verstörten Blick raunte er: „Soeben ist Mr. Hassan aus einem Taxi gestiegen."

Jennifer wich jede Farbe aus dem Gesicht. „Oh, nein! Bitte nicht!"

„Kommen Sie, er diskutiert noch mit dem Fahrer. Ehe er das Foyer betritt, wird es noch eine Weile dauern und wir haben genügend Zeit, mit dem Lift nach oben zu fahren."

Sie nickte und bemühte sich, langsam zu gehen, um nicht noch mehr ungewollte Aufmerksamkeit bei ihrer Kollegin zu erregen, der sie bisher stets den Rücken zugekehrt hatte. Fatal, würde Hassan auf diesem kleinen Umweg erfahren, dass sie im gleichen Hotel eingecheckt hatte. Gamal hielt sich so an ihrer Seite, dass sie von draußen kaum zu erkennen gewesen wäre.

„Ich werde Sie über den Kommunikator kontaktieren oder an Ihrer Balkontür klopfen, wenn ich Sie brauche", erklärte Jennifer, als sie ihre Tür aufschloss.

„Tun Sie das", bestärkte sie Gamal.

Jennifer seufzte. „Eigentlich wäre ich gern noch ein Stück an der Seine spazieren gegangen ..."

„Und was spricht dagegen?"

„Nichts." Mrs. Raschid lachte befreit auf. „Ich ziehe nur schnell bequemere Schuhe an und hole meine Jacke."

Schmunzelnd wartete Gamal vor ihrem Zimmer. Ganz offensichtlich hatte sie Mühe, sich daran zu gewöhnen, dass er nicht mitgefahren war, um neben ihr nur gut auszusehen. Da erschien sie auch schon wieder und quittierte sein verschmitztes Lächeln mit einem lustigen Schulterzucken. Ganz selbstverständlich ging er auf der Straße neben ihr, weil es in Europa doch sehr auffällig gewesen wäre, wenn er in vier Schritten Abstand hinterher trotten würde.

Eine halbe Stunde blieb auch alles friedlich, dann entdeckte Gamal hinter einem Mauervorsprung einen Mann mit Kamera, der es eindeutig auf Jennifer abgesehen hatte. Sie erschrak heftig, als er ohne Vorwarnung mit einem wahren Panthersprung über das, doch recht hohe, Hindernis setzte und dem Paparazzo zu verstehen gab, was ihm blühen würde, nähme er auch nur ein einziges Foto von Mrs. Raschid auf.

„Mrs. Raschid?", stotterte der Fotograf erstaunt, Jennifer etwas irritiert musternd.

„Gehen Sie!", befahl Gamal, ihn einfach in die gewünschte Marschrichtung drehend. Er vergewisserte sich, dass der Fremde wirklich verschwand, erst dann kehrte er zu Jennifer zurück.

„Meine Güte, ich hätte den Mann glatt übersehen!"

Gamal schlenderte mit ihr weiter am Fluss entlang. „Deshalb ist es ja auch mein Job, Ihnen diese Typen auf Distanz zu halten."

Jennifer lächelte. „Ich fühle mich auch wirklich sicher. Im Normalfall hätte ich jetzt kehrt gemacht und wäre mit wehenden Rockschößen ins Hotel gerannt, um es bildlich auszudrücken."

„Und möglicherweise Hassan direkt in die Arme gelaufen", beendete Gamal ihren Gedankengang.

„Ooops!" Jennifer lachte herzlich. Dann wurde sie ernst. „Ich bin froh und überaus dankbar, dass Sie da sind."

An der nächsten Brücke überquerten sie den Fluss, um am anderen Ufer zurückzugehen. Zweimal beschleunigte Gamal seinen Schritt und Jennifer ahnte, dass er jemandem genau vor die Linse gelaufen war, um die lästigen Schnappschüsse zu verhindern.

Er ist gut, staunte sie im Stillen, denn zwischen der Sicherheit des Palastes oder des Forts und der Situation hier lagen nicht nur zigtausende Kilometer, sondern ganze Welten. Der junge Leibwächter agierte so selbstverständlich, als würde er nie anderes tun. Vor dem Hotel sprach ein Pressefotograf Jennifer an, ob er ein Bild machen dürfte und bekam mit einem Lächeln die Erlaubnis.

„Pflichtteil erledigt", erklärte sie mit spöttischem Unterton auf dem Weg zum Aufzug. Vor ihrem Zimmer angekommen, wünschte sie ihm eine gute Nacht und erklärte: „Ich werde pünktlich acht Uhr zum Frühstück gehen."

Aus Unachtsamkeit ließ sie den Schlüssel fallen. Gamal bückte sich sofort danach, um ihr gleich noch die Tür aufzuschließen. Beim Aufrichten streifte sein Blick das Schlüsselloch. Er blieb in halb gebeugter Stellung, um es genauer zu betrachten, dann zückte er seinen Kommunikator und bat, ihm sofort einen Verantwortlichen des Hauses zu schicken.

Jennifer, der Sprache nicht mächtig, wurde nervös.

„Was ist passiert?"

„Ich bin mir ziemlich sicher, dass hier jemand das Schloss manipuliert hat. Sehen Sie die kleine Scharte?"

Mrs. Raschid nickte nur. Gamal brachte sie in sein Zimmer und bat sie, zu warten, bis der Vorfall geklärt wäre.

Mit dem nächsten Lift kam der Diensthabende. Er stimmte nach wenigen Augenblicken zu, dass mit dem Schloss etwas nicht in Ordnung sei. Gemeinsam betraten die Männer das Zimmer, schauten sich um und holten schließlich Jennifer hinzu, damit sie den Inhalt ihrer Taschen und Schränke kontrollieren konnte. Inzwischen untersuchte Gamal unbemerkt alle noch so winzigen Verstecke, um Kameras und sonstige technische Dinge, die nicht hierher gehörten, aufzuspüren.

„Alles vollzählig", murmelte Jennifer nach einer Weile.

„Ich lasse trotzdem sofort das Schloss austauschen", erklärte der Angestellte, nach einem Schlüsseldienst rufend.

Eine halbe Stunde später erinnerte nichts mehr an die ganze Aufregung.

„Wir sollten vorsichtshalber die Zimmer tauschen", schlug Gamal vor. „Ich habe mein Bett noch nicht benutzt."

Jennifer begann wortlos, die Spiegelkonsole im Bad abzuräumen, während Gamal in seinem Zimmer ebenfalls zusammenpackte. Um keine ungebetenen Zaungäste zu haben, transportierte er alles über den Balkon von einem Ort zum anderen.

„Und nun, schlafen Sie gut", verabschiedete er sich schließlich.

Jennifer fiel nach dem Duschen wie ein Stein ins Bett, um sofort in einen traumlosen Schlaf zu sinken. Die Aufregung hatte ihre ganze Kraft gefordert.

Gamal hingegen tippte noch ein paar Notizen in seinen Kommunikator, um Raschid detailliert Bericht erstatten zu können, sollte der genauer nachfragen. Im Unterbewusstsein lauschte er auf die Geräusche im Haus.

Auf das Lachen einer angetrunkenen Frau, die wohl dieselbe Etage bewohnte, das leise Fluchen ihres Begleiters, als er das Schlüsselloch nicht sofort traf und wie endlich Stück für Stück Stille einkehrte.

Dann widmete er sich einer ausgiebigen Körperpflege, kontrollierte noch einmal die Weckzeit, ehe er im Bett verschwand. Die Nacht verlief ruhig und der junge Mann erwachte gut ausgeruht, bevor der Weckton erklang. Um in Mrs. Raschids Nähe zu bleiben, verzichtete auf das Training im Fitnessraum des Hotels, stellte stattdessen lieber einen neuen persönlichen Rekord in einarmigen Liegestützen auf.

Als nebenan der Wecker piepte, trat er gerade unter die Dusche, um sich für einen langen aufregenden Tag frisch zu machen. Jennifer sah ungewöhnlich blass aus, schien sich aber nicht unwohl zu fühlen. Allerdings zügelte sie sich so auffällig beim Essen, dass ihr Gamal doch noch einen forschenden Blick zuwarf.

Sie seufzte. „Es geht heute leider nicht anders. Ich verspreche aber, dass ich nach der Veranstaltung ausreichend und ausgewogen essen werde."

„Großes Ehrenwort?", fragte Gamal blinzelnd.

„Ganz großes", erwiderte Jennifer.

„Na gut, das beruhigt mich. Sonst müsste ich Sie bei Raschid verpetzen, was mir sehr widerstreben würde."

Jennifer seufzte noch einmal. Sie wusste nicht, ob Gamal den speziellen Auftrag hatte, sie vollständig zu überwachen und welche Informationen er an ihren Mann weitergeben würde. Wenigstens war ihr goldener Käfig etwas weiträumiger, als der von Kendra.

Neue Gäste fanden sich im Restaurant des Hotels ein. Offensichtlich Urlauber, denn der Leibwächter schenkte ihnen keine besondere Aufmerksamkeit. Dafür beobachtete er einen der Kellner intensiver, nachdem der immer wieder, ohne ersichtlichen Grund, in der Nähe ihres Tische auftauchte.

Jennifer entging das völlig. Sie war in Gedanken bei Raschid, der sicher gerade alle Hände voll für die Familie des Prinzen zu tun hatte. Selbst das Eintreffen Hassans bemerkte sie nicht.

Und weil sie ihm den Rücken zuwandte, schaute er sogar mehrmals nach dem auffallend naturroten Haar, welches ihm überaus bekannt vorkam. Allerdings hielt ihn die finstere Miene ihres Begleiters auf Abstand. Das eindeutig arabische Aussehen des Fremden sagte klar, was ihm blühen würde, taxierte er die Frau auch weiterhin mit unverhohlener Neugier. Immerhin war es Hassan bekannt, dass sein einstiges Lieblingsmodel mit dem Berater des Prinzen verheiratet war.

Er konnte sich zwar nicht an das Gesicht des jungen Mannes erinnern, war aber sofort im Bilde, dass er nur einer von Saladins Leibwächtern sein konnte. Im Grunde genommen war er froh, von Jennifers Mann in Ruhe gelassen zu werden. Der hätte sicher tausend Mittel gehabt, um Saladin einen Schlussstrich unter die wilden Orgien in Fort Silverrain ziehen zu lassen. Also änderte Hassan vorsichtshalber die Blickrichtung, um nicht doch noch für Unmut zu sorgen.

„Alles in Ordnung?", fragte Gamal Jennifer, die etwas verloren ihren Teller betrachtete.

„Doch, doch", beeilte sie sich zu versichern. Schließlich musste sie es ihm nicht auf die Nase binden, dass ihr Raschid unglaublich fehlte. Früher hatte sie ein ganzes Jahr auf die Treffen mit ihm warten müssen und jetzt hielt sie schon nach dem ersten Tag nicht mehr aus, obwohl das Ticket für den Heimflug schon in ihrer Tasche steckte. „Frauen sind einfach manchmal Unruhegeister."

„Ah ja", schmunzelte Gamal, der zwar sehr jung, aber inzwischen durchaus bestens über das Who is who des Palastes und des Forts informiert war.

Jennifer schien das auch soeben eingefallen zu sein, denn sie schenkte ihm ein spitzbübisches Lächeln. Auf dem Weg nach draußen streifte ihr Blick doch noch Hassan. „Ach, herrje! Ist der etwa schon lange da?"

„Eine ganze Weile. Er wird es nicht wagen, Sie anzusprechen, solange ich in der Nähe bin", erklärte Gamal, ihr die Tür öffnend.

„Dann haben Sie das Blickduell gewonnen?"

Gamal lachte herzlich. „Scheint so."

Auf dem Gang vor ihren Apartments eilten zwei Zimmerkellner mit einem Servierwagen entlang. Gamal schaute Jennifer an, die sofort verstand und in dem Zimmer verschwand, das er für sie aufschloss, während er das andere betrat. Über den Balkon gelangte jeder anschließend in sein richtiges Domizil.

„Gibt es etwas, das ich wissen sollte?", fragte sie beunruhigt.

Der Leibwächter schüttelte den Kopf. „Ich habe Ahnungen, aber keine Beweise. Sicher ist sicher, nach der Sache mit dem Schloss."

Jennifer gab ihm recht, ohne lange darüber nachdenken zu müssen. „Wir haben noch etwas Zeit", stellte sie dann erfreut fest. „Ich möchte gern noch ein paar kleine Souvenirs besorgen."

Gamal rief ein Taxi, um schnell den nächsten Einkaufstempel zu erreichen und stürzte sich mit ihr ins Gewimmel. Dank seiner perfekten Sprachkenntnisse fanden sie in Nullkommanichts die richtigen Läden und schon bald hatte Mrs. Raschid für alle eine kleine Aufmerksamkeit erstanden. Für Eric, den Sohn von Saladin und Kendra, fiel die Kleinigkeit etwas größer aus, denn Jennifer verliebte sich auf den ersten Blick in einen Eiffelturm aus Plüsch, der sicher im Augenblick größer als sein zukünftiger Besitzer war.

Schmunzelnd nahm Gamal die vielen bunten Tragetaschen aus Glanzpapier entgegen, die er noch vor der Rückfahrt mit dem nächsten Taxi platzsparend ineinander steckte, wobei ihn Jennifer amüsiert beobachtete. Im Hotel zurück, klärte sie ihn auf, dass Frauen das niemals machen würden, um allen zu demonstrieren, was sie doch für tolle Einkäufe getätigt hätten.

Gamal bekam große Augen und stammelte: „Oh weh! Dann habe ich wohl einen sehr großen Fauxpas begangen, für den ich mich entschuldigen möchte."

Jennifer winkte lachend ab. „Wenn es wirklich so wäre, dann hätte ich schon bei dem ersten Versuch, aus sieben Taschen eine zu machen, die Notbremse gezogen. Es war nur ein Versuch, zu erklären, dass es Frauen spannend finden, mit tausend Beuteln andere Frauen neugierig und neidisch zu machen."

Seinen irritierten Blick kommentierte sie mit: „Das muss man nicht verstehen, das ist einfach so. Sie werden sicher froh sein, wenn Sie mich morgen endlich wieder los sind."

„Das wäre glatt gelogen", erwiderte Gamal, ganz selbstverständlich die Zimmer-Verwechslungs-Komödie weiterspielend.

Eine halbe Stunde später trug er ihre große Tasche und den Schminkkoffer zum Taxi.

„Auf zur letzten Runde", murmelte Jennifer, streichelte unbewusst ihren nicht sichtbaren Babybauch und ließ sich von Gamal beim Einsteigen helfen.

Wie er es geschafft hatte, schon vor dem Beginn der Show in den Zuschauerraum zu kommen, blieb Jennifer ein Rätsel.

Saladins Männer sind eben doch die Allerbesten, dachte sie beruhigt.

Den anderen Mädchen in der Garderobe nickte sie zur Begrüßung zu, um sofort mit dem Schminken zu beginnen, sich frisieren zu lassen und in den ihr zugedachten Bikini zu schlüpfen. Dann trat sie ins Rampenlicht und das Blitzlichtgewitter der Fotografen. Ihr Lampenfieber war sofort wie weggeblasen. Mit einem charmanten Lächeln schwebte sie leichtfüßig über den Catwalk, blinzelte Gamal verführerisch zu und verschwand wieder.

Hassan, auf der anderen Seite des Stegs, ignorierte sie völlig. Dafür bekam der Pressemann, welcher um das erste Foto vor dem Hotel gebeten hatte, die einmalige Gelegenheit, sie von allen Seiten abzulichten, weil sie sich genau vor ihm im Takt der Musik wiegte.

Sie ist perfekt, ein absoluter Profi und dabei weder zickig noch hochnäsig. Gamal kam ins Schwärmen. So bemerkte er recht spät, dass Hassan seinen Platz verlassen hatte und auch im Zuschauerraum nirgends zu entdecken war.

15

Gamal mogelte sich durch die Massen und schlug den Weg zu den Garderoben ein. Mit dem Wachmann wurde er sich schnell einig, zumal der gesehen hatte, wessen Begleiter er war.

„Es sind mehrere männliche Personen zu den Garderoben gegangen", erfuhr er auf Nachfrage.

„Verdammt!" Gamal beschleunigte seinen Schritt. Sicherheitshalber warf er noch einen schnellen Blick in den Vorraum der Herrentoilette. Gelächter auf dem Gang deutete an, dass die Mädchen im Anmarsch waren. Gamal blieb einfach neben der Garderobe stehen und wartete auf Jennifer.

„Hassan steckt hier irgendwo", raunte er ihr zu.

Ihr Erschrecken war nur kurz. „Tun Sie so, als wären Sie mein Hairstylist", flüsterte sie zurück, ihn an der Hand hinter sich her ziehend.

Einen Wimpernschlag später fand er sich inmitten der halb und ganz nackten Models wieder, die sich für die After-Show-Party umzogen und von ihm kaum Notiz nahmen. Hassan tauchte plötzlich auf, steuerte mit einem breiten Grinsen auf Jennifer zu, gewahrte deren Bodyguard und bog mit entgleisenden Gesichtszügen in eine andere Richtung ab.

Jennifer zog eine lustige Grimasse, zuckte mit den Schultern und kleidete sich seelenruhig weiter an. Gamal schmunzelte. Schon, weil ihm im Augenblick sein Job besonders viel Spaß machte.

Beim Verlassen des Gebäudes lauerten schon die Journalisten und die meisten von ihnen auf Jennifer.

„Miss Westwood! Einen Augenblick! Wie kommentieren Sie die Gerüchte um Ihre Schwangerschaft?"

Ein anderer rief durch die Menge: „Man hat Sie des Öfteren im Palast Saladin Ibn Sinas gesehen. Wie nehmen Sie dazu Stellung?"

„Das Aussehen Ihres Begleiters scheint das zu unterstreichen", stellte der Nächste fest.

Gamal ließ Jennifer ins Taxi steigen und wandte sich den Männern zu. „Meine Herren, Mrs. Raschid wohnt logischerweise im Palast, da sie die Ehefrau des Beraters des Prinzen ist. Ihre Schwangerschaft ist kein Gerücht, sondern ein offenes Geheimnis. Guten Abend."

Im Blitzlichtgewitter bahnte sich das Fahrzeug langsam seinen Weg.

„Danke", seufzte Jennifer. „Sie haben mich gerettet. Mir ist das im Augenblick alles zu anstrengend. Ich würde am liebsten heute Abend im Hotel bleiben."

„Dann tun Sie es doch! Ich lasse uns das Abendbrot auf die Zimmer bringen."

„Klingt gut. Aber gegessen wird gemeinsam. Ich habe keine Lust ganz allein zu sein."

„In Ordnung, dann sollten wir aber den Kellner trotzdem im jeweils anderen Zimmer empfangen."

„Daran wird es nun wirklich nicht scheitern", lachte Jennifer fröhlich. „Ich liebe Verwechslungskomödien."

Kendra, die Frau des Prinzen, schaute die neuesten Nachrichten aus aller Welt. Ihr kleiner Sohn, Eric, schlief schon und Saladin brütete mit Raschid über den Papieren für den Bau der Meerwasserentsalzungsanlage.

„Wie? Meldungen aus Paris?", staunte sie und eilte mit ihrem Tablet ins Arbeitszimmer. „Macht mal Pause! Hier wird gerade live über die Modenschauen berichtet!"

Gemeinsam starrten sie auf das kleine Display.

„Da! Gamal!" Kendra zoomte den Bildausschnitt auf.

„Und Hassan", stellte Raschid düster fest.

„Aber auf der anderen Seite und glücklich sieht er auch nicht aus", warf Saladin ein.

Raschids Miene hellte sich schnell auf, als Jennifer den Laufsteg entlang kam und nicht einmal in die Richtung schaute, wo der Lebemann Platz genommen hatte. Dann ein paar Bilder, wie die Damen das Gebäude verließen und das Ministatement Gamals.

Kendra lachte herzlich. „Keine Chance, an Jennifer heranzukommen. Er lässt sie alle eiskalt ablaufen."

Raschid rieb sich die Hände.

„Zufrieden?", fragte Saladin mit einem Augenzwinkern.

„Absolut!"

„Wusstest du, dass er Französisch spricht?"

„Keineswegs. Ich bin äußerst angenehm überrascht. Bei dem Potenzial lässt sich sicher noch mehr daraus machen." Raschid wandte sich mit genüsslichem Lächeln wieder den Papieren zu.

In Paris orderte der Hochgelobte soeben das Abendbrot. Eine Stunde später nahmen sie es getrennt entgegen, um am Ende in Jennifers Zimmer gemeinsam zu essen, etwas fern zu sehen und sich zu unterhalten.

„Ich wollte schon als kleiner Junge immer Kampfsportler werden", erzählte Gamal versonnen. „Aber für eine wirklich solide Ausbildung fehlte meinen Eltern das Geld. Also achteten sie sehr darauf, wenigstens im Rahmen ihrer Möglichkeiten mein Sprachtalent zu fördern. Als man im Palast Rekruten für die Garde suchte, musste ich nicht lange überlegen, das war für mich die beste Gelegenheit, das zu tun, was ich schon immer wollte. Ich träumte davon, einmal wie Abdullah oder Ibrahim zu werden und alle haben mich für einen Spinner gehalten. Bis zu jenem Tag, als mich Mrs. Ibn Sina zufällig als Begleiter auswählte …"

„… und Raschid merkte, welcher Rohdiamant da auf einen guten Schliff wartete", vollendete Jennifer seinen Gedankengang. „Ich fühle mich sicher und das ist bestimmt das Wichtigste, für einen guten Bodyguard."

„Danke", murmelte Gamal, dem es tatsächlich gelang, unter seiner braunen Haut rot zu werden.

Hassan hielt bei der Party vergeblich nach Jennifer Ausschau. In der Annahme, ihr Gatte hätte ihr die Teilnahme verboten, gab er schließlich auf.

Nach dem Abräumen des Geschirrs richtete sich Jennifer zur Nachtruhe ein, während Gamal noch die übliche Trainingseinheit an Liegestützen anhängte. Ein letzter Blick zur Uhr – fast Mitternacht. Duschen, frottieren und ab ins Bett. Der Wecker war auf sechs Uhr gestellt. Innerhalb weniger Augenblicke schlief der junge Mann ein. Ein kühler Lufthauch riss ihn aus seinen Träumen.

Mit spaltbreit geöffneten Augen blieb er liegen und lauschte angestrengt in die Finsternis. Er glaubte, ein verhaltenes Atmen zu hören und fühlte eher die Nähe fremder Personen in seinem Zimmer, als dass er sie sah. Jemand beugte sich lautlos über ihn, presste ihm eine Hand auf Mund und Nase.

In einem Reflex riss Gamal das Knie hoch, traf den Fremden und schmetterte ihn an die Wand. Ein Zweiter kreiselte herum und versuchte, die Zimmertür zu erreichen. Gamal hechtete vom Bett aus in den Rücken des Fremden und riss ihn zu Boden. Weil der Erste noch völlig benommen neben dem Bett lag, blieb ihm die Zeit, das Licht anzuschalten und den Mann an der Tür mit seinem eigenen Gürtel zu fesseln. Gleiches geschah auch mit dem anderen, dann rief Gamal an der Rezeption an und verlangte nach der Polizei.

Jennifer war durch den Aufschlag an ihrer Zimmerwand wach geworden. Entsetzt lauschte sie dem kurzen Kampf nebenan. Nicht ahnend, was geschehen war, traute sie sich nicht einmal, durch die Balkontür ins andere Zimmer zu schauen, als dort das Licht aufflammte. Dann hörte sie Gamals Stimme und beruhigte sich etwas.

Allerdings war an Schlafen, nun nicht mehr zu denken. Sie kleidete sich rasch an und legte das Ohr an die Wand. Mehrere Männer sprachen auf Französisch mit Gamal, der ruhig auf alle Fragen antwortete. Schließlich summte ihr Kommunikator und zeigte Gamals Nummer an.

„Hallo? Was ist passiert?", fragte Jennifer leise.

„Geht es Ihnen gut?"

„Ja, danke und Ihnen?"

„Mir geht es auch gut. Hier sind gerade einige Herren der Polizei. Wären Sie bereit, mit ihnen zu sprechen?"

„Ja, natürlich. Einen Moment, ich schließe gleich auf." Jennifer legte das Gerät auf den Tisch und öffnete. Sie bat die beiden Polizisten herein und deutete auf die Sitzecke. Gamal übernahm das Dolmetschen. Wenige Worte genügten Madame Raschid, die letzten Minuten zu beschreiben.

„Geht es Ihnen auch wirklich gut?", fragte sie Gamal sorgenvoll.

„Es geht mir gut", versicherte er mit einem beruhigenden Lächeln.

„Was ist eigentlich passiert?"

Gamal beschrieb noch einmal das, was er den Beamten schon zu Protokoll gegeben hatte. Jennifer wurde blass und schaute alle mit weit aufgerissenen Augen an.

„Oh, mein Gott", hauchte sie dann. „Vielleicht verdanke ich Ihnen sogar mein Leben."

„Wie meinen Sie das, Madame?", fragte einer der Polizisten. Worauf Jennifer detailliert über die dunklen Ahnungen ihres Bodyguards berichtete und wie sie daraufhin mit allen Konsequenzen, Zimmer wechsle dich, gespielt hatten.

„Dann ergibt die Sache sogar einen Sinn!", rief einer der Beamten. „Einer der Einbrecher, der hier seit einiger Zeit als Kellner arbeitete, wurde bereits wegen mehrfachen Raubes gesucht. Man hatte es offenbar auf Ihren Schmuck und die Kreditkarten abgesehen. Damit, dass Ihr Bodyguard in diesem Zimmer schlief, hatten die Verbrecher keinesfalls gerechnet." Er maß den jungen Leibwächter mit achtungsvollem Blick.

„Schließen Sie wieder ab und versuchen Sie, noch ein wenig zu ruhen", riet Gamal, als er mit den Beamten Jennifers Zimmer verließ.

Ganz unbemerkt schien der Polizeieinsatz nicht geblieben zu sein. Der junge Mann wurde beim Frühstück von einigen neugierig taxiert, wie Jennifer mit sichtbarem Stolz feststellte. Als sie zufällig Hassans Blick begegnete, quittierte sie das mit einem Siegerlächeln.

Beim Auschecken entschuldigte sich der Manager noch einmal persönlich bei seinen beiden Gästen, für die Unannehmlichkeiten der vergangenen Nacht.

„Ziemlich viel Aufregung für zweieinhalb Tage", fasste es Jennifer im Flugzeug zusammen. „Wollte man das jemandem erzählen, würde man glattweg bezichtigt werden, zuviel Fantasie zu haben oder einen schlechten Krimi gelesen zu haben."

„Das wäre allerdings zu befürchten", pflichtete ihr Gamal bei. „Es wäre aber auch nicht das erste Mal, dass man mir nicht sofort glaubte, obwohl ich die Wahrheit sagte." Er winkte ab.

„Raschid?", fragte Jennifer überrascht.

„Nein, nein – meine ehemaligen Kameraden der Wache, als ich berichtete, ich hätte einen Auslandsauftrag bekommen." Gamal lächelte melancholisch. „Ich hätte aber auch nicht anders reagiert. Dann kam Abdullah und befahl mir vor allen, in den Flügel der Elite umzuziehen …" Er seufzte. „Für mich waren die letzten Monate sicher nicht weniger aufregend, als für Sie. Das ganze Leben hat sich neu sortiert." Er zog seinen Kommunikator aus der Tasche. „Hier ist Gamal. Wir landen in einer halben Stunde."

Der Hubschrauber des Palastes kam ein paar Minuten vor dem Airbus auf dem Flugplatz der Hauptstadt an. Raschid stand neben der geöffneten Kanzel und beobachtete, wie der riesige Silbervogel sicher aufsetzte und langsam ausrollte. Er wartete geduldig, bis seine beiden Passagiere die Abfertigungshalle verließen. Jennifer flog ihrem Mann geradezu in die Arme. Gamal folgte extra langsam mit Koffern und Taschen, um die innige Begrüßung des Ehepaares nicht zu stören.

Der Händedruck, mit dem ihn Raschid willkommen hieß, ließ ihn aufschauen. Das ging deutlich über das ihm Zustehende hinaus.

Universalgenie Gamal

Jennifer fragte Raschid sofort darüber aus, wie es Eric und Kendra ginge. Sie freute sich riesig, dass der Kleine ein paar Mal auch nach ihr gefragt hatte.

Noch während des Landeanflugs wandte sich Raschid an Gamal. „In zwei Stunden erwarte ich dich zum Rapport im kleinen Salon."

„Zu Befehl", entgegnete der junge Mann, erstaunt darüber, dass man ihn exakt zur Abendbrotzeit dahin bestellte.

„Mach dich chic!", rief ihm Raschid noch blinzelnd hinterher. Dann trug er gleich selber das Gepäck seiner Frau in die Wohnung.

Die Türklinke noch in der Hand, zog er Jennifer an sich, um sie leidenschaftlich zu küssen.

„Du hast mir gefehlt", flüsterte sie.

Raschid streichelte ihr Haar. „Du mir auch. Ich bin froh, dass du wohlbehalten wieder hier bist." Er ließ seine Hand über ihren Bauch huschen. „Ich muss wieder los. Der Dienst ruft. Bis dann, zum Essen!"

„Bis dann."

Ibrahim war der Erste, der Gamal erspähte. „Ah, schau an, der Ausländer ist wieder da! Wie war's?"

„Nicht übel", lachte Gamal. „Paris ist eine tolle Stadt."

„Toll, gemeint als schön, oder als verrückt?", fragte Abdullah.

„Sowohl als auch." Gamal packte seine Tasche aus. Nebenbei erzählte er von der Modenschau, die er hautnah am Laufsteg erlebt hatte.

„Wann musst du zum Rapport?"

Gamal nahm einen frischen schwarzen Anzug aus seinem Schrank. „Zum Abendbrot. Ich weiß nicht, was Raschid eigentlich vorhat."

„Oh! Na, dann wollen wir nicht weiter stören." Abdullah zog Ibrahim aus dem Zimmer.

Noch ein Blick in den Spiegel, dann trabte Gamal zum Wohntrakt des Prinzen. Raschid erwartete ihn bereits und wies ihm einen Platz, sich gegenüber, zu. Die Familie des Prinzen und Jennifer setzten sich, dann die beiden Leibwächter. Saladin und Raschid wechselten einen Blick.

„Rapport", befahl der Prinz mit einem Blinzeln an Gamal. „Mir ist zu Ohren gekommen, dass ihr beide in Paris für heftige Turbulenzen gesorgt habt. Nicht nur, dass du bei seiner Frau geschlafen hast", er deutete auf Raschid. „Wegen euch musste auch noch die Polizei anrücken."

Jennifer zuckte zusammen, wurde kreidebleich, Gamal blieb mit versteinerter Miene regungslos sitzen.

„Was hast du zu deiner Verteidigung zu sagen?", fragte Saladin.

Kendras irritierter Blick huschte zwischen Jennifer und Gamal, aber auch zwischen Raschid und Saladin hin und her.

„Ich bekenne mich in allen Punkten schuldig", hörte sie den jungen Leibwächter soeben sagen und fiel fast aus allen Wolken. „Ich habe in der Tat im Zimmer von Mrs. Raschid geschlafen, sie aber zur selben Zeit in meinem, genau daneben. Es entspricht auch der Wahrheit, dass meinetwegen die Polizei anrücken musste. In Notwehr habe ich zwei Männer etwas unsanft behandelt, indem ich sie mit den Köpfen an eine Wand und eine Tür befördert habe."

Saladin begann, schallend zu lachen. „So viel Bescheidenheit gefällt mir."

„Woher weißt du das alles?", fragte Jennifer mit großen Augen.

„Aus dem Polizeibericht, der mir sofort zugestellt worden war", schmunzelte der Prinz. „Mir war klar, dass ihr beide nichts erzählen würdet, weil es wirklich schier unglaublich klingt. Wie wäre es mit ein paar Hintergrundinformationen?"

Gamal schaute Jennifer bittend an.

„Okay, ich werde erzählen, das bin ich Ihnen wirklich schuldig." Sie begann.

Hin und wieder flocht Gamal einen Satz zur Erklärung ein, weil Jennifer einige Dinge völlig entgangen waren. Sie sparte auch nicht aus, wie sie ihn mit in die Garderobe genommen hatte.

„Na, da hat er doch wenigstens auch ein bisschen Spaß bei der Arbeit gehabt", witzelte Saladin. „Auf alle Fälle hat er sich jegliches Lob redlich verdient. Ich bin sehr zufrieden, junger Mann."

„Danke." Gamal nahm Haltung an.

„Wie wäre es morgen mit einem kleinen Säbeltraining?", fragte Raschid quer über den Tisch.

„Ich bin bereit", erwiderte Gamal sofort.

Saladin horchte auf. „Oho! Das lasse ich mir nicht entgehen!"

„Passt bitte beide auf euch auf", sagte Jennifer, während Kendra heftig nickte.

„Es geht um Training", wiegelte Raschid ab.

Ahmed erschien, um das Geschirr zu holen. Jennifer verschwand kurz und kam mit einem großen Beutel zurück. „Ich habe ein paar Kleinigkeiten mitgebracht, die ich euch gleich geben möchte."

Eric klatschte vor Vergnügen in die Hände, als sie ihm den riesigen Eiffelturm reichte. Für Kendra, Saladin und Raschid gab es Bildbände über die wundervolle Stadt an der Seine.

„So, und nun etwas, das mir ein großes persönliches Bedürfnis ist." Sie zog eine Uhrenbox hervor und hielt sie, geöffnet, Gamal entgegen.

„Das darf ich nicht annehmen", flüsterte der.

„Doch", sagte Raschid. „Das darfst du. Weil ich es dir hiermit befehle. Mir liegt persönlich nämlich auch sehr viel daran."

„Recht so!" Saladin nickte.

Zum Feierabend beeilte sich Raschid sehr, zu Jennifer zu kommen. Sie lag schon im Bett, schlief aber noch nicht. Er duschte, schlüpfte zu ihr unter die Decke und kuschelte exzessiv mit ihr. Immer wieder glitten seine Hände zärtlich über ihren Bauch.

„Ich möchte gar nicht daran denken, was alles hätte passieren können, wärst du gestern Nacht in deinem richtigen Zimmer gewesen", murmelte er.

„Ich wäre sicher schon vor lauter Angst gestorben", verriet Jennifer. „Ich bin froh, dass ich mir Kendras Erfahrungen zu eigen machen konnte."

Raschid sah sie fragend an.

„Nun, ganz einfach – einem Menschen, dem du dein ganzes Vertrauen schenkst, aufs Wort zu gehorchen." Sie kuschelte sich glücklich in seine Arme. „Und ich habe gut daran getan."

Gamal lag noch die halbe Nacht wach, grübelte über all das nach, was seit seinem ersten eigenständigen Einsatz bei der Frau des Prinzen geschehen war. Er betrachtete noch einmal voller Dankbarkeit die Rolex von Jennifer, ehe er in einen kurzen, aber erquickenden Schlaf sank.

Nach dem Morgentraining mit Saladin begab sich Raschid mit diesem hinüber zu den Krafträumen der Garde, wo die drei Elitemänner gerade ihr Programm beendeten. Sie grüßten die Neuankömmlinge. Raschid ließ sich von Ahmed sein Trainingsschwert bringen, während sich Gamal eines aus den Halterungen an der Wand zog. Augenblicke später tobte der Kampf.

Das Klingen des Stahls lockte schließlich die Frauen an. Nach drei Minuten beendete der Gong diese Runde. Saladin gönnte sich das Vergnügen, persönlich die Aktionen der Gegner zu analysieren, wobei ausnahmslos jeder wusste, dass Raschid nur mit halber Kraft, aber ganzer Schnelligkeit gekämpft hatte. Wer dachte, dass nun Schluss gewesen wäre, sah sich im völligen Irrtum. Raschid winkte Abdullah heran.

„Dein Platz", schmunzelte er, in den Ring auf dem Boden deutend.

Abdullah übernahm gleich die Waffe Gamals und stellte sich seinem Vorgesetzten im Kampf entgegen. Ibrahim ahnte schon, dass ihm das Vergnügen auch nicht erspart bleiben würde. Also beobachtete er intensiv jede Bewegung Raschids. Jennifer zuckte jedes Mal zusammen, wenn ihr Mann mit Brachialgewalt die Deckung seiner Gegner durchdrang.

„Es werden nur ein paar blaue Flecke", tröstete sie Saladin grinsend.

Sie seufzte. „Weiß ich doch. Trotzdem ist es ein erschreckender Gedanke, im Normalfall in Sekundenschnelle Hackfleisch vor sich liegen zu haben."

„Wie du weißt, wird er auch mit zweien von meinem Format fertig. Wäre sicher interessant zu erfahren, ob er gegen die drei ankäme."

Die Frauen schauten Saladin entsetzt an.

Kendra schluckte. „Meinst du das etwa ernst?"

„Versuchen wir es!", rief Raschid, obwohl er sich noch mitten im Geplänkel mit Ibrahim befand. „Aber nicht ohne Lederschutz", fügte er hinzu, kaum dass der Gong ertönte.

Alle vier legten Helme und breite Lederbänder an, die Kopf, Nacken und Hals vor Verletzungen schützen sollten.

„Jetzt wird es haarig", kommentierte es Raschid mit Seelenruhe.

Gamal nickte. Blutergüsse waren vorprogrammiert. Es galt nur noch, sich selber vor Knochenbrüchen zu bewahren.

„Drei Minuten. Wer die Waffe verliert, zieht sich sofort zurück. Außer, mit der Spitze zuzustoßen und Tiefschläge, sind alle Techniken erlaubt", gab Saladin bekannt und gab den Ring frei.

Ibrahim änderte schnell seine Taktik. Er hielt das kurze Schwert mit beiden Händen, um seinem Schlag mehr Kraft zu verleihen. Raschid fädelte genau dazwischen ein, hob ihn mit seinen Bärenkräften aus und schleuderte ihn auf seine Gegner. Gamal gelang es, auszuweichen und die nächsten zwei Schläge zu parieren, bis ihm Abdullah wieder zur Seite stand.

„Keine Chance gegen Raschid", schmunzelte Saladin und beendete den Kampf. „Bist du ohne Blessuren geblieben?", wandte er sich an ihn.

„Nicht wirklich. Die drei sind äußerst gefährliche Kämpfer." Er deutete auf einen blauroten Striemen an seinem Oberarm. „Im Ernstfall wäre ich halbseitig aus dem Verkehr gewesen."

„Wer war es?"

„Gamal. Er greift an wie eine Schlange. Blitzschnell zubeißen und sofort wieder verschwinden. Das würde man eher von einem grazilen Degenfechter erwarten, als von einem Schwertkämpfer."

26

Raschid nickte in die Runde. „Hat Spaß gemacht. Wiederholung nicht ausgeschlossen. Ruhigen Dienst noch!"

Ibrahim hatte den interessantesten Job. Er durfte am Pool über die Damen und den kleinen Prinzen wachen. Natürlich machte er große Ohren, als Jennifer Kendra das über Paris erzählte, was beim Rapport nicht zur Sprache gekommen war. Aber selbst das entzog sich noch immer der Kenntnis der anderen beiden Leibwächter. Die Frauen amüsierten sich köstlich darüber, wie Gamal immer wieder Hassan hatte ablaufen lassen.

„War das Kurzinterview eigentlich abgesprochen?", fragte Kendra.

Kichernd erwiderte Jennifer. „I wo! Er hat es aber echt genial gemacht. Weißt du, mir geht es jetzt mit ihm, wie dir mit Raschid – ich befolge ohne Zögern jeden noch so kleinen Wink. Als er den Zimmertausch vorschlug, fand ich es ganz amüsant. So nach dem Motto: Lass ihm das Vergnügen, sich wichtig zu machen. Alles, was danach geschehen ist, hat mich im tiefsten Inneren schon unzählige Male bei ihm für diesen bloßen Gedanken Abbitte tun lassen."

Ach, schau!, dachte Ibrahim. Da stapelt also einer extrem tief. Muss ja richtig was los gewesen sein bei den beiden. Hoffentlich wertet Raschid den Einsatz noch für uns aus!

Eric begann zu quengeln und Ibrahim nahm den Kleinen auf den Arm, wo er sich schnell wieder beruhigte.

„Hält er dich auf Trab?", rief Kendra aus dem Wasser.

„Er möchte nur Tee haben", erklärte der Leibwächter lächelnd, sofort nach Ahmed rufend. „Dann werden wir beide einen bunten Baustein-Turm bauen."

Eric schielte schon nach dem Plastikeimer.

„Erst trinken, mein kleiner Prinz, dann spielen", sprach Ibrahim leise. Er achtete darauf, dass sich Eric nicht bekleckerte, ehe er sofort sein Versprechen einlöste. Rasch wuchs ein farbenfroher Turm empor. Eric reichte Steine zu und Ibrahim stapelte unverdrossen.

„Interessante Arbeitsteilung", meinte Jennifer.

Kendra grinste amüsiert. „Wie im richtigen Leben. Saladin baut auch nicht selber."

Jennifer schmunzelte und Ibrahim versuchte, sich nicht anmerken zu lassen, wie sehr ihn diese Feststellung erheiterte.

Nun beschloss Eric eine Festigkeitsprüfung der besonderen Art. Er warf die übrig gebliebenen Steine nach dem Bauwerk, ohne Selbiges zu treffen. Ibrahim sammelte die Geschosse ein. Legte sich neben Eric auf den Boden, um den gleichen Blickwinkel zu haben und führte bei den nächsten beiden Würfen seine Hand. Volltreffer! Eric jauchzte und übte emsig allein weiter, bis irgendwann nur noch ein bunter Haufen übrig blieb. Ibrahim baute auf und Eric machte platt. Wieder und wieder. Bis sich der kleine Prinz in die Arme seines Leibwächters kuschelte und einschlief.

„Ich glaube, das Abrisskommando ist fertig", konstatierte Jennifer.

„Jawohl! Fix und fertig." Kendra nahm Ibrahim ihren Sohn ab und trug ihn zu einer Liege in den Schatten. Als sie aufräumen wollte, packte der Bodyguard gerade die letzten Steine in den Eimer und nahm seinen üblichen Platz am Rande der Treppe ein.

„Ich habe eigentlich keine Lust hineinzugehen", verriet Jennifer nach einem Blick auf die Uhr.

„Essen wir eben hier", schlug Kendra vor. „Eric wird jetzt sowieso keinen Appetit haben und lieber weiterschlafen."

Ahmed brachte sofort den Servierwagen. Die Damen streiften Strandkleider über, wuschen sich die Hände und ließen sich die Köstlichkeiten vorlegen, die Yussuf, der Koch, gezaubert hatte. Jennifer zelebrierte die Nahrungsaufnahme fast.

„Ich hatte noch nie solch einen Genuss beim Essen, weil ich immer Kalorien zählen musste", gab sie zu. „Die beiden Kleinen gehen in jedem Fall vor und ich werde mir jetzt keinen unsinnigen Zwang mehr auferlegen. Es ist sicher auch nicht gut, wenn ich, als Raschids Frau, meinen Job so weiter mache. Es könnte auf einige anstößig wirken."

„Und was hast du stattdessen vor?"

„Vielleicht einfach nur, Mutter und Ehefrau zu sein. Mal schauen, wie sich alles sortiert, wenn die Kleinen geboren sind."

„Da fällt mir ein, dass Arion ein paar Probezeichnungen geschickt hat", sagte Kendra. „Wir sollten sie zusammen sichten."

„Oh! Da bin ich echt überrascht!", strahlte Jennifer.

Den Wachwechsel merkten die Freundinnen nicht einmal. Kendra stellte nur irgendwann fest, dass neben der Treppe Abdullah stand. Ibrahim hatte schon die Bausteinaktionen zum Besten gegeben und er wusste, dass er jetzt mit etwas anderem bei Eric punkten sollte. Vor allem galt es, mit Argusaugen über das mobile Energiebündel zu wachen, das auf allen Vieren erstaunliche Geschwindigkeiten entwickelte und langsam auch alles nutzte, um sich daran aufzurichten. Als am Nachmittag Saladin erschien, war Abdullah gerade dabei, den kleinen Prinzen unter einer Liege hervor zu fischen, wo er sich verstecken wollte. Von der Treppe aus beobachtete er eine ganze Weile interessiert, mit welcher Engelsgeduld sein Leibwächter Erics Streiche ertrug und am Ende den Kleinen lachend im Kreis schwenkte.

„Ich sollte ihnen Erschwerniszuschlag zahlen", seufzte er, zu Raschid gewandt.

„Lobenswerte Idee. Eric stellt an manchen Tagen ganze Säcke voller Flöhe in den Schatten."

„Eben drum." Saladin ließ sich von Abdullah Eric im Flugzeugmodus bringen. Sprich, der Leibwächter drehte den kleinen Prinzen auf seinem Arm auf den Bauch und brachte ihn mit einem summenden Geräusch zu seinem Papa, der ihn genau so übernahm und langsam die Landung auf seinem Schoß vorbereitete.

„Du hast Feierabend", versprach er Abdullah. „Jetzt kann ich den Wildfang bändigen."

Mit einer angedeuteten Verbeugung nahm der Leibwächter den Befehl entgegen und verschwand in den Freizeiträumen.

„Morgen früh hast du das Vergnügen", gab er den Staffelstab an Gamal weiter.

Der lachte. „Ich werde es, glaube ich, auch überleben. Beim Säbeltraining etwas zu vergeigen, habe ich mehr Bedenken."

„Quatsch, du bist der Erste von uns, der es geschafft hat, Raschid Probleme zu bereiten."

„Aber nur, weil wir zu dritt waren!", gab Gamal zu bedenken.

„Allein hätte er mich zu Kleinholz verarbeitet. Da gibt es nichts, daran herum zu deuten."

„Ich werde mich doch nicht selber um einen meiner besten Männer bringen", ertönte plötzlich Raschids Stimme hinter ihnen.

Erschreckt kreiselten die drei herum.

„Es ist, glaube ich, an der Zeit, den beiden hier zu erzählen, mit welchen Widrigkeiten du in Paris fertig werden musstest. Meine Herren, dieser junge Mann hat Außergewöhnliches geleistet." Raschid zog den Polizeibericht hervor.

Gamal wechselte die Farbe, wie eine bengalische Wunderkerze.

Als Raschid das Papier nach einer Viertelstunde wieder einsteckte, fügte er noch hinzu: „Ohne diesen Bericht hätten wir es nie erfahren. Sie hätten beide nichts davon erzählt, weil es ihnen zu aufreißerisch geklungen hätte."

Abdullah und Ibrahim nickten ihrem jungen Kollegen anerkennend zu.

„Saladin hat deshalb beschlossen, ihm schon jetzt das anzubieten, was jeder von euch nach einem Jahr hätte tun können", fuhr Raschid fort.

„Sehr gut", murmelte Abdullah. „Er hat das Zeug dazu, mit der Doppelbelastung fertig zu werden und meine Unterstützung ist ihm gewiss."

„Meine auch!", rief Ibrahim sofort. „Schlag zu, Gamal!"

„Wenn ich wüsste, worum es geht, möglicherweise", sagte der etwas verwirrt und schaute Raschid fragend an.

„Saladin würde dir ein Direktstudium in Wirtschaftswissenschaften finanzieren, unter der Maßgabe, dass du auf Lebenszeit in seiner Spezialgarde bliebest. Was du als Nebenfächer belegst, wäre ganz dir überlassen. Natürlich müssest du dich mit deinem üblichen Abenddienst und der Kampfausbildung arrangieren, was dir bei solchen Kollegen nicht sonderlich schwer fallen dürfte."

„Wir haben es ausgeschlagen, weil wir beide nicht die ultimativen Lerntypen sind", gab Ibrahim zu. „Du bist jung und wissbegierig und wir haben kein Problem damit, mehr Dienst zu schieben. Früher mussten wir auch zu zweit zurechtkommen. Fass zu!"

„Wie lange habe ich Bedenkzeit?"

„Vierundzwanzig Stunden, ab jetzt", erwiderte Raschid, nach einem Blick auf die Uhr. „So, noch eine gute Nachricht für alle. Es gibt ab sofort mehr Sold als Erschwernisausgleich wegen Babybeaufsichtigung."

Die Männer grinsten amüsiert.

Raschid grinste zurück. „Euch wird das Lachen sicher noch vergehen, wenn ihr in ein paar Monaten drei Flöhe hüten müsst."

Schmunzelnd verließ er den Gemeinschaftsraum.

„Hast du für deinen Einsatz wenigstens einen finanziellen Sonderbonus bekommen?", wollte Ibrahim von Gamal wissen.

„Etwas Ähnliches." Er streifte seinen linken Ärmel ein Stück nach oben. „Für mich ist das wie ein Orden in einer ungewöhnlichen Form. Mrs. Raschid hat ihn mir gestern Abend bei Saladin überreicht."

„Na, und wie ich dich kenne, mussten sie dich auch noch mit sanfter Gewalt zwingen, ihn anzunehmen", witzelte Ibrahim.

„Drei Punkte", kicherte Abdullah, weil sich Gamal etwas verfärbte.

Ibrahim klopfte dem auf die Schulter. „Bleib, wie du bist. So ist es in Ordnung. Du weißt doch, dass wir gern ein bisschen sticheln."

Gemeinsam tigerten sie zu ihren Zimmern. Abdullah war zuerst zu Hause, verabschiedete sich und schloss die Tür. Die beiden anderen schlenderten langsam weiter.

„Du bist doch am längsten von uns dreien hier im Palast", wandte sich Gamal flüsternd an Ibrahim. „Dürfte ich dir eine ziemlich heikle Frage stellen?"

„Sofort, wenn die Tür zu ist", gab er ebenso leise zurück und ließ seinem jungen Kollegen den Vortritt in seine Wohnung. Er deutete auf die Sitzecke. „Worum geht es?"

Gamal ließ sich nieder. „Vielleicht hältst du mich für bescheuert, aber mir geht die Frage nicht aus dem Kopf, ob außer Raschid bei den Partys einer mit seiner jetzigen Frau …"

Ibrahim schaute Gamal fest an. „Du bist sicher nicht der Erste, der sich diese Frage stellt. Aber glaube mir, solange ich sie kenne und das ist seit der allerersten Party, hat sie nur Augen für Raschid gehabt. Wer von sich behauptet, er hätte, lügt. Jeder von uns hätte gern, das ist die reine Wahrheit, aber keiner hat es geschafft."

„Das beruhigt mich sehr", erwiderte Gamal. „Sie ist eine anbetungswürdige Frau, sie hat Stil und mir hätte es aufrichtig leidgetan, wenn ihr jemand Schlechtes nachsagen würde."

„Aber von Hassan, das weißt du schon", vergewisserte sich Ibrahim vorsichtig.

„Ja, das weiß ich. Nur ist das eine andere Welt." Gamal erhob sich. „Gute Nacht, Ibrahim."

„Ich glaube, die Rennpferde haben auch in Zukunft ganz schlechte Karten", schmunzelte Ibrahim, kaum dass Gamal gegangen war. Jeder, der Männer, riss sich darum, stattdessen die Frauen und den kleinen Prinzen bewachen zu dürfen.

Pünktlich nach dem Frühstück trat Gamal seinen Dienst an. Die Frauen wollten ins Einkaufszentrum und so bat er Raschid um einen zweiten Mann. Ibrahim war mit Raschid und Saladin unterwegs, so wurde ihm Abdullah zugeteilt. Der übernahm das Fahren und Gamal die Sicherheit.

Eric saß in seinem Kindersitz zwischen den Frauen im Fond des Wagens und plapperte fröhlich drauflos. Natürlich machte er auch mit Ausdauer die Fahrgeräusche nach und Kendra hielt ihm schließlich lachend ein Tuch vor den Mund, damit er nicht die Vordersitze, mitsamt den beiden Leibwächtern, durchnässte.

Am Zielort sträubte sich Eric mit aller Kraft dagegen, sich in seinen Sportkinderwagen zu setzen. Kurzerhand nahm Gamal den Kleinen auf den Arm, froh, nicht mit dem sperrigen Gefährt durch die Massen steuern zu müssen. Offensichtlich war ihm dieser Gedanke so deutlich ins Gesicht geschrieben, dass es Kendra mit einem Lächeln quittierte und der Feststellung: „Die beiden Männer verstehen sich."

Jennifer nickte. „Find ich Klasse. Vertrauen ist die beste Basis, auf der ein Bodyguard gute Arbeit leisten kann. Da haben alle drei einen großen Stein bei ihm im Brett."

„Kein Wunder, so wie sie auf seine Sonderwünsche eingehen. Wobei ich manchmal durchaus das Gefühl habe, dass ihnen die verrückten Aktionen den gleichen Spaß machen wie ihm", blinzelte Kendra. „Stimmt's?", fragte sie Abdullah direkt.

Der nickte und verriet: „Ich habe als Kind nie bunte Bausteine gehabt. Deshalb freut es mich doppelt, wenn mich Eric als Spielpartner akzeptiert."

Jennifer schmunzelte: „Spielpartner – das hat was. Dabei ist das wohl die exakteste Bezeichnung, denn, wen der Kleine nicht mag, der darf auch sein Spielzeug nicht anfassen. Und das ginge auch nicht." Sie zeigte auf Gamal, in dessen Arm Eric gerade ganz schwere Augenlider bekam und einen Wimpernschlag später selig einschlief.

Kendra steuerte auf das Elektronikgeschäft zu. Jennifer ging mit hinein. Sie erinnerte sich sehr gut an das, was ihr Gamal auf dem Weg nach Paris erzählt hatte und freute sich darauf, wie Kendra wieder für Wirbel sorgen würde. Kaum im Verkaufsraum, eilten gleich drei Verkäufer auf die Frau des Prinzen zu, um Wünsche zu notieren und Bauteile zusammenzusuchen. Gamal warf Abdullah und Jennifer einen amüsierten Blick zu, als den drei Herren die ersten Schweißperlen auf die Stirnen traten. Fast eine halbe Stunde hielt sie Kendra auf Trab, dann hatte sie alles von ihrer Liste bekommen. Sie zahlte, versicherte, dass sie sehr zufrieden sei und entschwebte mit ihrem kleinen Gefolge.

„Kaffeepause?", fragte Jennifer.

„Liebend gern", freute sich Kendra und Abdullah ging voraus, um einen Tisch zu besetzen, der etwas abseits des großen Trubels stand. Eric schlief einfach weiter. Gamal zuckte fröhlich mit den Schultern und stellte seine Qualitäten als Gelegenheitslinkshänder unter Beweis.

„Wer beidseitig fechten kann, kann auch mit Links essen", lautete Jennifers Credo.

Kendra lachte übermütig. „Unbestritten!"

Eine halbe Stunde später tigerten alle durch eine Boutique für Umstandsmoden, wo sich Jennifer ein flottes Outfit für den Babybauch zulegte. Vollgepackt mit Tragetaschen folgten die Leibwächter den Frauen zum Auto. Eric blinzelte ganz verschlafen, als ihn Gamal vorsichtig in seinen Sitz gleiten ließ und festschnallte.

„Alles ist gut, mein kleiner Prinz", flüsterte er, ihm ein buntes Plüschtier reichend.

Eric drückte es an seine Wange und schlief wieder ein.

„Au weia", murmelte Kendra. „Ich muss heute Nachmittag noch drei Stunden arbeiten. Der Diensthabende wird seine liebe Not mit ihm haben."

Jennifer winkte ab. „Ich nehme Eric mit zu den Schmetterlingen und danach füttern wir die Kois. Das mag er alles sehr und du brauchst dich nicht sorgen. Ich muss ihm nur seinen Wagen schmackhaft machen."

„Da fällt mir wirklich ein Stein vom Herzen", seufzte Kendra.

„Mir auch", sagte Saladin plötzlich hinter ihnen.

Die Frauen fuhren erschreckt herum, während die Leibwächter, denen der Prinz jeden kleinen Mucks per Handzeichen verboten hatte, schmunzelten.

Er wandte sich an Gamal. „Hast du dich entschieden?"

„Ja, das habe ich. Ich nehme mit Dankbarkeit an."

„Sehr gut. Raschid wird dir dann sofort die Papiere aushändigen." Saladin wirkte in der Tat sehr zufrieden.

Raschid ließ das Fahrzeug mit den Frauen vorfahren, um das des Prinzen direkt dahinter zu setzen.

Abdullah brachte den Wagen ins Depot, Gamal die Frauen und Eric zu den Wohnräumen, dann eilte er in Raschids Büro, wo schon die entsprechenden Verträge auf dem Tisch lagen. Er las Buchstabe für Buchstabe mehrmals die Texte, dann setzte er seine Unterschrift darunter.

„Das neue Studienjahr beginnt in zwei Monaten", erklärte Raschid. „Bis dahin unterziehe ich dich noch einer Spezialausbildung, die dir sicher Spaß machen wird. Heute Nachmittag sechzehn Uhr erwarte ich dich im Ausbildungsraum 2, den ausgefüllten Fragebogen für die Uni bringst du auch mit.

Gamal nahm Haltung an, dann verschwand er in seinem Zimmer, um den Vertrag zu verwahren und den Bogen auszufüllen. Hin und wieder schlich sich ein Grinsen in seine Mundwinkel, zum Beispiel bei der Frage: *jetzige Tätigkeit,* wo er *Serviceangestellter* eintrug. Unter Spezialkenntnisse schrieb er: *diverse Kampfsportarten, Französisch und Englisch in Wort und Schrift.*

Raschid öffnete mit dem Fingerprint die Tür zu den Räumen, welche Gamal noch nie von innen gesehen hatte. Er deutete auf die beiden Stühle an einem Steuerpult, ließ sich die Papiere geben und studierte sie aufmerksam. Dort, wo Gamal schon schmunzeln musste, brach er in schallendes Gelächter aus.

„Klingt nach Putzkolonne."

„Nicht weiter tragisch oder vielmehr, umso besser – es geht schließlich niemanden etwas an, was ich wirklich bin."

„Das wird sich die Leitung der Uni spätestens bei den Spezialkenntnissen fragen", kicherte Raschid, nahm einen Kugelschreiber und setzte das Wort *Hubschrauberpilot* ein.

Gamal machte eine überraschte Geste.

„Keine Sorge, an dem Tag, wo du dein Studium antrittst, wirst du den Schein vorlegen können." Er drückte einen Knopf, der eine ganze Wand zur Seite schob.

Völliges Erstaunen spiegelte sich in Gamals Augen wider, als er unvermittelt vor einem Flugsimulator stand. Raschid drückte ihm einen Helm in die Hand und begann ganz selbstverständlich mit dem Unterricht.

Nun begriff Gamal schlagartig auch, weshalb die Spezialgarden so intensiv in Meteorologie, Geografie und Physik ausgebildet wurden. Dass zumindest Ibrahim den Schein hatte, wusste er aus eigenem Erleben. Zwei Stunden später startete Gamal bereits den ersten eigenständigen Probeflug im Simulator.

„Nicht übel, für den Anfang", lobte Raschid. „Wir wären zwar ziemlich hart gelandet, aber wirklich nicht schlecht für das erste Mal. Morgen, um die gleiche Zeit, geht es weiter." Er warf ihm ein Handbuch zu. „Beschäftige dich ein bisschen mit der Technik."

Gamal horchte auf. Wenn Raschid Hinweise fast nebenbei fallen ließ, dann hatte er meist vor, seinem Probanden alles abzuverlangen. Also büffelte er den halben Abend die Kapitel über die Treibstoffzufuhr, Navigieren ohne technische Hilfsmittel und alles, was mit den Rotoren zu tun hatte.

Jennifer überzeugte gleich nach dem Mittagessen Eric davon, dass die Schmetterlinge und Fische nur zu ihm kommen würden, wenn er im Buggy säße. Ganz brav ließ sich der kleine Prinz in den Wagen heben, weil er unbedingt die bunten Tiere sehen wollte. Raschid befahl zwei potenziellen Anwärtern auf einen Posten in der Spezialgarde, für die Sicherheit seiner Frau und des Kleinen zu sorgen.

„Nicht Gamal?", fragte Saladin erstaunt.

„Nein. Ich kann meine drei besten Leute nicht ständig unterfordern", gab Raschid zurück, ohne von seinem Laptop aufzuschauen. „Wenn es hier nicht sicher wäre, dann wäre ich der Allererste, der für Eric einen Topmann einsetzen würde. Sie werden es doch wohl zu zweit schaffen, eine Frau mit Kleinkind zu bewachen."

„Auch wahr", murmelte Saladin. „Sag mal, was treibst du da eigentlich?" Er stellte sich hinter Raschid, um mit auf den Monitor zu sehen.

„Ich stelle die Daten für Kendras Firma wegen der Wartung in der Pumpstation zusammen. Ihr Geschäftspartner will sie übermorgen haben."

„Stimmt", erschrak Saladin. „Ich verschwinde lieber, um dich nicht zu stören." Er zog sich tatsächlich sofort zurück. Allerdings nicht, um sich auszuruhen. Stattdessen suchte er die Zentrale auf, um, mittels der Kameras im ganzen Gelände, die beiden Männer zu beobachten, die Jennifer und seinen Sohn begleiteten. Als er auch nach zwanzig Minuten nichts auszusetzen fand, widmete er sich der Lektüre des Bildbandes, den Jennifer aus Paris mitgebracht hatte.

Eric jauchzte vor Vergnügen, als sich die ersten Schmetterlinge auf dem Schälchen niederließen, das ihm Tante Jennifer auf den Schoß gestellt hatte. Er wusste, dass er die zarten Flügel nicht anfassen durfte, weil die Tiere sonst ein schlimmes *Aua* bekommen und nie wieder zu ihm fliegen würden. Er streckte zwar die Ärmchen aus, hielt sich aber ganz brav an das Verbot. Natürlich lobte ihn Tante Jennifer sehr und Eric strahlte vor Glück. Zum Abschied winkte er seinen geflügelten Freunden, bis sich die Türen der Luftschleuse schlossen.

Am Teich nutzte er das, was ihm Ibrahim beim Zielwurf beigebracht hatte. Die edlen Fische mussten nicht suchen, sie bekamen das Essen frei Maul geliefert. Als seine Munition zu Ende ging, brachte ihm einer der Bodyguards Nachschub.

Jennifer bedankte sich mit einem Lächeln. Sie wunderte sich auch nicht, als er auf dem Rückweg gerade diesem Mann die Arme entgegenstreckte und getragen werden wollte. Natürlich bekam er sofort seinen Wunsch erfüllt. Dafür glaubte Raschid, nicht richtig zu sehen.

„Hat er sich ein neues Reitpferd zugelegt?", schmunzelte er.

„Scheint so", erwiderte Jennifer blinzelnd. „Das ist die Reaktion auf die Gabe einiger Krümel Fischfutter."

„Seit wann isst er so was?", witzelte Raschid, den vergnügt strampelnden Eric übernehmend.

Jennifer fiel in das Lachen ein.

„Gute Arbeit, Männer! Feierabend!"

Die beiden verabschiedeten sich mit einer leichten Verbeugung.

„Zufrieden mit den Begleitern?", wollte Saladin von Jennifer wissen.

„Rundum. Sie waren kaum zu spüren und genau im richtigen Moment hatte einer eine brauchbare Idee. Eric hat zumindest einen von ihnen schon ins Herz geschlossen."

„Das sollte in der Tat langsam zu einem Kriterium werden", regte Kendra an. „Irgendwann kommt er ins Flegelalter und dann wäre es angebracht, wenn der Betreffende gewisses Gehör finden würde."

„Das wäre wünschenswert", stellte auch Saladin fest. „Raschid behalte die beiden hier im Einsatz, bis feststeht, ob sie beide oder wenigstens einer von ihnen, unsere Erwartungen in allen Punkten erfüllen. Außerdem ist es an der Zeit, dass du in erster Linie mein Berater wirst, der zweitens etwas besser auf mich aufpasst, als der Rest meiner Leute. Ich möchte nicht, dass deine Familie irgendwann feststellt, dass sie kaum etwas von dir hat." Er schnitt jeden Einwand Raschids ab, indem er sagte. „Tu einfach, um was ich dich bitte."

„Akzeptiert", erwiderte Raschid. „Aber um die Ausbildung unserer Leute darf ich mich doch weiter kümmern?"

Saladin lachte. „Außer, dass du ab heute täglich zwanzig Uhr richtigen Feierabend haben wirst, ändert sich nichts. Ich wünsche, dass mein Berater ständig in meiner Nähe ist und auf meinen einzigen Freund will ich erst recht nicht verzichten."

Raschids strahlendes Lächeln sagte alles. „Dann ist es ja perfekt, dass ich seit heute Gamal das Fliegen beibringe. Er ist gelehrig und im positiven Sinne ehrgeizig. Bis zum Studienbeginn hat er es drauf und kann an den Wochenenden bei den Materialtransporten zum Fort üben, was das Zeug hält."

Saladin blinzelte in die Runde. „Also werde ich Hassans nächste Partys so legen, dass er sich da auch noch ein paar Streicheleinheiten für so viel Engagement holen kann."

„Das würdest du tun?", fragte Jennifer.

„Würde ich."

Sie lächelte. „Dann kann er wenigstens die anregenden Gedanken aus Paris in die Tat umsetzen. Das waren bestimmt hochgradig erschwerte Bedingungen für einen so jungen Mann. An der Uni wird er sich ja auch stark zurückhalten, um nur nicht ins Licht irgendwelcher Leute zu geraten. Aber ich denke, bei dem Lehrmeister, den er hier hat, da wird ihm das auch noch gelingen."

„Eine ungewöhnliche Liebeserklärung, aber wahr", stellte Saladin fest.

Raschid hob lustig eine Augenbraue. „An ihn oder an mich?"

Jennifer drohte ihm lachend mit dem Finger. „Komm du mir nach Hause!"

„Ach du Schreck! Saladin, ich brauche einen Leibwächter!" Raschid suchte grinsend hinter dem Prinzen Deckung.

Der feixte: „Ich sage dir, Frauen bringen das ganze Leben durcheinander!" Und auf Kendras gespielt entrüsteten Blick. „Hilfe, wo steckt die Garde?!"

Da klopfte es und Ibrahim trat ein.

„Sie ist immer zur Stelle, wenn man sie braucht." Raschid zeigte lachend auf den Leibwächter und er lachte noch mehr, als Ibrahim völlig verunsichert von einem zum anderen schaute.

Kendra übernahm es schließlich, ihn fairerweise kurz über den vorherigen Wortwechsel zu unterrichten.

„Was gibt es denn?", fragte Raschid schließlich.

„Ich kann das Handbuch des kleinen Hubschraubers nicht finden."

„Das habe ich, für die nächsten Tage, Gamal gegeben. Er hat heute seine ersten Stunden am Simulator verbracht. Schaut am besten gleich gemeinsam rein."

„In Ordnung!" Ibrahim grüßte und entfernte sich beruhigt, um sofort seinen jungen Kollegen aufzusuchen.

Der hatte es tatsächlich aufgeschlagen vor sich liegen und büffelte. Er erzählte Ibrahim auch sofort von seiner Vermutung, wie er sich die nächste Flugstunde vorstellte.

„Da liegst du vollkommen richtig", bestätigte Ibrahim. „Wenn der große Rotor muckt, kannst du wirklich nur zusehen, dass du schnell runter kommst und vor allem, dass die Kiste nicht kippt. Versuche, die Blätter flach zu stellen, falls das noch geht, und nutze den Rotor als eine Art Fallschirm. Das betrifft hier nur die beiden kleinen Helis mit vier Rotorblättern. Bei den Kampfhubschraubern kommst du damit auch nicht weiter.

Auf alle Fälle mach dich jetzt schon seelisch auf einen Absturz in der nächsten Stunde bereit. Spiele nicht den Helden und nutze den Spezialschleudersitz. Saladin hat all unsere Fluggeräte damit ausstatten lassen. Keiner wird dir so etwas als Schwäche anlasten. Im Notfall bist du lebend wertvoller, als ein Hubschrauber." Er schaute im Inhaltsverzeichnis nach, um eine Lösung für sein eigenes Problem zu finden. „Ach, da ist er ja schon! Er wusste doch, wo ich ihn gesehen habe!"

Gamal schaute ihm über die Schulter. „Ein Plan von einem alten Funkgerät?", fragte er überrascht.

„Ja, so ein Ding will ich zusätzlich in eine der Raupen einbauen. Es steht im Depot des Forts und wartet auf seine endgültige Ausmusterung. Es wäre wirklich schade drum." Ibrahim schrieb sich das Nötigste in sein Notizbuch.

„Danke, das war es schon."

„Ich mache jetzt auch Schluss, sonst träume ich heute Nacht noch von Anstellwinkeln, Giermomentausgleich und Flettner-Doppelrotoren", seufzte Gamal.

Ibrahim klopfte ihm freundschaftlich auf die Schulter und trollte sich.

Gamal träumte wirklich vom Fliegen, aber in einer Weise, wie er es nicht vorausgesehen hätte. Die Erlebnisse der letzten Wochen vermischten sich wie in einem Kaleidoskop zu bizarren Mustern. Er war der Pilot, der Hassans Partymäuse zum Fort flog und keine hatte mehr an, als High Heels und einen winzigen Stringtanga. Dann riss ihm eine Kraft den Steuerknüppel aus der Hand.

In dem Moment, als im Traum der Aufschlag erfolgte, schreckte Gamal schweißgebadet aus dem Schlaf. Er brauchte einen Moment, um sich zu orientieren. Dann wickelte er sich schnaufend in seine Decke. „Junge, Junge, lass dich in den nächsten drei Jahren bloß nicht von Frauen ablenken, sonst könnte es tatsächlich mit einem Bauchklatscher enden."

Wenn er anregende Anblicke haben wollte, dann genügte schließlich der Dienst am Pool. Noch wohlproportionierter und edler ging es nicht. Er dankte im Stillen Saladin und Raschid für die Gunst, so etwas überhaupt genießen zu dürfen.

Und damit ging es gleich am nächsten Vormittag weiter. Kendra nahm nach dem Frühstück stets ihren Laptop mit in den Garten, um drei bis vier Stunden zu arbeiten. Eric beschäftigte sich mit seinem Spielzeug, mit den Leibwächtern oder Tante Jennifer, so er nicht alle drei Varianten kombinierte.

Für heute hatte sich Jennifer etwas ausgedacht, das auch ihr viel Spaß machen würde – sie zog ein Bilderbuch hervor und ihr Tablet, dann winkte sie Gamal heran. Leise, um Kendra nicht beim Arbeiten zu stören, sprach sie mit ihm. Der junge Mann nickte lächelnd und postierte sich so neben ihr, dass er trotz allem das ganze Gartenareal im Auge hatte.

„Sagt mal, was treibt ihr da eigentlich?", fragte Kendra nach einer Weile.

„Ich versuche, Arabisch zu lernen", verriet Jennifer. „Sonst verstehe ich eines Tages vielleicht meine eigenen Kinder nicht."

Kendra schaute überrascht auf. Nach einem kurzen Moment des Überlegens bat sie: „Darf ich mitmachen? Ich habe bei Eric jetzt schon manchmal das Problem, weil er praktisch in die Zweisprachigkeit hinein wächst. Saladin und Raschid sprechen ja generell englisch und arabisch mit ihm, wofür ich ihnen sehr dankbar bin. Nur ich kann halt nicht ganz folgen."

Eric machte es sich, als ihm das Buch zu langweilig wurde, bei Gamal auf dem Arm bequem, der unverdrossen mit den Frauen weiterübte.

Saladin hatte die vier aus dem Fenster beobachtet und kam neugierig herbei, weil er aus der Ferne auch nicht schlau aus der ganzen Sache wurde. Gamal nickte ihm zu, zum Zeichen, dass er sein Erscheinen bemerkt hatte. Eric streckte seinem Papa sofort die Arme entgegen.

„Lasst euch nicht stören", schmunzelte Saladin beim Anblick des Kinderbuches. „Hat euer Lehrer denn wenigstens auch etwas davon?", wandte er sich an Gamal.

„Ja. Es ist die Gelegenheit, exaktes Hocharabisch zu sprechen, was mir beim Studium sehr nützlich sein wird, wenn aus aller Herren Länder Studenten zusammenkommen."

Der Prinz nickte dem Leibwächter anerkennend zu. „Ach ja, wenn es soweit ist und du diverse Dinge benötigst, sag es Raschid."

„Er wird einen guten Laptop brauchen und einen Haufen Peripheriegeräte", warf Kendra ein.

„Dann nimm ihn morgen mit in die Stadt und kaufe ihm, was er haben muss", erwiderte Saladin schulterzuckend.

„Und für uns bringen wir gleich Lernprogramme und Lehrbücher mit", fügte Kendra zufrieden hinzu. „Falls nicht wichtige Entscheidungen dagegen stehen, dann möchte ich dich bitten, uns Gamal bis zum Studienbeginn immer zum Frühdienst zuzuteilen", wandte sie sich an Saladin. „Vielleicht kann einer der Neuen zusätzlich für Sicherheit sorgen, damit wir in Ruhe lernen können und sich unser Lehrer nicht auf drei Sachen konzentrieren muss."

Saladin hob die Augenbrauen. „Ein ganzer Sack voller Argumente, die sich schlecht von der Hand weisen lassen. Gut, ich bin einverstanden."

Raschid schrieb sofort den Dienstplan um. Er freute sich diebisch, dass gerade seine Frau die Initialzündung zu der ganzen Aktion ausgelöst hatte. Ganz selbstverständlich sprach er sie nun beim Abendbrot wegen einfacher Dinge zuerst auf Englisch und dann auf Arabisch an.

Die Ibn Sinas stutzten kurz, dann rief Kendra: „Ich will auch!"

Lachend tat ihr Raschid den Gefallen und Saladin schloss sich an.

Auf der Einkaufstour am nächsten Tag fuhr Ali das Auto. Dafür fungierte Gamal wieder als Reitpferd für Eric, der seinen Kinderwagen mit verächtlichem Blick strafte. Ali schaffte es im Elektronikgeschäft trotzdem irgendwie, den kleinen Prinzen von seinem Kollegen abzulenken, damit der mit Kendra in Ruhe Technik aussuchen konnte.

Es machte Gamal ziemlich verlegen, dass sie erst zufrieden war, als das, was er sich vom Bedienkomfort her ausgesucht hatte, auch innen auf den allerneuesten Stand umgerüstet war. Am Ende wählten sie gemeinsam die Programme aus, die er mindestens benötigte und auch das, was die Frauen zum Lernen haben wollten.

Nach einem reichhaltigen Mittagessen, das sich Eric wieder bei Gamal schmecken ließ, tigerten sie durch die Buchläden, um Lernhefte zu erstehen, in die die Übungen direkt hineingeschrieben werden konnten. Bei der Rückkehr in den Palast erwarteten sie bereits die eingekauften Dinge. Raschid schaute interessiert beim Auspacken zu.

„Der Laptop erinnert mich an ein getuntes Auto. Kendra hat doch garantiert mehr reinbauen lassen, als die schlichte Aufmachung vermuten lässt."

„Das ist in der Tat so", gab Gamal zu. Er reichte Raschid das Gerät. „Außerdem ist es ein Touchscreen, der als Tablet von der Tastatur abgekoppelt werden kann. Das wird mir einige Mühen ersparen."

„Bei dir weiß ich, dass am Ende ein ordentliches Ergebnis rauskommt." Raschid gab Gamal den Laptop zurück.

Der trug ihn rasch in sein Zimmer, um pünktlich am Flugsimulator zu erscheinen. Diesmal ging es wirklich darum, mit technischen Problemen zu landen. Gamal setzte, als alle Versuche erfolglos blieben, einen Notruf ab und zündete den Schleudersitz.

„Du hast mit Ibrahim gesprochen, vermute ich", begann Raschid die Auswertung.

„Habe ich. Er ist ein erfahrener Pilot und kann einem Grünschnabel, in jedem Fall nützliche Tipps geben."

„Sehr gut", lobte Raschid. „Er hat übrigens schon zwei Notlandungen hinter sich und weiß wirklich am besten, wie man sich dabei fühlt."

Gamal hob verblüfft den Kopf.

Raschid winkte ab. „Er spricht nicht darüber. Aber ihm ist es zu verdanken, dass alle Helis umgerüstet wurden. Wir wissen bis heute nicht, wie er damals lebend aus dem Trümmerhaufen raus gekommen ist. Als man ihn fand, saß er neben einem Haufen zerfetzten Bleches, welches einmal ein Hubschrauber gewesen war." Raschid setzte seine digitale Signatur unter den Tagesbericht. „Morgen Nachmittag fliegst du als sein Copilot mit ins Fort. Die Treibstofflieferung ist fällig. Du wirst ausnahmslos jede seiner Anweisungen erfüllen."

Gamal nahm Haltung an. „Zu Befehl."

In seiner Unterkunft checkte er den Dienstplan für den nächsten Morgen. Ibrahim war ihm bereits da als Partner zugeteilt. Eric ließ sich rasch für dessen Spielideen begeistern und Gamal hielt intensiv Unterricht mit den beiden Damen ab, die erste Schreibübungen absolvierten und sich ausschütteten vor Lachen, weil das ungewohnte von rechts nach links Schreiben ziemlich krakelig ausfiel.

Saladin schaute hin und wieder aus dem Fenster seines Arbeitszimmers. Gamal, mit Abstand der jüngste seiner Elitemänner, war sein Geld wert. Das bewies er mit allem, was er tat. Dies war auch der Grund, weshalb Saladin die ziemlich hohe Rechnung für die Studienausstattung ohne Murren absegnete. Worüber sich Raschid wiederum freute.

Nach Wachwechsel und Mittagessen fuhren die beiden Leibwächter zum Landeplatz der Transporthelikopter. Ibrahim checkte noch einmal die Instrumente und Gamal beobachtete jede Kleinigkeit mit Argusaugen.

Gut möglich, dass Raschid nach etwas fragte, was nur Ibrahim zu eigen war. *Zwei Mal Funkgerät- und zwei Mal Treibstoffkontrolle*, stellte Gamal eher unbewusst fest. Dann ein Check-up der Notfallfrequenzen. Das war ungewöhnlich, denn die änderten sich normalerweise nicht und wenn, dann wurde das, Tage vorher schon, bekannt gegeben. Augenblicke später begannen sich die Rotoren zu drehen und hoben den riesigen Heli sanft vom Boden.

„Warst du am Simulator schon mal an den Großen?", fragte Ibrahim.

„Nur zwei Mal", gab Gamal zurück. „Raschid meinte, ich solle erst auf den Kleinen wirklich sicher werden."

„Mir hat er über dich ganze Lobesarien gesungen."

„Wirklich?" Gamal schaute seinen Kollegen überrascht an. „Ich habe doch erst zwei Hände voll Stunden hinter mir und in der Praxis bin ich noch gar nicht geflogen."

„Wie du sagst, *noch nicht*. Rutsch mal rüber auf meinen Platz!"

Gamals schaute ihn überrascht an. Wenn sich Ibrahim zu so etwas entschloss, dann musste er schon sehr großes Vertrauen haben und Raschid hatte befohlen, alle Anweisungen zu befolgen. Offensichtlich lief hier ein abgesprochenes Spiel. Den Wechsel hatte er mit Raschid bereits mehrfach geübt und er schaffte es, den Steuerknüppel zu übernehmen, ohne dass das riesige Fluggerät vom Kurs abkam.

„Du wirst ihn auch im großen Hangar landen", erklärte Ibrahim soeben. „Der ist momentan komplett leer. Denk aber bitte daran, dass wir einige Tonnen Treibstoff geladen haben. Setz ihn nicht zu hart auf."

„Auftrag verstanden", entgegnete Gamal, sich auf den Flug konzentrierend. „Was muss ich beachten, um sauber runterzukommen?"

Ibrahim nickte zufrieden, weil er sich nicht in Gamal getäuscht hatte und begann, ihm hilfreiche Tricks zu verraten. Nicht jeder Neuling hätte sich darauf eingelassen, ein völlig unbekanntes Fluggerät in einem Hangar zu landen.

Gamal seinerseits wusste, dass Ibrahim sofort eingreifen würde, sollte er Fehler machen, die mit Hinweisen nicht zu korrigieren gewesen wären. Er hielt sich exakt an den Anflugwinkel, den Ibrahim als Ideallösung vorgab, bat um Landeerlaubnis und navigierte den fliegenden Lastesel genau über das große Kreuz auf dem Boden. Beinahe übervorsichtig setzte er ihn nach endlos scheinenden Minuten auf. Die Motoren verstummten, die Rotoren liefen aus und Ibrahim gratulierte ihm zur perfekten Landung.

„Na, wie war es?"

„Ziemlich aufregend", gab Gamal gerne zu. „Der Koloss ist doch etwas heikler in der Handhabung, als die kleinen Helis."

„In zwei Stunden ist er wieder startbereit", erklärten die Techniker, die das Auspumpen der Tanks übernahmen.

„Wie ändert sich das Flugverhalten, wenn er leer ist?", fragte Gamal auf dem Weg in den Speisesaal, wo sie gemütlich Kaffee zu trinken gedachten.

Ibrahim gab auch hierüber umfassend Auskunft. Dabei bezog er sich weniger auf Lehrwissen, sondern erzählte detailliert über seine Flugerfahrung bei verschiedenen Wetterlagen. „Am besten, du fliegst die Kiste nach Hause und ich lehne mich entspannt zurück."

Gamal schaute so verdattert, dass Ibrahim lauthals auflachte. „Übrigens, wenn ich *entspannt* sage, dann meine ich das auch so. Falls das, was ich heute gesehen habe, bei dir zur festen Regel wird, dann könnte ich sogar während des Fluges schlafen, wenn du am Steuerknüppel sitzt."

„Danke", murmelte Gamal mit strahlenden Augen. Ihm lag sehr viel am Lob seines erfahrenen Kollegen. Das machte ihm auch Mut für den Rückflug. Ibrahim nahm auf dem Copilotensessel Platz und beobachtete Gamal, der ebenfalls alles doppelt checkte und zuletzt noch einmal die Notfallfrequenzen abglich. Ibrahims überraschte Handbewegung gewahrte Gamal nur aus den Augenwinkeln. Er bekam Starterlaubnis und brachte den Helikopter sicher auf Kurs.

„Weshalb hast du die Frequenzen verglichen?", fragte Ibrahim. „Das steht in keinem Lehrbuch."

„Weil ich es bei dir so gesehen habe und du nichts ohne Grund tust. Es muss also etwas dahinter stecken, das durchaus überlebenswichtig werden könnte."

Ibrahim rieb sich die Nasenspitze. „Ist nur eine Marotte von mir."

„Glaub ich nicht", entgegnete Gamal. „Ich kenne dich inzwischen recht gut. Musst es mir aber nicht erzählen, wenn es dir unangenehm ist."

„In einer Zeit, als es nur eine Notfallfrequenz für uns gab, haben sie mir im Fort die Änderung nicht mitgeteilt und just an diesem Tag machte meine Kiste mitten in der Wüste schlapp. Ist ein dummes Gefühl, wenn du mit vollem Marschgepäck tagelang läufst und du nicht weißt, ob sie schon nach dir suchen. Wenigstens haben sie mich gefunden, bevor das Trinkwasser endgültig alle war."

„Hast auch nicht gerade wenig erlebt", warf Gamal ein.

Ibrahim grinste breit. „Bringt der Job so mit sich. Aber wem sage ich das!"

Im Palast schaute Raschid auf die Uhr. „Ich fahre selber, um unsere Leute abzuholen."

Saladin zog die Augenbrauen hoch. „Du erwartest doch nicht wirklich, dass Gamal die Kiste fliegt?"

„Wollen wir wetten?"

„Weißt du was? Ich fahre mit. Fliegt er das Ding, dann kümmere ich mich bei Sharif, dass er den Schein sofort bekommt. Fliegt er es nicht, dann wirst du bei der nächsten Falkenjagd als Gesellschafter für die Hofdamen fungieren."

„Abgemacht!", rief Raschid. „Die Damen können sich schon mal einen anderen suchen. Mich kriegen sie nicht!"

Das breite Grinsen behielt er auch bei, als er das Auto zum Flugplatz steuerte. Nach ein paar Minuten deutete immer lauter werdendes Knattern an, dass sich ein großer Helikopter im Anflug befand.

Wer das Gerät flog, ließ sich wegen der Helme noch nicht sagen. Erst als der Pilot ausstieg und seinen Helm abnahm, gab sich Saladin geschlagen. Das Erste, was Raschid zu Gamal sagte, war: „Danke. Du hast mir gerade den Hintern gerettet."

Auf dem Heimweg verriet der Prinz schließlich auch, wodurch und wovor Raschid gerettet worden war. Nur den anderen Teil der Wette verschwiegen beide vorerst. Gamal verabschiedete sich vor seiner Zimmertür von Ibrahim. „Ein verrückter Tag. Warum, um alles in der Welt, schlägt Raschid Saladin Wetten vor, wo für ihn die schlimmsten Folgen eintreten könnten?"

Ibrahim lachte hellauf. „Aus vollem Vertrauen. Du bist für Raschid der Mann für alle Fälle. Erscheint etwas unmöglich, dann gibt er es mir. Erwartet er aber ein Wunder, bist du dran." Er klopfte Gamal auf die Schulter und trollte sich feixend. Vor seiner eigenen Tür blieb er stehen, drehte sich um und rief: „Ich sehe das übrigens genau so! Schlaf gut!"

Gamal lag noch lange wach und grübelte. Raschid verlangte niemals Dinge, die nicht irgendwie mit Konzentration und etwas gutem Willen zu bewerkstelligen gingen. Ibrahim wäre auch der Letzte gewesen, ihm Honig ums Maul zu schmieren. Wenn der sich auf diesen beiden Flügen sicher gefühlt hatte, dann entsprach das den Tatsachen. Ziemlich zufrieden mit sich und dem Stand der Flugausbildung schlief Gamal schließlich doch noch ein.

„Ah, der neue König der Lüfte!" Yussuf servierte Gamal den Morgenkaffee.

„Du meinst wohl eher das Küken, das gerade seine ersten Flugversuche macht", gab der lachend zurück.

Yussuf grinste breit. „Stell dein Licht nicht unter den Scheffel. Hab mir sagen lassen, du hättest aus der Kalten zwei Flüge mit dem Großen absolviert."

„Okay, wenn schon, dann anderthalb", erwiderte Gamal. „Ich habe ihn beim Hinflug erst über der Wüste übernommen."

„Also auch noch erstklassige Kamikazeausbildung gehabt", witzelte Yussuf.

„Stapelt er tief?", hörte Gamal Ibrahim hinter sich fragen und Yussuf antworten: „Was hast du erwartet? Du kennst ihn doch!"

Gamal drehte sich grinsend um. „Also, wenn das heute so weitergeht, halte ich eine Autogrammstunde ab."

„Interviewerfahrungen hast du ja aus Paris." Ibrahim setzte sich.

Diesmal verdrehte Gamal die Augen. „Gibt es hier irgendwo eine Schmoll- und Kummerecke?"

Die Männer am Tisch brachen in wieherndes Gelächter aus. Raschid erschien und beugte sich zu Gamal hinunter.

„Du musst heute den Unterricht für die Damen eine Stunde eher beenden. Geh anschließend nicht erst essen, sondern komm sofort in mein Büro. Wir haben einen Termin bei Sharif. Wir werden sicher nicht verhungern."

Abdullah löste Gamal pünktlich ab, der mit raumgreifenden Schritten zu Raschid eilte.

„Du wirst Saladin und mich in einer Viertelstunde in den Königspalast fliegen", befahl Raschid. „Hier hast du den Geländeplan, um dich vorzubereiten, die Flugnummer und sämtliche Daten, die du wissen solltest."

Gamal salutierte und verließ mit den Papieren das Büro. Noch auf dem Weg zu seinem Zimmer las er quer. Der Privat-Heli des Prinzen stand im Palastgelände, wurde von zwei Gardisten bewacht und war stets abflugbereit.

Auf dem Lageplan bemerkte er Bleistiftmarkierungen, die sich ins Papier gedrückt hatten. Er hielt ihn gegen das Licht am Fenster und fand Bemerkungen zum Anflugwinkel und Luftströmungen. Er faltete das Dokument auf die Größe seiner Brusttasche und noch dazu so, dass er schnell die Flugnummer ablesen konnte, sollte jemand danach fragen. Er wunderte sich auch nicht, als sich Raschid neben Saladin, statt auf den Copilotensessel setzte. Zwanzig Minuten später fragte der Palast die Kennung ab und bat um Identifikation des Piloten.

Gamal fackelte nicht lange, er nannte seine Dienstnummer und fügte *Trainingsflug* hinzu. Saladin grinste. Diesen jungen Mann konnte tatsächlich nichts aus der Ruhe bringen. Augenblicke später stand der Helikopter exakt auf der Mitte des Landekreuzes und die drei Insassen strebten der großen Empfangshalle entgegen.

„Mit großem Gefolge?", witzelte Sharif und kam Saladin mit ausgestreckten Händen entgegen.

Der blinzelte treuherzig und deutete auf seine Männer. „Ein Pilot und ein Bodyguard. Nur schwer arbeitende Personen. Von Gefolge kann keine Rede sein."

„Kommt mit." Sharif steuerte sein Arbeitszimmer an. „Alle!", präzisierte er, als Gamal, gewohnheitsmäßig, davor stehen bleiben wollte.

Er schaute Saladin und Raschid an. „Ich bin etwas erstaunt gewesen, über den Eilantrag. Jetzt, wo ich weiß, um welchen Gamal Al Aziz es sich handelt, bin ich es nicht mehr. Erst recht nicht, nachdem ich gesehen habe, dass er soeben deinen Hubschrauber hierher geflogen hat. In Anbetracht der Lage, dass du ihn nicht als Kampfpilot einsetzen lassen willst, gebe ich hiermit alle Genehmigungen." Er zog ein Dokument aus der Schublade. „Die Stempel sämtlicher Behörden sind drauf. Meiner kommt jetzt." Er ließ die Tat folgen, unterschrieb und winkte Gamal heran. „Junger Mann, machen wir es kurz. Hier ist Ihr gültiger Pilotenschein. Bitte."

Gamal nahm überrascht das Papier entgegen, nahm Haltung an und bedankte sich.

Sharif klingelte, worauf ein Bediensteter erschien.

„Führen Sie unseren Gast in die Kantine und leisten Sie ihm Gesellschaft, bis wir ihn wieder rufen lassen."

Als sie den Gang entlang schlenderten, schaute der Mann Gamal neugierig an. „Nach der Uniform sind Sie einer aus Saladins Spezialgarde."

„Das ist richtig."

„Man erzählt sich darüber unglaubliche Dinge …"

„Tatsächlich? Was denn?"

„Ihr sollt alle Supermänner sein."

Gamal hob amüsiert die Augenbrauen. „Sehe ich wie Superman aus?"

Sein Begleiter hob hilflos die Schultern. „Es fällt schwer, nicht daran zu glauben, wenn ein junger Mann, wie Sie, in dieser Eliteeinheit dient."

„Wir sind vielleicht ein bisschen zäher, als andere", wiegelte Gamal ab.

„Man sagt, es wird mit scharf geschliffenen Säbeln und Dolchen trainiert."

Gamal begann zu lachen. „Natürlich sind die Waffen scharf. Vor einem Nudelholz hätte wohl kaum einer Angst." Er grinste. „Na gut, solche Männer soll es auch geben, habe ich mir sagen lassen."

„Haben Sie schon einmal gegen Raschid gekämpft?"

„Hin und wieder", erwiderte Gamal. „Beim ersten Mal hat er mir zwei Gütesiegel der besonderen Art verpasst." Er schob seine Ärmel hoch, denn sein Gesprächspartner hätte ohnehin keine Ruhe gegeben. Und dessen verklärter Blick deutete drauf hin, dass er sich gerade fühlte, als würde er mit einem Halbgott sprechen. Wenigstens konnte Gamal dann unbehelligt sein Mittagessen genießen.

Nun setzte sich einer von Sharifs Leibwächtern mit an den Tisch, den er im Fort Silverrain kennengelernt hatte. „Schau an, die harten Jungs kommen uns auch mal besuchen!"

„Man tut, was man kann", schmunzelte Gamal. „Ist das Leben noch frisch?"

„Meins schon. Und bei dir? Neue Kerben im Pelz?"

„Nichts, was nicht wieder heilen würde."

„Hab gehört, du fliegst neuerdings die Last-Helis."

„Woher weißt du denn das schon wieder?"

„Vom großen Chef", blinzelte der Leibwächter und meinte eindeutig den König.

Die Verzückung in den Augen von Gamals Begleiter wuchs und Sharifs Elitemann goss noch kräftig Öl ins Feuer, indem er sagte. „So sind die Supertypen, um die sich Legenden ranken."

„Na danke", schnaufte Gamal. „Heute Abend platze ich aus Ehrfurcht vor mir selbst aus der Uniform."

Von seinem Gegenüber erntete er ein amüsiertes Lachen. Da summte sein Kommunikator und Gamal machte innerlich drei dankbare Verbeugungen, endlich hier verschwinden zu können.

Zurück im heimatlichen Palast, übergab er den Heli an das Wartungspersonal und dankte Saladin für das große Vertrauen.

Der lächelte und erklärte: „Dein Flugschein ist mein verlorener Wetteinsatz."

Spagat zwischen Studium und Dienst

In den Tagen vor dem Studienbeginn ließ sich Jennifer zum Feierabend öfter von Gamal in die Stadt begleiten. Weniger, weil sie Kleidung für den schnell wachsenden Zwillingsbabybauch brauchte, sondern, damit sie Gamal wegen der richtigen Zivilkleidung beraten konnte. Im Gegenzug las er ihr, selbst im rein privaten Umgang, jeden Wunsch von den Augen ab.

„Wer dich mal als Schwiegersohn bekommt, kann sich absolut glücklich schätzen", murmelte sie dankbar.

Er wiegte leicht den Kopf. „Eine Frau kann sich ein Spezialgardist nicht leisten. Nicht, weil es an Geld mangeln, sondern weil sie nach wenigen Wochen davon laufen würde."

„Ja, ich weiß. Ihr lebt für und von Silverrain."

An den Wochenenden teilte Raschid Gamal nur zum Frühdienst ein, aber dergestalt, dass er alle Transportflüge zum Fort übernehmen konnte, um in Übung zu bleiben und die geforderten jährlichen Flugstunden vorweisen zu können. Die Nachmittage hielten ihm Ibrahim und Abdullah frei, indem sie sich seine Dienste teilten. So kam es vor, dass er Saladins Familie und Jennifer oft tagelang nicht sah und dann jedes Mal staunte, wie Letztere immer runder wurde.

Gamal fuhr an seinem ersten Studientag mit dem Bus zur Uni. Nur nicht auffallen und ganz in Ruhe die Lage checken, hieß sein Motto. Schnell hatte er den richtigen Hörsaal gefunden und suchte sich einen Platz, von dem aus er alles gut im Auge hatte. Innerlich grinsend gestand er sich ein, dass er den Leibwächter einfach nicht ablegen konnte, obwohl er hier nur auf sich selber aufpassen musste.

Er stöpselte seinen Laptop an die Stromversorgung des Tisches und beobachtete unbemerkt die anderen Studenten. Links neben ihn setzte sich ein junger Mann, der, der Kleidung nach, aus ziemlich vermögenden Verhältnissen stammen musste. Dieser musterte kurz seinen Nachbarn und vor allem dessen Technik.

„Neu?", fragte er dann, auf Gamals Laptop zeigend.

„Brandneu."

„Ziemlich viel, was er drauf hat, hab ich gehört."

„Meiner kann noch mehr", schmunzelte Gamal und begann aufzuzählen.

„Glaub ich nicht!"

„Wetten, dass?" Gamal rief die Daten ab und sein Nachbar bekam große Augen. „Sonderanfertigung", fügte er deshalb lächelnd hinzu.

Staunendes Schweigen. „Ich bin Hussein", sagte der Fremde schließlich.

„Und ich Gamal."

Sie reichten sich die Hände.

„Was hast du noch belegt?", wollte Hussein wissen.

„IT."

„War ja klar!" Er deutete mit dem Kopf auf den getunten Laptop.

Gamal grinste breit. Dann begann die Vorlesung, welche er komplett als Video aufzeichnete, um sie gegebenenfalls noch einmal abrufen zu können. Schließlich hatte nirgends gestanden, dass dies verboten sein könnte. Die anderen merkten es nicht, denn er schrieb auch eifrig mit.

Mittags blieb reichlich Zeit, um essen zu gehen, ehe er sich den ersten IT-Stunden widmete. Für ihn erst einmal nur Auffrischung, denn in seiner bisherigen Ausbildung gab es schwierigere Dinge. Ziemlich zufrieden fuhr er mit dem Bus zurück zum Palast, um den Abenddienst anzutreten.

„Ahhh! Unser Student ist zurück", rief Ibrahim, als ihn Gamal ablöste. „Alles im grünen Bereich?"

Der lachte. „Was soll man am ersten Tag sagen? Der heutige Stoff war für mich weder brandneu noch uninteressant."

„Wir reden morgen beim Frühstück?"

„Machen wir! Angenehmen Feierabend!"

„Dir ruhigen Dienst! Machs gut."

Als am nächsten Morgen die Kollegen erschienen, stemmte Gamal schon ein paar Minuten Hanteln.

„Wie sind die Kommilitonen?", fragte Ibrahim.

„Ziemlich gemischt aus allen Schichten und aus mehreren Ländern."

„Viele Frauen?"

„Einige."

„Hübsch?"

Gamal hielt inne und schaute Ibrahim belustigt an. „Ich habe auf alles Mögliche geachtet, nur nicht darauf, ob die Frauen hübsch sind. Ich will dort lernen und nicht heiraten."

Abdullah kicherte. „1 : 0 für Gamal."

„Es sind schon recht interessante Leute dabei", erzählte Gamal dann weiter. „Und die, wo die Eltern im Geld schwimmen, denken, dass es mir genau so geht, weil ich einen sündhaft teuren Laptop habe und in Markenklamotten der feinsten Sorte stecke. Ich habe auch keine Veranlassung, sie von diesem Trip abzubringen." Er beendete die letzte Trainingseinheit.

„Die würden es auch nicht glauben, so stilsicher, wie du in höchster Gesellschaft bist. Zumal du ja auch noch alle hohen Persönlichkeiten aus persönlichem Erleben kennst", lachte Abdullah.

„Eben. Vorteile muss man schon nutzen." Gamal fasste nach zwei Dolchen. „Wer will freiwillig?"

„Ich!"

Die Männer fuhren erschreckt herum. Dass Raschid bereits seit ein paar Minuten an der Tür stand, hatten sie wirklich nicht bemerkt. Jetzt legte er Jacke und Hemd ab, zog ebenfalls zwei Dolche aus den Halterungen und nahm die Herausforderung an. Gamal kämpfte wie ein Löwe, gegen die Urgewalt Raschid.

„Du wirst wirklich immer besser", lobte der dann auch. „Vor allem dein Tempo ist phänomenal. Hat echt Spaß gemacht." „Abdullah, du bringst Gamal dann zu Uni. Er ist schon ziemlich spät dran und will ja auch noch in Ruhe essen."

„Danke", murmelte Gamal. „Hab mich wohl etwas beim Schwätzen vertrödelt."

„Kann man so nicht sagen", blinzelte Raschid. „Hast ja dabei die Hanteln traktiert."

Gamal ließ sich in einer Nebenstraße absetzen und trabte mit der Tasche unter dem Arm durch den kleinen Park.

„Heh, Gamal", hörte er es plötzlich rufen und blieb stehen. Hinter ihm nahte Hussein mit großen Schritten. „Bist wohl auch nicht ganz standesgemäß hergebracht worden?"

„Was meinst du damit? Ich bin gestern mit dem Bus gefahren und heute hat mich ein guter Bekannter mitgenommen."

„Wie??? Du fährst mit öffentlichen Verkehrsmitteln???" Hussein betrachtete ihn von Kopf bis Fuß.

„Was ist daran so ungewöhnlich?"

„Alles! Ich würde im Traum nicht auf solche Gedanken kommen."

„Muss ich nicht verstehen", schmunzelte Gamal, ihm die Tür öffnend.

Sie fanden wieder zwei gute Plätze nebeneinander und richteten sich auf die Vorlesung ein. So ging das nun mehrere Wochen, ohne dass Hussein herausbekam, wo sein Studienkumpel Gamal wohnte und wovon er lebte.

Auffällig war nur, dass der ständig die neueste Technik hatte und immer wie frisch aus dem Ei gepellt aussah. Das, was sich an Muskeln unter dem Stoff abzeichnete, war auch sicher nicht geeignet, sich mit ihm anzulegen.

Gerade klappten beide Männer ihre Laptops auf, als Gamals Kommunikator summte.

Raschids Gesicht erschien auf dem Display. „Ich brauche dringend und sofort den kleinen kopiersicheren Code auf deinem Flugschein."

Hussein horchte auf.

„Bekommst du sofort", sagte Gamal und zog das Dokument hervor. „D32-HJ9-P34."

Raschid wiederholte.

„Exakt", bestätige Gamal.

„Danke. Saladin hat heute einen Nachtflug vor und so, wie es aussieht, wirst du den großen Heli fliegen. Machs gut."

Gamal steckte Fluglizenz und Kommunikator zurück in die Tasche. „Hat es dir plötzlich die Sprache verschlagen?", fragte er Hussein schmunzelnd.

„Du bist Pilot? Und dann auch noch bei Saladin?", murmelte der verdattert.

Gamal legte einen Finger vor seine Lippen. „Pssst! Behalte es für dich. Ich kann Rummel um meine Person nicht brauchen."

Wenigstens war es Hussein nun klar, weshalb Gamal nach den Vorlesungen nie mit in die Kneipen ging und um Frauen einen weiten Bogen machte. Auch die Muskelpakete ergaben nun einen ganz anderen Sinn. Von den Leuten des Prinzen hörte man die unwahrscheinlichsten Dinge.

Nach diesem seltsamen Telefonat, dessen unfreiwilliger Zeuge er geworden war, glaubte Hussein nun auch, dass das alles der Wahrheit entsprach. Um Gamal nicht zu verärgern, beschloss er, sich auf andere Weise noch ein paar Informationen zu beschaffen.

Am Geburtstag des Königs mischte er sich unter die Gaffer und es dauerte nicht lange, da erschien Prinz Saladin mit Frau und Sohn, abgeschirmt durch vier seiner legendären Leibwächter. Das Fahrzeug wurde von etlichen Männern mehr eskortiert und Hussein suchte unter diesen erfolglos nach seinem Studienkollegen.

Dann fühlte er sich plötzlich beobachtet und schaute sich forschend nach den Leibwächtern des Prinzen um. Einer nickte ihm deutlich sichtbar zu und Hussein fiel fast aus allen Wolken. Das war Gamal! Der war mitnichten nur ein unbedeutender Serviceangestellter, wie er immer ziemlich glaubhaft behauptete!

Im Augenblick nahm er gerade den kleinen Prinzen auf den Arm und tröstete ihn über die Langeweile der Feier hinweg. Woher Gamal die ganzen hochgestellten Persönlichkeiten kannte und um deren kleine Marotten wusste, war für Hussein im selben Moment glasklar. Sharif ließ sich Prinz Eric bringen und wechselte lächelnd einige Worte mit dem Bodyguard, der sofort seinen Platz wieder einnahm.

Am nächsten Morgen wartete Hussein am Rand des Parks auf Gamal, den er aus einer gepanzerten schwarzen Limousine steigen sah. „Sind das die neuen öffentlichen Verkehrsmittel?", witzelte er.

Gamal lachte. „Ich bin erst vor zwei Stunden von Sharifs Geburtstagsfeier nach Hause gekommen. Da reichte die Zeit gerade noch zum Umziehen und Essen. Mit dem Bus wäre ich hoffnungslos zu spät gekommen und ich hasse Unpünktlichkeit."

„Na ja, als kleiner Serviceangestellter kann man sich auch keinen Rüffel leisten", schmunzelte Hussein.

„Stimmt. Da bekommt man dann einen Besen in die Hand und muss den ganzen Tag den Hof kehren. Echt unschöne Sache." Gamal grinste breit.

„Dir würden sie eher einen Hexenbesen verpassen, damit du weiter fliegen kannst", platzte Hussein heraus.

Gamal brach in schallendes Gelächter aus. „Ich bevorzuge fliegende Teppiche."

„So was habt ihr?", fragte Hussein mit halbernstem Unterton, um in der nächsten Sekunde in das Lachen einzustimmen. „Wundern würde mich selbst das nicht", fügte er hinzu, als er sich endlich wieder beruhigt hatte. „Mein Job ist eher erdgebunden. Vater handelt mit Immobilien und ich soll nach dem Studium zügig die Geschäfte übernehmen. Er ist nicht mehr der Jüngste. Der Geist ist hellwach, nur der Körper macht langsam schlapp. Irgendeiner muss sich ja später auch darum kümmern, dass seine vier Frauen standesgemäß leben können."

„Vier Frauen?", fragte Gamal überrascht.

Hussein grinste. „Wäre mir auf Dauer auch zu anstrengend. Wenn ich Abwechslung haben muss, dann bezahle ich für eine Nacht und nicht ein Leben lang. Wenn du verstehst, was ich meine."

„Wie viele Geschwister hast du?"

Hussein hob drei Finger. „Nur Schwestern und alle als schmückendes Beiwerk ihrer Männer aus dem Haus. Bleibe nur noch ich, auf den sie wirklich zählen können."

„Verstehe." Gamal hatte bis zu diesem Gespräch Hussein für einen gehalten, der überall als Beruf *Sohn* angab und nur zum Spaß studierte, weil es Papa so verlangte. Wenn es darum ging, tiefzustapeln, dann waren sie sich durchaus ebenbürtig. Der Gedanke musste ihm so deutlich anzusehen gewesen sein, dass ihm Hussein auf die Schulter klopfte und sagte: „Dann wären wir diesbezüglich also quitt."

Gamal schaffte den Spagat zwischen Dienst und Studium recht gut, auch, wenn er manchmal selbst bemerkte, bei der Wache mit den Gedanken bei irgendwelchen Formeln zu sein, statt mit allen Sinnen die Umgebung zu checken. Raschid setzte ihn nur dort ein, wo von Grund auf absolute Sicherheit herrschte und schon ein ziemlich ungewöhnlicher Umstand eintreten musste, die Idylle zu stören.

„Jetzt wird es langsam beschwerlich", stöhnte Jennifer, als Gamal sie drei Wochen vor dem errechneten Geburtstermin die Treppe in den Garten hinunter führte. „Ronda wird es auch nicht einfach haben. Immerhin ist sie ein bisschen älter."

Um Ronda, die Frau des Königs, zugleich Mutter von Kendra und quasi Stiefmutter von Saladin kümmerten sich Dutzende Ärzte. Durch die verrückte Konstellation, dass Sharif die Schwiegermutter seines Sohnes geheiratet hatte, wartete sowohl der Prinz als auch seine Frau auf ein Geschwisterchen.

Jennifer ließ sich ausschließlich durch Doktor Hakim, den Leibarzt Saladins, betreuen und der machte seine Arbeit hervorragend. Wenn sie etwas benötigte, dann schickte sie Gamal eine Nachricht. Dadurch, dass er täglich für den Besuch in der Uni das Palastgelände verlassen konnte, fiel es ihm nicht sonderlich schwer, ihre kleinen harmlosen Wünsche ganz nebenbei zu erfüllen.

Er war auch der Pilot, der, mitten in der Nacht, Jennifer schließlich zur Entbindung in die Klinik flog. Raschid war so nervös, als würde er selber die Zwillinge bekommen, dass er gar nicht hätte fliegen können, selbst, wenn er es gewollt hätte. Natürlich war Gamal so auch der Leibwächter, der als Erster die Neugeborenen im Arm halten durfte.

„Das ist Lilian", erklärte Jennifer, ihm eines der Babys gebend, welches seelenruhig weiterschlief. „Und dieser kleine Schreihals ist Ben."

„Oh! Ein Pärchen!", rief Gamal. „Da hat der stolze Papa doch von jedem etwas."

„Und der ist mächtig stolz", bestätigte Raschid mit geschwellter Brust.

Prinz Muhammad, der jüngste Sohn des Königs wurde drei Tage später im gleichen Krankenhaus geboren, was mit einem dreitägigen Fest begangen wurde. Und natürlich war Raschid für Saladins Familie verantwortlich. Zumindest gestand ihm der Prinz einen Bodyguard für die eigene Familie zu und Raschid bestimmte Gamal. Dieser zirkelte auch nicht lange herum und beaufsichtigte die Kleinen, wenn Mama Jennifer vor Erschöpfung einfach einschlief.

Natürlich hatte er viel Muße, die Geschwister miteinander zu vergleichen. Lilian, ein zartes stilles Mädchen, mit rötlichem Haar, wie die Mama. Ben, ein kräftiger Knabe mit rabenschwarzen Haaren, wie der Papa. Lilian weinte nur, wenn die Windel voll war und sie Hunger hatte, während Ben immer irgendetwas zu quengeln fand.

Papa Raschid wird einen Haufen Erziehungsarbeit haben, dachte Gamal in solchen Augenblicken. Ben, als Sohn, war zwar immer zuerst dran, ohne jedoch einen Vorzug zu bekommen. Wenn Jennifer den kleinen Rabauken bändigte, wie sie mit einem Augenzwinkern sagte, nahm Gamal Lilian auf den Arm, wo er sie sanft wiegte, mit ihr sprach und so ganz schnell die Tränen zum Versiegen brachte, bis sich Mama endlich um ihr Töchterchen kümmern konnte. Als Raschid am vierten Morgen wieder nach Hause kam, hatte Gamal gerade Ben auf dem Arm, der sich auch trocken und satt nicht beruhigen wollte.

„Oh, der perfekte Babysitter!", schmunzelte Raschid. „Musst du nicht in die Uni?"

„In einer halben Stunde. Abdullah bringt mich hin, weil ich sonst hoffnungslos zu spät käme."

„Bist du wenigstens in den drei Tagen zum Lernen gekommen?"

Gamal nickte, während Jennifer hinter ihm die Lippen zusammenpresste und heftig den Kopf schüttelte.

„Wer von euch beiden will mir denn nun einen Bären aufbinden", fragte Raschid amüsiert.

„Keiner", erwiderte Gamal sofort. „Du hast ja nicht gefragt, ob ich fürs Studium gelernt habe. Über Babypflege weiß ich nun jedenfalls eine ganze Menge."

„Auch wahr." Raschid seufzte vernehmlich. „Sag, wenn du mehr Zeit brauchst. Ich deichsle das schon irgendwie."

Gamal verabschiedete sich und rannte, die Tasche unter dem Arm, hinüber ins Depot der Pkws.

„Bei dir und den Kleinen alles okay?" Raschid zog seine Frau auf den Schoß.

„Jetzt schon. Die ersten beiden Tagen waren ziemlich chaotisch und ohne Gamal hätte ich wohl einen Nervenzusammenbruch bekommen. Der packt überall zu, ohne dass man bitten muss. Ich bin ihm äußerst dankbar."

„Wie hat er denn überhaupt alles auf die Reihe bekommen?"

„Ich habe ihm das kleine Gästezimmer gegeben", berichtete Jennifer. „Nachts ein Mucks von den Kleinen, schon war er dort und hat sie beruhigt."

Und auf Raschids verblüfftes Gesicht: „Wem könnte ich sonst so vertrauen, wie ihm?"

Raschid hieß die ungewöhnliche Aktion in allen Punkten gut, zumal nicht zu befürchten stand, dass Gamal Ambitionen hatte, hier zu wildern. Der wäre nicht einmal im Traum auf solch einen Gedanken gekommen. Dazu verdankte er den Raschids viel zu viel. Schon deswegen wurden die drei *alten* Hasen, Ibrahim, Abdullah und Gamal, bevorzugt eingesetzt, wenn es darum ging, die Frauen und Kinder zu schützen.

Die Kleinen nahmen auch alle gleichermaßen gern an. Nur fiel irgendwann auf, dass sich Lilian, kaum dass sie laufen konnte, stets zu Gamal flüchtete, so sie die freie Auswahl unter den Leibwächtern hatte.

Wenn er ihr ein neues Spiel erklärte und sie ihn mit ihren großen seegrünen Augen neugierig anschaute, musste sogar ihr Papa schmunzeln. „Das ist ein Bild hochgradiger Verehrung."

„Sicher von beiden Seiten aus gesehen", gab Gamal dann mit einem Blinzeln zurück.

Dabei fiel es ihm immer schwerer sich dem Zauber dieser Augen zu entziehen, je älter Lilian wurde. Als ihn Raschid, wegen der bevorstehenden Prüfungen und der Diplomarbeit, weitgehend vom Dienst freistellte, fragte sie sogar ein paar Mal nach ihm.

Mit der Antwort: „Onkel Gamal muss ganz viel lernen", gab sie sich zufrieden, denn auch sie musste, nachdem sie gerade zwei Jahre alt geworden war, viel lernen. Jennifer fügte sich notgedrungen, obwohl sie kaum etwas davon hielt, ihren Winzlingen jetzt schon höfische Regeln einzurichten.

Raschid hatte sie fast auf Knien angefleht, bloß keinen Fehler zu machen, indem sie sich Saladin und Sharif widersetzte. Lilian fand den Unterricht meist auch ziemlich spannend, während Ben bockte, wann immer es ging.

Als Gamal in einer Feierstunde an der Uni schließlich sein Diplom erhielt, durfte ihm Lilian die Blumen überreichen. Unter dem tosenden Beifall der Anwesenden trug das kleine Mädchen den Strauß auf die Bühne, ohne zu stolpern und mit stolz erhobenem Kopf. Als sei es das Natürlichste der Welt, führte sie Gamal auch perfekt zurück zu seinem Platz neben Jennifer und Ben.

„Deine beiden?", fragte ihn ein Studienkamerad vor der Garderobe.

„Nein. Die Kinder meines Vorgesetzten, Raschid, des Beraters des Prinzen."

„Ha! Jetzt habe ich es endlich begriffen! Du bist einer aus der geheimnisvollen Leibgarde! Deshalb bist du Hubschrauberpilot und hast Muskeln und Reaktionen, wie kein Zweiter hier!"

„Pssst", machte Gamal lächelnd. „Drei Punkte für den Kandidaten, auch wenn es drei Jahre gedauert hat, um das herauszufinden. Behalte mich in angenehmer Erinnerung. Alles Gute für dich."

Einer eiligen Rundmail hatte er es zu verdanken, dass vor der Tür die ganzen Studienkollegen warteten, die nicht so gut wie Hussein informiert waren, um neugierig zu überprüfen, ob an der grandiosen Neuigkeit etwas stimmte.

Er grinste in die Runde, eilte die Treppe hinunter und kam Augenblicke später mit der schwarzen gepanzerten Limousine Raschids vorgefahren, um Jennifer und die Kinder sicher nach Hause zu bringen.

„Na? Sonst noch Fragen?", triumphierte der Absender der Mail.

„Keine!", waren sich alle einig und die Mädchen wussten plötzlich ganz genau, warum er jegliche Kontakte außerhalb des Studiums mit ihnen gemieden hatte. Dafür gab es jetzt reichlich Stoff zum Träumen, denn der Hintergrund des Geheimnisvollen machte Gamal gleich noch attraktiver.

Attraktiv wurde er, oder vielmehr sein Wissen, nun auch für Saladin, der ihn immer öfter mit Raschid zu Wirtschaftskontrollen in seine Firmen schickte.

„Nennt man das jetzt Sparsamkeit oder schon Geiz?", fragte Kendra Saladin einmal sehr direkt und erntete ein lässiges Schulterzucken.

„Das kannst du drehen, wie du willst. Leibwächter mit Wirtschaftsprüferqualitäten oder Wirtschaftsprüfer mit Bodyguardfunktion."

Kendras ironische Frage hatte aber zur Folge, dass ab dem Folgemonat auf Gamals Soldabrechnungen ein Plus von fast fünfundzwanzig Prozent erschien. Raschid, der die Zahlungen buchte, grinste genüsslich in sich hinein. Gamal erklomm, still und ohne Aufsehen zu erregen, die Karriereleiter, deren erste Sprosse ihm Kendra vor Jahren in Form eines Autoschlüssels zufällig in die Hand gedrückt hatte und die Gamal freiwillig nicht wieder loslassen würde. Raschid schlug zwei Jahre später Gamal zur Beförderung vor und Saladin nickte.

„Onkel Gamal hat eine neue Uniform, die fast so chic ist, wie die von Papa", kommentierte das Lilian kurz und zutreffend. Ben hingegen hatte es nicht einmal bemerkt.

Eine wundervolle Blume mit starken Wurzeln

Prinz Eric, inzwischen Schüler an einer privaten Einrichtung, behandelte Gamal nun, seinem Rang entsprechend, mit deutlich erkennbarer Achtung.

Saladin pflegte ihm immer wieder einzuschärfen: „Was du bist, bist auch durch die hervorragende Arbeit dieser Offiziere und meiner ganzen Garde. Behandele sie stets gut und rücksichtsvoll, dann werden sie auch immer für dich da sein, wenn du sie wirklich brauchst."

Er sah es mit Freuden, wenn sein Sohn die nützlichen Ratschläge seiner Männer annahm und seinerseits bei ihnen um Rat suchte, wenn er nicht allein zurechtkam. Daran änderte sich in den nächsten Jahren auch kaum etwas.

Als Omar, der zweite Sohn der Ibn Sinas zur Welt kam, war das gute Verhältnis zwischen Eric und den Leibwächtern von eindeutigem Vorteil, denn der, doch recht große, Altersunterschied zwischen den Geschwistern und die völlig unterschiedlichen Interessen, bewirkten, dass sich Kendra intensiver um den Kleinen und Saladin sich um seinen Großen kümmerte, wo er eben auch öfter direkt im Kreise der Elitemänner zu finden war, selbst wenn es um private Dinge ging.

Raschid kam eines Tages in den Trainingsraum, winkte Gamal mit dem Finger und der unterbrach sofort die Übung. „Sofort zum großen medizinischen Check", befahl Raschid und bedeutete den anderen weiterzumachen.

Gamal überlegte krampfhaft, was den Ausschlag für den Befehl gegeben haben konnte, denn die Reihenuntersuchungen hatten, wie stets drei Wochen nach den Orgien in Silverrain, stattgefunden und waren erst ein paar Tage her. Das Ergebnis war erstklassig, wie immer, gewesen.

„Du wirst ein paar besonderen Tests unterzogen", erklärte Raschid schließlich. „Unter anderem diversen Fliehkrafttests. Saladin will dich doch noch als Kampfpilot für die Jets ausbilden lassen. Aber er hat nicht vor, dich wirklich so einzusetzen."

Gamal nickte einfach. Er war immer offen für Neues und sich zu widersetzen, hätte auch keinen Sinn gehabt.

„Du bist als zweiter Mann für mich vorgesehen, wenn es um Saladins Privatmaschine geht. Ich komme irgendwann in das Alter, wo nicht mehr immer alle Werte bei 100 Prozent liegen und dir vertraut er blind." Raschid brachte ihn persönlich zum Ausbildungszentrum der Jagdflieger und wartete auf das Ergebnis.

„Topwerte", sagte der Arzt nach zwei Stunden, Raschid die Akte reichend.

„In vier Tagen geht es los", gab einer der Offiziere Auskunft. „Wenn Sie möchten, reserviere ich Ihnen direkt hier eine Unterkunft."

Ein kurzer Blickwechsel mit Raschid und Gamal nahm das Angebot dankend an.

Trotz seines Offiziersranges fügte sich Gamal nahtlos in das neu zusammengestellte Team ein, wie die Ausbilder sehr erfreut feststellten. Dafür fehlte er in Saladins Palast unübersehbar. Ibrahim flog nun die Touren nach Fort Silverrain wieder allein und Abdullah versuchte, mit den anderen Männern die ausfallenden Dienste zu kompensieren.

Raschid wurde täglich über den aktuellen Ausbildungsstand informiert und Saladin war sehr zufrieden. Hin und wieder sprachen die Männer bei der Abendunterhaltung darüber, sodass auch die Frauen und Kinder erfuhren, warum Gamal plötzlich so lange fehlte.

Abdullah und Ali wechselten sich dabei ab, Eric und die Zwillinge zu ihren Schulen zu bringen und sie wieder abzuholen. Saladin scheute wirklich keine Kosten, seinen zweitbesten Mann umfassend an verschiedenen Flugzeugtypen ausbilden zu lassen.

So kam es, dass der erst nach einem halben Jahr wieder zum regulären Dienst im Palast antrat. So, wie er für alle anderen auf einmal verschwunden war, tauchte er plötzlich wieder auf und stand Posten vor dem Treppenaufgang zu den Wohnetagen, wo die Ibn Sinas und Raschids vorbei mussten, wenn sie nach dem Abendbrot nach Hause wollten.

Lilian huschte lächelnd vorüber. Ziemlich deutlich stand ihr ins Gesicht geschrieben, dass sie gern ein paar Worte mit ihm gewechselt hätte. Die Etikette verbot es nicht, es gehörte sich nur nicht, die Diensthabenden sinnlos zu belästigen. Lilian seufzte.

Gamal, dem die Blicke nicht entgangen waren, schaute ihr unbemerkt hinterher. Sie war zwar erst dreizehn, zog aber jetzt schon die Blicke aller Männer auf sich, weil sie ausnehmend hübsch war und die richtigen Rundungen, bereits an den richtigen Stellen dieses wohlproportionierten Körpers saßen. Gamal durchströmte jedes Mal eine wohlige Wärme, wenn sie grazil an ihm vorüber schwebte und kaum merklich lächelte.

Alter verliebter Esel, dachte er dann stets, *sie ist noch ein halbes Kind, außerdem die Tochter deines Vorgesetzten, der dazu nicht irgendwer ist. Er ist der Berater des Prinzen. Sie wird wohl eines Tages Eric heiraten, mit dem sie sich ausnehmend gut versteht. Ach ja, Prinz müsste man sein!*

In den Nächten nach solchen Tagen träumte er von ihr. Nicht von Sexorgien, wie er sie in Silverrain erlebte – alles bisher Erlebte verwob sich zu einem romantischen Irgendwas. Er ging stundenlang an ihrer Seite in Paris spazieren, er fuhr mit ihr in einer Sandraupe zu einem Dinner bei Kerzenschein irgendwo in die weite Wüste, flog im Hubschrauber mit ihr zu einsamen Inseln und erschauerte wohlig, wenn sie sich im Traum an ihn schmiegte.

Ich weiß, dass es nicht sein darf, aber ich liebe sie.

Prinz Eric war, selbst wenn sich Ben nicht in Hör- und Sichtweite aufhielt, der vollendete Gesellschafter für Lilian. Er spielte stundenlang mit ihr Schach und auch beim Mensch-ärgere-dich-nicht war er nie wirklich verärgert, wenn sie ständig gewann. Die Ibn Sinas hatten nichts dagegen, dass er ihr so viel Zeit widmete und die Raschids sahen es mit äußerster Freude.

Streitgespräche zwischen den drei Heranwachsenden gab es ausschließlich, wenn Ben dumme Sprüche klopfte und sich Eric ganz diplomatisch zurückhielt. Richtig ungehalten wurde Lilian nur, wenn Eric Ben dabei aus Spaß ritterlich assistierte, obwohl klar auf der Hand lag, dass ihr Bruder im Unrecht war.

Einmal fragte sie Eric mit vor Zorn funkelnden Augen: „Warum tust du das?"

Der lachte schelmisch. „Er ist der Schwächere."

Lilian stutzte, dann begann sie, ebenfalls zu lachen.

„Na, ist der Groschen gefallen?"

„Ist er. Aber du wirkst stets so ernst, dass ich wirklich geglaubt habe, du würdest seine Meinung teilen."

Omar, der jüngste Sohn der Ibn Sinas zog es schon in ganz jungen Kinderjahren vor, sich lieber allein zu beschäftigen. Saladin ließ seinen hochbegabten Sohn deshalb umfassend ausbilden, wann immer der Knabe Interesse an etwas zeigte.

Seine künstlerische Ader war so offensichtlich, dass man nach dem jährlichen Wahnsinn im Fort, den griechischen Bildhauer und Maler Arion für zwei Wochen in den Palast einlud, wo er Omar intensiv unterrichtete. Natürlich nutzte Kendra dessen Anwesenheit, um immer neue Computerspielideen in die Tat umzusetzen. Nicht umsonst war sie eine der besten Softwareentwicklerinnen weltweit und ihre Firma verdiente ausgezeichnet an der Zusammenarbeit mit dem Griechen.

Für Jennifer gab es auch stets einen warmen Geldregen, denn ihren Mädchennamen *Westwood* verband man noch immer direkt mit dem einstigen Topmodel. Also ließ Kendra die ganze Serie der mittelalterlichen Drachenspiele unter diesem Label laufen und lag damit goldrichtig. Später kreierte sie mit Arions Hilfe eine Variante, in der die virtuelle Jennifer als orientalische Prinzessin auftrat und nur durch den Geist aus der Flasche, in Raschids Gestalt, gerettet werden konnte.

Das Lustige an diesen Spielen war, dass sich der Prinz noch so mühen konnte, am Ende bekam immer der Dschinn die Prinzessin. Schaffte es der Prinz doch, bis zum Ende durchzuhalten, dann verschwand die Schöne Sekunden vor der Hochzeit als rosa Rauchwölkchen an der Seite des Geistes in der nächstbesten Flasche oder Öllampe. Keiner der glückliche Sieger dachte daran, alle Gefäße zu verschließen und irgendein Schlupfloch fand der Dschinn immer.

Selbst Prinz Eric spielte mit Vergnügen, obwohl er von Kendra wusste, dass man die Prinzessin nicht wirklich für sich gewinnen konnte.

Gamal war sich ebenso sicher, dass er die Dame seines Herzens nicht für sich gewinnen konnte. Weder Lilian noch irgendeine andere Person ahnte, dass er sich nach ihr verzehrte. Er brachte die Geschwister früh zum Unterricht, holte sie am Nachmittag ab und zog seinen Dienst am Pool durch, obwohl es ihm unendlich schwerfiel, ihren fast nackten Körper nicht anzustarren. Natürlich lauschte er, wenn sich die beiden Mütter über ihre abwesenden halbwüchsigen Kinder austauschten.

Nur brachte das seine Hormone erst recht in Aufruhr, denn von Lilian gab es nur Gutes zu erzählen. Prinz Eric gelang es, durch seine ruhige Ausstrahlung, ihren Bruder Ben, den Wildfang, etwas zu zügeln. Saladins Einschätzung traf wohl ins Schwarze, dass Ben zwar wie der Papa aussah, ihm charakterlich aber keinesfalls ähnelte. Lilian hingegen schien die perfekte Mischung, aus Raschids besonnener Art und Jennifers umwerfendem Aussehen, zu sein.

Einmal, Ben hatte gerade wieder restlos übertrieben, sagte Raschid seufzend zu Saladin: „Vielleicht haben sie mir diesen aufmüpfigen Zug in der Sklavenhöhle ausgeprügelt."

Und dieser antwortete: „Glaub ich nicht. Dir haben sie nur einen unbändigen Überlebenswillen eingebläut. Bei Ben kommt möglicherweise die Mama durch, die als Kind nicht nur ein Wirbelwind, sondern ein handfester Tornado gewesen sein soll, wie uns ihr Bruder einmal verraten hat. Na, wie auch immer, wer deine Kleine einmal zur Frau nimmt, der hat sicher wenig Grund zur Klage."

Worauf sich Raschids bekümmerte Miene gleich um ein paar Grad aufhellte. Raschid ließ seine Kinder auch nicht privat unterrichten, sondern schickte sie in eine gute öffentliche Einrichtung, damit sie das Leben auch von der anderen Seite des goldenen Käfigs kennenlernen konnten.

Er drückte stets ein Auge zu, wenn Lilian immer wieder den Mitschülerinnen aus weniger begüterten Familien Bücher überließ, die die sich nicht leisten konnten und die sie selber nicht unbedingt brauchte. Papa hob höchstens den Zeigefinger, kaufte neu und war insgeheim stolz auf seine Kleine, die sich auch um andere sorgte. Die Zwillinge wurden morgens durch einen Leibwächter in die Schule gebracht und nachmittags am Fuße der Treppe wieder abgeholt.

Ab dem Moment, wo ein Klassenkamerad zu Ben sagte: „Schätze dich glücklich, dass du solch eine Schwester hast!", trug er ihr die Tasche.

Sehr wahrscheinlich aber nur, damit kein anderer die Chance dazu bekam. Ben tat selten etwas grundlos und schon gar nicht, wenn es ihm keinen eindeutigen Vorteil brachte. Raschid beobachtete das mit einiger Sorge, fand aber keinen wirklichen Punkt, um seinen Sohn ins Gebet zu nehmen. Den Grund dazu lieferte im schließlich Lilian.

Die Zwillinge waren inzwischen fünfzehn Jahre alt und besuchten eine höhere Schule. Geplant war ein Fest, das sich aus Spenden finanzieren sollte. Lilian packte es auf ihre Weise an. Sie klopfte mutig an Saladins Arbeitszimmer, trat ein und stand unvermittelt auch noch Ben und ihrem Vater gegenüber. Ob Ben wohl die gleiche Idee gehabt hatte?

„Suchst du deinen Vater?", fragte Saladin lustig blinzelnd.

Lilian schüttelte den Kopf. „Nein, ich suche dich, weil ich eine große Bitte habe."

„Nimm Platz und sprich!"

Lilian gehorchte und begann sofort: „Ich möchte dich um eine Spende für unser Schulfest bitten."

Die Männer schauten das zierliche Mädchen erstaunt an, Ben klappte der Unterkiefer bis auf die Schuhspitzen.

„Wofür wollt ihr das Geld verwenden?", fragte der Prinz.

„Für die gesamte Ausstattung, die Verpflegung, um kleine Preise für Quiz- und Sportspiele zu kaufen und, um die Mitschüler, die sich kein Taxi leisten können, abends nach Hause bringen zu können."

„Klingt aufregend", sagte Saladin. „Was sagst du dazu, Ben?"

„Ich bin gegen den letzten Punkt."

„Warum?"

„Wer kein Geld hat, muss eben laufen."

„Bis zu zehn Kilometer? Das ist nicht dein Ernst?", rief Lilian mit zusammengezogenen Augenbrauen. „Du weißt genau, wann der letzte Bus in die Außenbezirke fährt!"

„Dann müssen sie eben zu Hause bleiben."

Lilian schluckte. „Du bist herzlos!"

„Was geht es mich an, dass sie arm sind?"

„Egoist!" Lilian schüttelte fassungslos den Kopf. „Wer gibt dir das Recht, andere ausschließen zu wollen?"

„Vielleicht meine hohe Geburt?"

Lilian verstummte entsetzt. Raschid und Saladin wechselten einen langen Blick.

Raschid räusperte sich. „So, so, du glaubst also, dass hohe Geburt alles ist, was einen im Leben weiter bringt."

Ben nickte vorsichtig.

„Dann möchte ich dir die freundliche Mitteilung machen, dass du nichts weiter bist, als der Sohn eines Sklaven, den Prinz Saladin vor vielen Jahren freigekauft hat. Hüte also deine Zunge, wenn du nicht einmal weißt, wo wirklich deine Wurzeln liegen!"

Während Ben seinen Vater anstarrte, als habe ihn gerade der Blitz aus heiterem Himmel getroffen, erhielt Lilian, die die Nachricht viel gefasster aufnahm, von Saladin ein kaum merkliches Nicken.

„Du ahnst sicher schon, wie ich auf deine Bitte reagieren werde. Ich schaue niemals weg, wenn es anderen richtig übel geht. Wir werden das Fest hier im Park feiern, alle morgens vor der Schule abholen und danach direkt nach Hause bringen.

Hier gibt es hervorragende Sportanlagen und ihr werdet sicher eine Menge Spaß haben."

„Vielen, vielen Dank!" Lilian war so gerührt, dass sie Saladins Hand küsste.

„Dein Vater wird sich um alles kümmern. Du darfst gehen."

Mit einem glücklichen Lächeln verließ das junge Mädchen das Arbeitszimmer.

„Eindeutig Vaters Tochter", konstatierte Saladin erfreut. „Und nun zu dir, junger Mann."

Ben war froh, als er eine halbe Stunde später aus dem Büro schlich, dass Lilian die Standpauke Saladins nicht mit angehört hatte. Er fand seine Schwester am Pool, in dem Jennifer und Kendra schwammen. Lilian saß im Schatten der Palmen und löste ihre Schulaufgaben. Gamal stand neben der Freitreppe, um das gesamte Areal überblicken zu können.

„Tut mir leid", wandte sich Ben an seine Schwester. „Ich entwerfe noch heute die Plakate."

Ihr undefinierbarer Blick veranlasste ihn, zu sagen. „Sprich es ruhig aus. Ich bin ein Idiot."

Gamal und die Frauen horchten auf.

Lilian schüttelte den Kopf. „Das hast du gesagt. Für mich bist du einfach nur ziemlich unbedacht und äußerst flink mit einem Urteil. Gamal würde auch nicht das sein, was er ist, wenn er nicht mit absolutem Fleiß daran gearbeitet hätte. Er ist auch nicht als Offizier der Eliteeinheit geboren worden." Lilian wandte sich wieder ihren Aufgaben zu.

„Es tut mir leid", wiederholte Ben eindringlich. „Was muss ich denn noch machen, damit du es mir glaubst?"

„Dich ab sofort so benehmen, wie jemand, der Vaters Worte wirklich begriffen hat. Die Plakate sind ein guter Anfang."

Jennifer kam aus dem Wasser. „Hattet ihr Streit?"

„Nein."

„Ärger in der Schule?"

„Nein."

„Du willst nicht darüber sprechen?"

„Nein." Lilian schaute hoch. „Mir liegt nichts daran, Ben in den Rücken zu fallen. Frag am besten Saladin oder Vater danach, was los war."

Kendra machte eine Handbewegung, als habe sie sich verbrannt. Wenn die stille Lilian so reagierte, dann war der Disput sicher mehr, als nur heftig gewesen. Gamal grübelte ebenfalls, weshalb Lilian gerade ihn als Beispiel genannt hatte. Vor allem aber, wofür genau?

Lilian packte soeben ihre Hefte zusammen, streckte sie genüsslich, umarmte ihre Mutter und sagte so laut, dass es alle hören konnten: „Ich liebe euch, Mum." Dann sprang sie in großen Sätzen die Treppe hinauf und verschwand im Palast.

„Jetzt bin ich noch neugieriger", murmelte Jennifer beunruhigt. „Was hat Ben nur wieder angestellt?"

Die Antwort bekam sie noch vor dem Abendbrot, indem ihr Raschid die ganze Unterhaltung, Wort für Wort, wiedergab, seit Lilian Saladins Büro betreten hatte. Und Jennifer erzählte von ihren Beobachtungen.

„Jetzt verstehe ich auch, warum es ihr so wichtig war, in Kendras Gegenwart zu sagen, dass sie uns liebt", erklärte sie erfreut. „Kendra wird nach dem Bad im Pool sicher auch sofort bei Saladin nachgefragt haben, worum es heute gegangen ist."

Bei Tisch verhielt sich Ben auffallend zurückhaltend, während Lilian vor innerer Freude zu strahlen schien. Sie ruhte regelrecht in ihrem Mittelpunkt. Am nächsten Morgen brachte Raschid seine Sprösslinge persönlich zum Unterricht, um sofort mit dem Leiter der Schule wegen des Festes zu sprechen.

„Danken Sie Lilian, nicht mir", bat er zum Abschluss. „Sie allein war bei Prinz Saladin und hat ihn für das Projekt begeistert. Ich bin nur der Koordinator in seinem Auftrag."

Zwei Tage später wurde die freudige Nachricht den Jugendlichen offiziell bekannt gegeben.

„Ein Fest im Palast?!" „Werden wir auch Saladin sehen?"

Tausend Fragen prasselten auf Ben ein. Der zog Lilian am Arm zu sich heran. „Sie hat Saladin um Mithilfe gebeten und einen ganzen Palast in Aufregung versetzt. Ich bin nur der Plakatgestalter."

„Wie hast das angestellt?", fragten mehrere.

Lilian lächelte. „Ich habe an seinem Arbeitszimmer geklopft, bin eingetreten und habe ihn um eine kleine Spende für unser Fest gebeten."

„Er hat dich einfach reingelassen und zugehört?"

Jetzt musste Lilian herzhaft lachen. „Als Bens Schwester, wohne ich logischerweise auch im Palast und Saladin hört immer zu, wenn jemand über ernsthafte Dinge mit ihm spricht. Es wäre nicht schicklich gewesen, hätte ich ihn beim Abendbrot damit belästigt. Dass er alles, was mit Schule und Ausbildung zu tun hat, für sehr wichtig hält, das seht ihr ja am Ergebnis der kleinen Unterredung."

Und, als hätten sie erst heute davon erfahren, dass Lilians Familie im Palastgelände wohnte, bestürmten die Mädchen sie: „Wie ist es dort so?"

„Kein Kommentar", sagte Lilian kurz.

Am Tag der Großaktion zog Saladin seine gesamte Garde zusammen. Bei einem Haufen halbwüchsiger Jugendlicher musste mit allem gerechnet werden.

„Wie viele sind es denn genau?", wollte er von Raschid wissen.

„Auf den Punkt genau 60 Schüler zwischen fünfzehn und sechzehn Jahren und acht Lehrer", antwortete dieser sofort.

„Nervenaufreibender als Hassans Partys kann es auch nicht werden", kicherte Saladin.

Raschid feixte. „Also, wenn ich Lilian richtig verstanden habe, dann werden bei deinem Anblick die Mädchen vor Verzückung reihenweise in Ohnmacht fallen."

„Wegen eines Fünfzigjährigen?"

„Wegen eines Prinzen."

„Dann hätte ich wohl lieber Eric nach Hause beordern sollen", schmunzelte Saladin. „Da wäre die Wirkung umso garantierter."

Lilian und Ben fuhren als Ordner mit, um die Klassenkameraden abzuholen. Die warteten schon vollzählig versammelt vor der Schule auf die beiden Busse. Bei der Einfahrt in den Palasthof drückten sie sich buchstäblich die Nasen an den Scheiben platt. Von Bildern kannte man das, aber hier gewesen war noch keiner.

Saladin hatte verfügt, die ganze Gruppe durch die imposante Empfangshalle in den Park zu führen, damit sie ein Erlebnis haben konnten, von dem sie noch ihren Enkeln erzählen würden, nämlich, ein Mal im Palast des Prinzen gewesen zu sein.

„Und wo wohnst du?", flüsterte ein Mädchen Lilian zu.

„Hier die breite Treppe rauf und an der nächsten Abzweigung gleich links."

„Phänomenal!"

An den beiden Aufgängen der geschwungenen Treppe standen jetzt je zwei Gardisten, um ganz Neugierige abzuschrecken. Im Park war, neben Tischen und Bänken, eine kleine Bühne aufgebaut, von der aus drei Männer den Ankömmlingen entgegenschauten. Dahinter standen sechs andere Männer, die ziemlich muskulös aussahen.

„Dein Fahrer ist ja auch hier!", rief eines der Mädchen und stieß Lilian an.

Die lachte amüsiert. „Der Fahrer", sie betonte das Wort, „ist Gamal, Offizier der Eliteeinheit und überdies einer der besten Leibwächter Saladins."

„Wie???", fragte das Mädchen völlig verdattert.

„Er ist übrigens auch mein und Bens Bodyguard."

„Der Wächter des Prinzen? Cooler Typ! Bis jetzt hab ich ihn doch nur im Auto sitzen sehen und du erzählst ja nichts."

Saladin begrüßte die Gäste persönlich und wünschte allen viel Spaß und unvergessliche Stunden. „Mit Fragen wendet ihr euch am besten an Ibrahim, Abdullah, Gamal und Ali." Der jeweilige Namensträger trat einen Schritt vor. „Natürlich stehen euch auch die anderen Herren gerne Rede und Antwort."

Auf Fragen brauchte wahrlich keiner lange zu warten. Die Jungen hatten den Hubschrauber hinter der Hecke schneller entdeckt, als Raschid vermutet hatte. Zwar kamen sie nicht einmal in die Nähe des Helis, hatten aber auf der Stelle einen Sack voller Fragen parat. Die, ob es Saladins persönlicher Hubschrauber sei, war davon noch am einfachsten zu beantworten und natürlich die nach den Piloten.

Da sich Raschid mit Saladin ins Haus begeben hatte und von den drei möglichen Kandidaten, nur noch Ibrahim und Gamal zur Verfügung standen, wurden die beiden massiv belagert. Abdullah und Ali beantworteten indes Fragen zur Architektur, zum ganz alltäglichen Leben und zu dem, was ein guter Anwärter auf eine Stelle in Saladins Garden mindestens können musste.

Das war wohl einer der Gründe, weshalb sich die Jungen danach bei den Spielen um Preise derart Mühe gaben, dass selbst die Lehrer aus dem Staunen nicht mehr herauskamen. Die Mädchen wetteiferten ebenfalls um die Bewunderung der vielen gut aussehenden Männer, allerdings aus völlig anderen Gründen, wie diese ziemlich amüsiert feststellten.

Gamals und Lilians Blicke trafen sich und Lilian zuckte kaum merklich mit einem Augenlid.

Ein Haufen Hühner und mittendrin ein Schwan, stellte Gamal zutreffend fest.

Geheime Wünsche

Vier Tage später nahm die nächste Großaktion die Garde in die Pflicht. Es lag wieder einmal Hassans jährliche Poolparty im Fort Silverrain an. Die Frauen und Kinder blieben, wie in den letzten zehn Jahren, zu Hause.

„Das ist kein niveauvoller Umgang für die jungen Leute", pflegte Kendra zu sagen und traf damit bei Jennifer und den Vätern des jungen Volks auf offene Ohren.

Lilian hätte das Treiben mit Sicherheit völlig verschreckt und die drei Knaben wären nur auf dumme Gedanken gekommen, die in diesem Alter alles andere als förderlich gewesen wären. Ibrahim flog Raschid und den Prinzen nach Silverrain, Gamal holte Hassan und seine sexhungrigen Partygäste ab.

Es war das erste Mal, dass er nur wenige Gedanken auf das richtete, was nachts geschehen würde. Ihm spukten Lilians große leuchtend grüne Augen durch den Kopf, ihr stilles Lächeln in dem fein geschnittenen Gesicht und ihr schlanker Körper, den noch nie ein Mann besessen hatte.

Nach der Landung begab sich Gamal umgehend in Raschids Arbeitszimmer. „Alle Passagiere, wie auf der Gästeliste angegeben, an das Hauspersonal übergeben."

„Dann kann der Wahnsinn ja wieder seinen Lauf nehmen", murmelte Raschid und überflog noch einmal den Dienstplan.

„Stimmt was nicht?" Gamal schaute mit auf den Monitor.

„Zwei der Schlipsträger in Hassans Dunstkreis sind Politiker", schnaufte Raschid. „Ich brauche einen guten Mann für die letzte Schicht."

„Trag mich ein. Ich werde es überleben."

„Wie???" Raschid schaute ungläubig auf.

„Na, mach schon."

„Okay. Heute du und für morgen suche ich einen anderen Freiwilligen."

Gamal presste die Lippen aufeinander. „Ich melde mich zweimal freiwillig."

„Wirst du abstinent?"

„Ganz bestimmt nicht", schmunzelte Gamal. „Es dürfte nur kaum was Neues zu entdecken geben."

Raschid schaute ihn forschend an. Welch ungewöhnlichem Umstand war es zuzuschreiben, dass jemand, der fast keine Möglichkeit hatte, sich näher mit Frauen zu beschäftigen, freiwillig auf die Nächte mit den zügellosen Models verzichtete, die keinerlei Tabu zu kennen schienen?

Gamal indes war nahtlos zum nächsten Tagesordnungspunkt übergegangen. Die Änderungen im Dienstplan bekamen die Eliteleute auf die Kommunikatoren übertragen und jeder glaubte an ein Versehen – *Gamal Al Aziz, zweite Schicht* an beiden Tagen.

Ibrahim zog ihn unbemerkt beiseite. „Bist du bei Saladin in Ungnade gefallen? Was ist passiert?"

„Raschid hat einen Freiwilligen gesucht und ich habe mich gemeldet."

„Wann? Mir ist nichts davon bekannt!"

„Kann es auch nicht. Er sprach davon und ich habe mich eintragen lassen, damit er nicht erst suchen muss."

„Versteh ich nicht." Ibrahim legte Gamal die Hände auf die Schultern. „Geht es dir nicht gut? Hast du irgendwelche Sorgen?"

„Danke. Alles bestens. Gesundheitszustand 1A mit Sternchen, auch wenn du mich jetzt für völlig verrückt hältst."

Den halben Tag steckte Gamal mit den Technikern im Hangar und wartete die Sandraupen für die Ausflüge. Sie hatten die Hilfe des Offiziers sofort dankend angenommen und der freute sich, irgendwie die Zeit totschlagen zu können, ohne zum Grübeln zu kommen. Dann aß er Mittag, ging zu Bett, um zum Nachtdienst topfit zu sein.

„Ist für die VIPs alles geklärt?", fragte Saladin beiläufig und Raschid nickte.

„Um die kümmert sich in beiden Nächten Gamal." Auf das verblüffte Gesicht Saladins erwiderte er: „Ich habe genau so geschaut, weil er sich freiwillig dafür gemeldet hat, ehe ich mit den anderen sprechen konnte."

„Jetzt verstehe ich gar nichts mehr."

„Herzlich willkommen im Club!", grinste Raschid. „Ich denke, er wird genau wissen, was er tut."

Dass Gamal auch im Fort weilte, bekamen seine vorjährigen Gespielinnen erst mit, als er am nächsten Morgen zum Duell mit scharfen Waffen antrat. Saladin gönnte sich das Vergnügen, die Reaktionen der Mädchen zu beobachten. Es war ein ziemlich offenes Geheimnis unter den Männern, dass Gamal in den letzten Jahren im Fort bis zu sechs Mädchen in jeder Nacht erobert hatte und die sich regelrecht darum rissen, ihn zwischen ihren Schenkeln spüren zu können.

Im Augenblick setzte er Abdullah mit Schwert und Dolch so heftig zu, dass dieser nur mit knappster Not die Angriffe abwehren konnte, ohne ein einziges Mal selber angreifen zu können. Gamals Sieg wurde von den Damen mit hysterischem Kreischen gefeiert.

Dann trat Raschid zu ihm in den Ring und schlagartig wurde es still. Gamal wechselte das Schwert von der rechten in die linke Hand, um mit dem Dolch die brachialen Angriffe Raschids parieren zu können. Das entsetzte Schreien der Models, immer dann, wenn einer der beiden Kontrahenten fast getroffen wurde, begleitete den Kampf.

Und jede von ihnen hoffte, in der kommenden Nacht bei Gamal punkten zu können. Umso länger waren die Gesichter, als er beim Abendbrot erneut fehlte und auch danach nicht wieder auftauchte.

„Sie haben massiv nach dir Ausschau gehalten", verriet Raschid am nächsten Tag nach der Dienstbesprechung.

Gamal lachte. „Belobigungen dieser Art sind auch nicht übel."

Allerdings ließ er sich, auch Monate danach, mit keiner Silbe darüber aus, was ihn dazu bewogen hatte, alle völlig zu irritieren. Von Raschid und Saladin gab es Pluspunkte dafür, auch auf Nervenkitzel verzichten zu können.

„So einen findest du so schnell nicht wieder", erklärte Raschid.

„Das habe ich inzwischen begriffen", gab Saladin zurück. „Zwei solche Glückstreffer, wie ihr, sind aber die Bestätigung, dass es irgendwo da draußen noch welche geben muss."

„Also: weitersuchen."

„Nicht anders. Wenn Eric übernimmt, kann ich ihm nur wünschen, dass er auch Männer findet, denen er blind vertrauen kann." Saladin schloss die Datei, die Gamals Dienstakte enthielt.

Lilian verließ mit einigen Klassenkameradinnen das Highschoolgebäude. Im Gedränge auf der großen Freitreppe strauchelte sie und stürzte einige Stufen hinunter. Ben, noch oben an der Tür stehend, eilte seiner Schwester sofort zu Hilfe, wie auch Gamal, welcher im Auto auf die Geschwister gewartet hatte.

„Nimm die Taschen", bat er Ben. Dann hob er Lilian vorsichtig auf und brachte sie auf die Rückbank des Autos. Sie biss die Zähne zusammen, um nicht vor Schmerz zu schreien, während ihr Knöchel zusehends anschwoll.

„Wirst du bis nach Hause durchhalten?", fragte Gamal besorgt.

Sie nickte.

Während der Fahrt unterrichtete er Raschid per Kommunikator über den Unfall. So stand auch schon bei ihrem Eintreffen der Doktor bereit, um sich der Verletzten anzunehmen.

„Ich werde mich nicht auf diese Trage legen!", protestierte Lilian energisch.

Gamal warf Raschid einen schnellen Blick zu, den dieser mit einem kurzen Nicken beantwortete.

„Ich bring dich rein", wandte sich Gamal an Lilian. Sofort streckte sie ihm die Hände entgegen, um sich aufhelfen zu lassen. Mit einem unterdrückten Stöhnen legte sie ihren Kopf an seine Schulter und schloss die Augen. Raschid hob für den Bruchteil einer Sekunde den Blick.

„Was hast du?", fragte Jennifer abends, weil er außergewöhnlich einsilbig auf alles reagierte.

„Nichts."

„Glaube ich nicht", antwortete sie. „Du ziehst so ein finsteres Gesicht, dass mir richtig angst wird. Was ist los?" Sie streichelte zärtlich seinen Arm.

Seufzend setzte sich Raschid. „Es geht um Lilian."

Jennifer zuckte zusammen. „Um Lilian?"

„Und um Gamal."

„Für den Unfall konnte er doch nichts", sagte Jennifer irritiert.

„Er scheint aber die Folgen zu genießen."

„Geht das auch im Klartext?"

Raschid seufzte noch einmal und erzählte von seiner Beobachtung.

Jennifer schüttelte amüsiert mit dem Kopf. „Was hast du erwartet? Er ist einer deiner besten Männer, der noch dazu umwerfend aussieht. Sie ist jetzt in einem Alter beides gleichermaßen zu bemerken. Falls du es vergessen haben solltest – sie mochte ihn schon als Baby lieber, als alle anderen. Er wäre ein Schwiegersohn, den ich nicht zurückweisen würde."

Raschids Augen waren mit jedem Satz größer geworden. „Sie ist sechzehn!"

„Eben." Jennifer hauchte ihm einen Kuss auf die Nasenspitze.

Am nächsten Morgen war die Gelegenheit, Lilian zum Thema befragen zu können und Jennifer nutzte sie, bevor Abdullah die Geschwister zur Schule brachte.

„Vater macht sich Sorgen, weil du seinen Männern näher kommst, als es gebührlich wäre."

Lilian ließ die Tasse sinken und erwiderte ganz ruhig den neugierigen Blick ihrer Mutter. „Er findet es schlimmstenfalls unangemessen, dass ich einem seiner Männer näher gekommen bin, als es die Etikette vorsieht."

„Du magst Gamal?"

„Daraus habe ich nie einen Hehl gemacht." Lilian nahm einen Schluck Tee. „Genau so wenig mache ich jetzt ein Geheimnis darum, dass er mich als Mann zu interessieren beginnt."

„Ooops!" Jennifer stützte den Kopf in die Hände. „Das dachte ich mir."

Lilian erschrak. „Wäre Vater gegen diese Verbindung, falls Gamal auch so denkt wie ich? Ich weiß nicht einmal, ob ihm überhaupt etwas an mir liegen würde. Wahrscheinlich hat er es noch nicht einmal bemerkt, dass ich versuche, ihm schöne Augen zu machen."

Jennifer atmete tief durch. „Sprich mit Gamal, am besten, bevor es dein Vater tut."

Lilian nahm ihre Gehstützen und hinkte in die zentrale Halle des Palastes. Vom Foyer aus ließ sie Gamal rufen. Er erschien und nahm Haltung an. Von der anderen Seite nahte soeben Raschid, der das sehr wohl noch gesehen hatte.

„Gamal, in zehn Minuten in mein Büro. Und wir, junge Dame, sprechen uns heute Nachmittag."

„Warte, Vater, ich wollte soeben einige Dinge mit Gamal klären. Wenn du nichts dagegen hast, dann möchte ich sofort um ein Gespräch unter sechs Augen bitten."

Raschid zog die Augenbrauen zusammen und deutete zu seinem Arbeitszimmer. „Ich bin ganz Ohr."

Gamal blieb an der Tür stehen. Es war nicht zu übersehen, dass er jegliche Farbe aus dem Gesicht verloren hatte.

„Setz dich, Gamal." Dann nickte er Lilian zu. „Ich höre."

„Okay. Mutter hatte mich heute früh gebeten, mit Gamal zu sprechen, bevor du das tun würdest", begann das Mädchen. „Wie du weißt, stehe ich zu meinem Wort. Ich möchte deshalb jetzt zuerst Gamal um Verzeihung bitten, denn er hat nicht die geringste Ahnung, worum es gleich gehen wird."

Raschids Miene hellte sich eine Spur auf.

„Mutter hat mir erzählt, dass du es gestern äußerst unangemessen fandest, als ich Gamal den Kopf an die Schulter legte. Er hat es selbst möglicherweise nicht einmal bemerkt, weil ich für ihn noch immer das kleine Mädchen bin, das er zu beschützen hat. Er hingegen ist für mich mehr, als nur mein Leibwächter. Aber auch das wird er noch nicht einmal bemerkt haben." Sie warf Gamal einen prüfenden Blick zu, wie auch ihr Vater, dem nicht entging, dass sein Elitemann deutlich rot unter seiner braunen Haut wurde.

„Hören wir uns also an, was Gamal zum Thema zu sagen hat."

Gamals Mundwinkel zuckten, als er mit belegter Stimme erklärte: „Ich liebe deine Tochter und habe mich immer bemüht, es niemanden merken zu lassen. Das Vorkommnis gestern hielt ich für ihre Art, mit den starken Schmerzen fertig zu werden."

In Lilians Augen glomm ein freudiger Funke auf.

„Jedenfalls weiß ich jetzt, woran ich bin", murmelte Raschid. „Na ja. Tut mir bitte einen Gefallen und wartet noch zwei Jahre oder wenigstens bis nach der Hochzeit, ehe ihr euch hautnah miteinander beschäftigt."

„Hochzeit?", flüsterte Lilian verzückt und Gamal wurde noch blasser als beim Betreten des Büros.

„Ich würde dich nie zwingen, mich zu heiraten, wenn du das selbst nicht möchtest", flüsterte er.

Raschid stand auf, legte Gamal beide Hände auf die Schultern. „Du wirst sie bekommen, aber erst, wenn sie ihren Schulabschluss in der Tasche hat. Ich habe auch nichts dagegen, wenn ihr harmlose Zärtlichkeiten austauscht, nur erwarte ich, dass ihr es tut, wenn ihr wirklich allein seid. Lilian, du kannst gehen."

„Danke!" Lilian fiel ihrem Vater um den Hals, warf, im Vorbeigehen, Gamal ein glückliches Lächeln zu, ehe sie in ihren Zimmern verschwand.

Die Männer saßen sich ein paar Augenblicke schweigend gegenüber.

„Ich bin nicht unzufrieden mit der Wahl, die sie getroffen hat", verriet Raschid schließlich. „Und ihre Mutter ist hoch erfreut." Dann lachte er. „Dir sieht man übrigens immer noch an, dass du völlig überrumpelt wurdest."

„Das beschreibt es treffend", gab Gamal zu. „Ich hätte vermutlich nicht gewagt, von mir aus, um die Hand deiner Tochter anzuhalten, selbst wenn ich es gewusst hätte."

„Warum?"

Gamal zuckte hilflos mit den Schultern.

Raschid begann, schallend zu lachen. „Denkst du wirklich, ich hätte sie einem der reichen Tattergreise gegeben, nur weil sie dann materiell gut versorgt wäre? Bei dir weiß ich, dass sie alles bekommen wird, was sie sich wünscht und auch das, wovon sie noch nichts ahnt."

Gamal wurde feuerrot.

„Die Farbe steht dir auch nicht schlecht", witzelte Raschid. „Ich kann sehr gut verstehen, dass sie dich mag. Willst du noch eine Nacht drüber schlafen oder darf ich die bevorstehende Verlobung offiziell machen."

„Tu es", bat Gamal.

Raschid klopfte seinem zukünftigen Schwiegersohn auf die Schulter. „Saladin wird es noch heute erfahren."

„Raschid …"

Der Angesprochene hob fragend die Augenbrauen.

„Was ist mit Lilians Fuß?"

„Na gut, weil ich dein erstes unfreiwilliges Date habe platzen lassen, sollte ich dir wenigstens Auskunft darüber geben. Es ist ein komplizierter Bruch. Der Doc ist aber ziemlich sicher, dass er vollständig ausheilen und ihr später keine Probleme bereiten wird."

„Danke. Das beruhigt mich."

„Keine Ursache."

Gamal trat mit Ibrahim zum Dienst an. Jennifer und Kendra hatten mehrere Damen zu Besuch. Wenn er seine Schwiegermutter in spe mit den meisten anderen hier verglich, dann sah sie, mit Mitte vierzig, um Welten attraktiver aus.

Die Leibwächter standen regungslos am Fuß der großen Treppe und beobachteten das Areal. Jennifers und Gamals Blicke kreuzten sich einige Mal. So unbefangen, wie der Bodyguard reagierte, schien Lilian noch nicht mit ihm gesprochen zu haben. Nach der Ablösung beeilte sich Gamal, mit dem Auto Lilian und Ben vom Unterricht abzuholen.

Ben trug die Tasche seiner Schwester und Gamal half ihr beim Einsteigen, schloss die Türen und fuhr auf schnellstem Weg zurück zum Palast. Lilian zuckte im Vorübergehen kurz mit dem Augenlid, als sie, gestützt von Ben, die Treppe hinauf hinkte. Pünktlich zum Abendbrot erschien sie im kleinen Salon, wo Saladin mitfühlend nach ihrem Befinden fragte.

„Es könnte schlimmer sein", wiegelte Lilian ab, ihre Gehhilfen an einen Bediensteten übergebend.

Der Prinz staunte. Er hatte sich detailliert über die Verletzungen und die Heilungschancen informieren lassen. Er wusste auch, dass Lilian jegliche Schmerzmittel ausgeschlagen hatte, die über ein absolutes Minimum hinaus gingen. Die enorme Selbstbeherrschung schien der hübsche Teenager von seinem Vater geerbt zu haben.

Raschid passte den Augenblick ab, als der große Tisch abgeräumt war und in der Sitzecke die Häppchen für die Abendunterhaltung bereitstanden.

„Saladin, ich möchte dich um zwei Mal zwei freie Tage bitten, ich habe einige private Dinge zu regeln, die keinen Aufschub dulden."

Alle Augen wandten sich überrascht Raschid zu, der noch nie um Urlaub gebeten hatte.

„Die sollst du haben", erhielt er zur Antwort. „Darf man wissen, was dich zu solch ungewöhnlichen Schritten zwingt?"

„Ich möchte in vier Wochen die Verlobung meiner Tochter feiern."

Verblüffte Ausrufe rund um den Tisch. Nur Lilian lächelte still vor sich hin.

„Du hast dich doch nicht etwa noch entschlossen, sie mit Rafi, dem Sohn des obersten Richters zu verheiraten?", fragte Saladin beunruhigt.

Rafi war Anfang sechzig.

„Ganz bestimmt nicht", schmunzelte Raschid.

„Wer ist es?", wandte sich Kendra flüsternd an Jennifer.

„Ich habe nur eine Vermutung", erwiderte diese.

Ben saß wie vom Donner gerührt und schaute in die Runde. Offensichtlich meinte es Vater ernst, Lilian verheiraten zu wollen und die protestierte nicht einmal.

„Kenne ich ihn?", wollte Saladin wissen.

„Bestens", schmunzelte Raschid.

Der Prinz überlegte. „Eric kann es nicht sein, das würde ich wissen. Mein kleiner Bruder kommt auch nicht infrage, der wäre zu jung. Na, komm! Sag schon, wer der Glückliche ist!"

„Ich habe sie Gamal versprochen."

„Wirklich?", rief Jennifer freudig überrascht und drückte Lilians Hand.

„Ach was?!", stotterte Kendra, während Ben ungläubig Mutter und Schwester anschaute.

Saladin deutete grinsend in die Runde. „Die Überraschung ist dir gelungen, wenn es nicht mal deine Frau gewusst hat."

„Wann hat er um ihre Hand angehalten?"

Diesmal brach Raschid in Gelächter aus. „Frag Lilian. Sie hat ihn sich bei mir heute früh in seinem Beisein quasi als Schwiegersohn reservieren lassen. Ich hab ihn noch nie so von der Rolle erlebt. Der arme Kerl wusste auch von nichts."

Saladin stimmte in das Lachen ein. „Was willst du? Sie hat die Gene ihrer Eltern geerbt. Da heiratet man halt die Person, die man wirklich liebt. Böse scheinst du ihr deswegen jedenfalls nicht zu sein."

„Keinesfalls – eher ganz das Gegenteil", erklärte Raschid behaglich. „Mit ihm weiß ich, woran ich bin. Die Hochzeit erlaube ich allerdings erst dann, wenn sie ihren Schulabschluss in der Tasche hat. Ob er sie studieren lässt, müssen die beiden allein ausfechten."

„Wie hat er die Nachricht aufgenommen, dass ihr ihn zwangsverheiraten wollt?", amüsierte sich Saladin, Lilian zublinzelnd.

Raschid grinste breit: „Wüsste ich nicht von der letzten Untersuchung, dass er ein absolut starkes Herz hat, wie alle deine Eliten, hätte ich wohl einen Notarzt geholt."

Saladin grinste in gleicher Weise zurück. „Ich nehme an, du weißt aus dieser Quelle noch einiges mehr."

„Und hülle mich in dezentes, zufriedenes, erfreutes Schweigen", antwortete Raschid.

Die Frauen und das junge Volk mussten nicht wissen, dass Saladin, außer den jährlichen Routinetests, alle vier Jahre in diesem Rahmen die Zeugungsfähigkeit seiner Elitemänner mit untersuchen ließ. Die Nähe zur Grotte des Silberregens, der dem Wüstenfort Namenspate gestanden hatte, war der Auslöser für diesen ungewöhnlichen Schritt gewesen. Ein Kraftfeld, das plötzlich die Fruchtbarkeit erhöhen konnte, hätte sie genau so gut auch dauerhaft schwächen können.

„Glaub ich dir alles", winkte Saladin ab. „Das erklärt aber noch immer nicht, was er davon hält."

„Ziemlich viel", verriet Raschid. „Sonst hätte er mich nicht sofort ermächtigt, mit den Vorbereitungen der Verlobungsfeier zu beginnen. Er liebt sie schon lange und keiner hat es gemerkt."

„Was wird sich nun ändern?", fragte Ben.

„Vorerst nichts, nach außen hin", stellte Raschid klar. „Wenn du ihn nun lieber als zukünftigen Schwager betrachten möchtest, habe ich nichts dagegen. Tu es aber bitte nur, wenn kein Uneingeweihter in der Nähe ist. Lilian wird sich genau so verhalten. In vier Wochen ist die zukünftige Verbindung offiziell, aber selbst dann wird Gamal einer eurer Bodyguards bleiben und ich erwarte, dass ihr seinen Anweisungen gehorcht." Er schaute die Runde. „Weitere Fragen?"

„Nein. Aber weitere Informationen", ließ sich Saladin vernehmen. „Ich lasse für die beiden im Gästehaus die obere Zimmerflucht als Wohnung ausbauen. Immerhin ist er, per Vertrag, verpflichtet, auf Lebenszeit in meiner Elite zu bleiben. Für die Tochter meines Beraters wäre es kaum angemessen, ihr Leben in einem Zimmer von vierzig Quadratmetern fristen zu müssen. Seinen zukünftigen Enkeln kann ich das genau so wenig zumuten."

„Ich danke dir", riefen Raschid und Jennifer synchron und überaus erfreut.

Lilian saß mit großen Augen da und staunte.

Saladin rieb sich zufrieden die Hände. „So, da hätten wir doch alles Lebenswichtige geklärt. Ben sieht aber immer noch aus, als brenne ihm etwas auf den Nägeln."

Raschids Sohn nickte. „Vielleicht ist die Frage ja unangemessen. Aber ich habe zufällig bemerkt, dass Gamal als Einziger eine goldene Rolex trägt. Mich würde interessieren, was es damit auf sich hat."

„Die hat er für außergewöhnliche Leistungen bei einem Auslandseinsatz bekommen", erklärte Saladin sofort und begann die Geschichte zu erzählen. „Vielleicht verstehst du nun auch, weshalb dein Vater keine Sekunde gezögert hat, ihm deine Schwester zu versprechen. Auch warum deine Mutter den ganzen Abend schon so glücklich lächelt, dürfte dir nun kein Geheimnis mehr sein", beendete er seine Ausführungen.

In der folgenden Nacht träumten einige Schönes. Bei den Raschids war Gamal der Held und dieser selber hatte ständig Lilians Bild vor Augen. Stundenlang lag er wach und grübelte. Wie sollte er hier seiner zukünftigen Frau ein angemessenes Leben bieten? Er ahnte nicht, was Raschid und Saladin schon beschlossen hatten.

Nach dem Morgentraining ließ Raschid seine fünf Männer auf den Bänken Platz nehmen. Er schaute sie der Reihe nach an und sagte ohne Umschweife: „Es wird in den nächsten Monaten Veränderungen geben. Saladin hat festgelegt, dass Gamal aus seinem Zimmer in Flügel A ausziehen muss."

Die kleine Kunstpause nach diesen Worten bewirkte, dass alle forschend Gamal anschauten, der möglicherweise beim Prinzen in Ungnade gefallen war und der sichtlich blass wurde, weil er den gleichen Gedanken hegte.

„Er lässt die obere Etage des Gästehauses komplett als Wohnung für ihn umbauen", fuhr Raschid fort, sich mühsam das Lachen verbeißend, als er Gamals völlig verblüfftes Gesicht sah.

„Und da sind wir beim Grund für diesen außergewöhnlichen Schritt – Gamal hat vor, meine Tochter zu heiraten und ich, sie ihm zu geben."

Jede Regel vergessend, sprangen die Männer auf, um Gamal zu beglückwünschen, aber auch den Vater der zukünftigen Braut, Raschid.

„Nicht so hastig!", lachte der. „In vier Wochen wird sie ihm erst offiziell versprochen und dann muss er sich noch ein Weilchen gedulden, ehe er mit ihr vor den Mufti treten darf."

„Glückspilz", murmelte Ibrahim, der älteste Elitemann. Raschids Kleine war durchaus mehr als zwei bis drei Blicke wert. Bis auf die dunklere Haut, ihrer Mama unheimlich ähnlich, lud sie reichlich zum Träumen ein. Welche Vorzüge für Gamal als Schwiegersohn sprachen, pfiffen die Spatzen seit Jahren von den Dächern. Dabei hatten alle schon damit gerechnet, Prinz Eric würde Lilian als Nebenfrau ehelichen.

Diese Gedanken mussten ihnen wohl ins Gesicht geschrieben stehen, denn Raschid lachte plötzlich auf. „Das, was euch gerade durch den Kopf geht, würde der Hauptfrau sicher nicht gut bekommen und mir auch nicht, weil ich es ausbaden müsste. Außerdem deutet bei Eric derzeit nichts darauf hin, dass er überhaupt nach einer Frau ausschaut. Er ist ja kaum älter als mein Sohn. Zudem bin ich der vollen Überzeugung, dass Lilian mit Gamal besser dran ist, auch wenn es nicht den gesellschaftlichen Status betrifft. So, meine Herren, Frühstück und dann ab auf eure Posten!"

Gamal eilte im Laufschritt zu seinem Zimmer. In zehn Minuten musste er Raschids Zwillinge zur Highschool bringen. Yussuf, der Küchenchef, stellte für den Leibwächter ein Gedeck beiseite, damit dieser, nach seiner Rückkehr, in Ruhe essen konnte. Noch hatte es sich nicht bis zu ihm herumgesprochen, was die Zukunft für Gamal bereithielt.

Das erfuhr er aber brühwarm von Ibrahim und Abdullah, die ihm flüsternd die grandiosen Neuigkeiten steckten.

Kendra und Jennifer nahmen inzwischen ihre Lieblingsplätze am Pool ein, von Ali und Farid, den beiden jüngsten Leibwächtern, bewacht. Natürlich kam sofort die Sprache auf Lilian und Gamal.

„Sie werden es nicht leicht haben, sich unbeobachtet treffen zu können", bemerkte Kendra.

„Ich weiß", seufzte Jennifer.

„Schicke ihn doch mit ihr ins Kino! Da ist es finster und keinem fällt es auf, wenn er Händchen hält."

„Das Tropenhaus wird auch nicht überwacht", stellte Jennifer blinzelnd fest. „Und ob jemand kommt, hört man im Normalfall am Geräusch der Luftschleuse."

Die Frauen lächelten verschwörerisch.

Lilian durchschaute sofort den Plan, als Kendra beim Abendbrot erzählte, ein neuer Zeichentrickfilm liefe im Kino.

„Wann fängt er an?", fragte sie.

„In genau einer Stunde", erwiderte die Frau des Prinzen nach einem kurzen Blick auf die Uhr.

„Das dürfte zu schaffen sein", murmelte Lilian.

Raschid grinste innerlich. Die holden Weiblichkeiten zogen also schon jetzt alle Register und er würde dabei kein Spielverderber sein. „Ich lasse dich hinbringen. Mal sehen, wessen Nerven stark genug sind, die Disney-Tortur zu ertragen. Willst du auch mit?", fragte er Ben.

„Na, bloß nicht! Mit dem Mädchenkram habe ich nichts am Hut."

Raschid blinzelte Lilian kaum merklich zu. Sie griff nach ihren Gehstützen und hastete in ihr Zimmer, dann beeilte sie sich, mit dem Lift in die Tiefgarage zu fahren, wo Gamal am Auto auf sie wartete.

„Einmal Kino und später zurück", sagte er lächelnd, ihr beim Einsteigen helfend. „Was läuft eigentlich?"

Lilian musste lachen. „Meinst du im Kino oder zwischen uns?"

Gamal fiel in das fröhliche Lachen ein. „Sag mir einfach den Filmtitel, dass im Kino zwischen uns was läuft, dafür sorge ich dann schon."

„Ganz genau weiß ich es auch nicht. Hab nicht wirklich hinge-
hört", gab Lilian zu. „Soll ein Animationsfilm sein."

„Animation ist gut", schmunzelte Gamal.

„Fand ich auch, also war mir der Titel ziemlich egal", verriet Lilian, wobei ihr Gamals Blick einen wohligen Schauer über den
Rücken jagte.

„Ich stelle fest, dass uns beiden der Film zweitrangig sein dürfte", schmunzelte Gamal.

„Kendra hatte die Idee, auf diese Weise zu einem unverfängli-
chen Date zu kommen."

„Tatsächlich?", fragte Gamal überrascht.

„Mein Vater weiß auch, was hier gespielt wird. Er hat mir ziemlich eindeutig zugeblinzelt."

„Ob du es glaubst oder nicht, das beruhigt mich." Gamal ließ
den Wagen in eine Parktasche fernab des Eingangs rollen. An der
Abendkasse ergatterte er zwei Plätze für die letzte Reihe, die, wie
die vier Reihen davor, fast leer blieb. Kaum war das Licht verlo-
schen, tastete Lilian nach seiner Hand.

„Denk daran, er hat *harmlose Zärtlichkeiten* gesagt", flüsterte Gamal kaum hörbar.

„Ich weiß", hauchte Lilian, ihren Kopf an seine Schulter legend.

Zwei Mal wechselten die Szenen, indem der Kinosaal für Sekunden in völlige Dunkelheit getaucht war und Gamal nutzte die
Gunst der Stunde, seine zukünftige Frau zärtlich zu küssen.

„Ich möchte fast glauben, du hättest den Film schon gekannt",
stellte Lilian auf dem Nachhauseweg fest.

Gamal schüttelte den Kopf. „Nein. Ich habe mich nur sofort im
Internet informiert, was heute gezeigt wird und wusste schnell um
die Besonderheiten."

„Ein Beweis mehr, dass du der Beste bist." Sie blinzelte lächelnd.

„Mal schauen, wann wir wieder ein paar Augenblicke nur für uns
haben."

„Wann, weiß ich nicht. Wo, könnte ich dir verraten", entgegnete
Gamal.

Lilian zog fragend die Augenbrauen hoch.

„Im Schmetterlingshaus. Ich bin sicher, dass Kendra dich und deine Mutter zum Spaziergang in den Park einladen wird. Sollte noch ein zweiter Mann dabei sein, dann ist ziemlich sicher, dass sie es ausschließlich wegen uns macht."

„Woher weißt du das?"

„Pssst!" Gamal deutete kaum merklich mit dem Kopf auf die Überwachungskameras. Er fuhr das Auto in die Tiefgarage, brachte Lilian bis an die Wohnungstür und erstattete Raschid Bericht, dass es keine *besonderen Vorkommnisse* gegeben hätte.

Der war sogar fast geneigt, das zu glauben, als Lilian den irrwitzig komischen Inhalt des Filmes erzählte.

Am Sonntag schlug Kendra tatsächlich vor, einen Spaziergang im Park zu machen.

„Ein bisschen Bewegung kann nicht schaden", seufzte Lilian mit Blick auf ihren Gips. „Wenn es nicht mehr geht, dann setze ich mich auf irgendeine Bank und warte, bis ihr mich wieder abholt."

„Na wunderbar!", rief die Frau des Prinzen. „Das nenne ich Kampfgeist."

„Unter diesen Umständen gebe ich euch zwei Männer mit", legte Raschid fest und tippte die Anweisung in den Computer. Am Tor zum Park wurden die Spaziergängerinnen von Gamal und Ali in Empfang genommen, was Lilian mit tiefster Zufriedenheit erfüllte.

Und noch etwas bemerkte das junge Mädchen schnell, nämlich, dass Kendra nur Fragen stellte, deren Antworten für Gamal interessant waren. Jennifer ging ebenfalls sofort auf das begonnene Spiel ein und Ali wäre nie auf den Gedanken gekommen, was die drei Frauen wirklich im Sinn hatten.

Auf halber Strecke zum Tropenhaus legte Lilian eine kurze Erholungspause ein, um eine längere Pause an ihrem geplanten Ziel rechtfertigen zu können, sollte wirklich jemand danach fragen.

Also wunderte sich auch niemand, als sie bei den Schmetterlingen ausruhen wollte, weil ihr das Gehen zu schwer fiel. Kendra befahl Gamal, bei ihr zu bleiben und sie nötigenfalls eher in den Palast zurück zu bringen.

„Es ist wirklich unglaublich anstrengend", stöhnte Lilian, kaum, dass die Luftschleuse schloss. „Aber der Zweck heiligt die Mittel." Gamal trug sie rasch zu einer Bank zwischen blühenden Sträuchern, die ziemlich versteckt lag. Mit ihr auf dem Schoß ließ er sich nieder, um augenblicklich in einem innigen Kuss die ganze Welt um sich her zu vergessen.

Diesmal flüsterte Lilian: „Er hat *harmlos* gesagt." Und Gamal antwortete: „Ja, ich weiß."

Ihm war durchaus bewusst, dass sie den Aufruhr seiner Hormone an ganz eindeutiger Stelle, bemerkt hatte.

„Noch länger als ein Jahr", stöhnte Gamal.

„Dann solltest du dich in Silverrain gründlich abreagieren", schlug Lilian vor.

Gamal zuckte überaus heftig zusammen und schaute sie voller Entsetzen an. Dann stammelte er: „Was weißt du über Silverrain?"

„Ich schätze, alles", gab sie zurück, sein Gesicht streichelnd.

„Woher?"

„Spielt das wirklich eine Rolle?"

Gamals Schulterzucken fiel derart gequält aus, dass sich Lilian Vorwürfe machte, das Thema überhaupt angesprochen zu haben.

„Vielleicht ist es besser, dass du darüber Bescheid weißt", flüsterte Gamal.

„Du brauchst dich für nichts entschuldigen. Es war schließlich mein Wille, mit dir zu leben, obwohl ich davon unterrichtet bin." Sie hauchte ihm einen Kuss auf die Nasenspitze. „Und wenn ich nicht genau wüsste, dass es nicht mehr unter harmlos zählt, dann würde ich dich jetzt dort streicheln, wo es dir sicher viel Spaß machen würde."

„Dein Vater erwürgt mich eigenhändig, wenn ich ihm das antue", hauchte ihr Gamal ins Ohr.

„Dessen bin ich mir durchaus bewusst." Lilian schmiegte sich in seine Arme.

Gamals Kommunikator gab einen Piepton von sich.

„Nachricht von Kendra, sie kommen zurück", erklärte er. Vor der Luftschleuse zog er Lilian noch einmal in seine Arme, wobei seine Hände lustvoll ihren Po umfassten. „Ich liebe dich."

„Ich liebe dich auch", hauchte Lilian, um schließlich das Gebäude zu verlassen.

Draußen setzte sie sich auf eine Bank und Gamal nahm dahinter Aufstellung, als wäre inzwischen nichts geschehen.

„Wie geht es deinem Fuß?", fragte Jennifer.

Lilian atmete tief durch. „Nicht besonders, wenn ich ganz ehrlich sein soll. Würdet ihr bitte den Doktor informieren, dass ich ihn heute noch konsultieren möchte?"

Kendra erschrak. „Natürlich. Sofort."

Gamal zog bereits den Kommunikator aus der Tasche und kontaktierte den Leibarzt des Prinzen.

„Wärest du bereit, Lilian zum Palast zu tragen?", wandte sich Kendra an Gamal.

Er nickte und nahm seine große Liebe sofort auf die Arme. Ali trug die Gehstützen. Raschid kam ihnen auf der Treppe entgegen. „Was ist passiert?"

„Ich habe seit ein paar Minuten ein völlig taubes Gefühl im Bein", klagte Lilian.

„Verdammt!"

Erschrockene Blicke trafen Raschid, den eigentlich nie etwas aus der Ruhe bringen konnte. Gamals Herzschlag beschleunigte sich. Er trug Lilian vorsichtig hinein, wo der Arzt bereits wartete. Der Bodyguard wollte sich entfernen, aber Raschid hielt ihn am Handgelenk zurück. Jennifer ging mit ins Behandlungszimmer.

„Hat sie dir mehr verraten?", fragte Raschid sofort Gamal.

„Keinen Ton und nun mache ich mir Vorwürfe, dass sie es vielleicht meinetwegen verschwiegen hat." Er lauschte auf die Geräusche von nebenan.

Zehn Minuten später kam der Doktor heraus, um Raschid die Mitteilung zu machen, dass der Krankenwagen bereits unterwegs sei, um Lilian sofort zur Operation ins Krankenhaus abzuholen. Gamals Gesichtsfarbe nahm einen kalkigen Ton an.

Eine halbe Stunde später warf sich Jennifer weinend an Raschids Brust. Gamal stand mit betretener Miene daneben.

„Komm 21 Uhr rüber", rief ihm Raschid noch zu, als er mit Jennifer nach Hause ging.

Gamal übergab den Dienst an die Nachtwache und klingelte an Raschids Tür. Der führte ihn in den Salon.

„Was möchtest du trinken?"

„Ein stilles Mineralwasser."

Raschid öffnete den kleinen Kühlschrank und schenkte ein. „Du siehst aus, als könntest du zwei, drei freie Tage vertragen", sagte er, sich Gamal gegenüber setzend.

„Ist das so offensichtlich?", fragte dieser unangenehm überrascht zurück.

„Für mich schon. Was ist heute unterwegs wirklich los gewesen? Du siehst noch immer aus, als hätte jemand dein Todesurteil verlesen."

Gamal fuhr sich mit den Fingern durchs Gesicht. „Lilian hat mir auf den Kopf zu gesagt, dass sie bis ins Detail über die Partys im Fort informiert ist."

Raschid sprang auf und starrte Gamal entgeistert an. „Woher weiß sie davon?"

„Genau so habe ich auch reagiert. Sie hat es mir nicht verraten." Gamal wiederholte die kurze Unterhaltung. Zumindest das, was Raschid ruhig wissen konnte.

„Interessante Konstellation", überlegte Raschid laut. „Sie hat es schon lange gewusst und dich trotzdem als Ehemann auserkoren. Vielleicht ja sogar gerade deswegen ..."

Gamal verfärbte sich.

Verliebt, verlobt …

Raschid winkte ab. „Ach, Schwamm drüber! Reden wir von erfreulicheren Dingen. Sie haben Lilian einen Knochensplitter entfernt und behalten sie heute Nacht auf der Intensivstation. Bis zur Verlobung ist deine Angebetete wieder auf den Füßen. Wir werden die Party genau an ihrem siebzehnten Geburtstag feiern. Wenn sie wieder zu Hause ist, nimmst du frei und kümmerst dich um das, was dir zum Thema einfällt. Hast du schon eine Idee für ein Geschenk?"

„Die habe ich", strahlte Gamal. „Aber dafür brauche ich das Einverständnis meines Vorgesetzten und des Prinzen."

Raschid hob überrascht den Kopf.

„Ich würde ihr einen Hubschrauberflug in die Wüste schenken, mit Picknick unter Millionen Sternen", erklärte Gamal.

„Echt genial", bestätigte Raschid. „Auf die Art hat Saladin bei Kendra erste Pluspunkte gesammelt. Dein Vorgesetzter ist dafür. Müssen wir nur noch Saladin um Erlaubnis bitten."

Als sich Gamal spät in der Nacht zum Gehen anschickte, hielt ihn Raschid noch einmal kurz zurück. „In Anbetracht dessen, dass Lilian auf das Fort anspielte, erwarte ich nach eurer Verlobung nur, dass du sie bis zur Hochzeit nicht schwängerst. Über das WIE, bei den Blümchen und Bienchen, ist sie sicher auch bestens informiert."

„Zu Befehl", sagte Gamal völlig verdattert, worauf Raschid in dröhnendes Gelächter ausbrach. „Ich glaube, jetzt bist du restlos durcheinander."

„Das trifft zu", beeilte sich Gamal, zu versichern und trollte sich schleunigst. Er musste dringend seine Gedanken ordnen, um den Frühdienst nicht zu vergeigen, wie er es nannte. Er hatte gut daran getan. In seinem Aufgabenplan waren diverse Änderungen eingetragen. So sollte er auf den Schulweg Jennifer mitnehmen, und, nachdem er Ben abgesetzt hatte, ins Krankenhaus zu Lilian bringen.

Als er sich dort anschickte, im Fahrzeug zu warten, zog ihn Jennifer einfach an der Hand hinter sich her. In Lilians Gesicht ging die Sonne auf, als sie ihn durch die Tür kommen sah. Gamal stellte für Jennifer einen Stuhl ans Bett. Die hob zwei Finger.

„Einer fehlt. Setz dich und mach mich nicht nervös."

Lilian schmunzelte. Gamal wirkte in der Tat sehr aufgekratzt.

Jennifer blinzelte ihrer Tochter kurz zu, dann sagte sie lachend zu ihm. „Na, mach schon! Wie lange soll sie noch auf den Begrüßungskuss warten?"

„Wie?", fragte Gamal verblüfft.

„Das ist dein Problem", witzelte Jennifer und fügte hinzu. „Wir sind hier nicht im Palast und das Zimmer wird nicht videoüberwacht. Ich bin in den nächsten Sekunden blind und taub."

Sofort beugte sich Gamal zu Lilian hinunter, um ihr einen zärtlichen Kuss auf die Lippen zu hauchen.

„Solche Überraschungen mag ich am liebsten", erklärte Lilian. „Und wenn ihr wüsstet, wie gerne ich wieder nach Hause möchte, dann würdet ihr mich gleich mitnehmen."

„Ich täte nichts lieber, als das", versicherte Jennifer. „Mal sehen, was der Chefarzt davon hält."

„Nun, wenn die junge Dame verspricht, in den nächsten vier Tagen ganz brav liegen zu bleiben, dann könnte ich mich durchaus zur Entlassung entschließen", gab dieser dann auch bekannt.

„Ich schwöre, dass ich nicht meutern werde!", rief Lilian sofort und Jennifer tauschte einen raschen Blick mit Gamal.

Der trug sie ein paar Minuten später mit Siegermiene zum Auto und eine halbe Stunde drauf, mit dem gleichen Lächeln, direkt in ihr Bett.

„Werde schnell gesund", flüsterte er, als er das Zimmer verließ.

„Ich gebe mir Mühe", versprach Lilian mit verschwörerischem Blinzeln.

Zwei Tage später sprach Raschid Gamal im Pausenraum an: „Ich weiß zwar, dass du keinen Dienst hast, aber ich suche dringend jemanden zur außerplanmäßigen Kinderbetreuung."

„Kein Problem", erwiderte Gamal. „Wie viele sind es denn und wie alt?"

Raschid grinste breit. „Nur eins und das wird in ein paar Tagen siebzehn."

Bei Gamals Mienenspiel brach er in schallendes Gelächter aus. Als er sich wieder beruhigt hatte, erklärte er: „Korrekter Gedankengang. Wir sind heute den ganzen Tag mit den Ibn Sinas unterwegs. Da ist es mir lieb, wenn jemand bei ihr ist, der in jeder Lebenslage weiß, was er zu tun hat. Saladin ist informiert, dass du unabkömmlich bist." Raschid reichte ihm den Schlüssel und eilte zu den Garagen.

Gamal begab sich zu Raschids Wohnung und klopfte an Lilians Zimmertür.

„Treten Sie ein!", erklang es von drinnen.

Also öffnete er und amüsierte sich über Lilians Augen, die immer größer wurden. Erst recht, als er sagte: „Onkel Gamal hat heute Kinderdienst."

„Ehrlich?"

„Wirklich und wahrhaftig. Du hast einen halben Tag Zeit, um mich zu kommandieren."

Lilian kicherte. „Ich bin doch nicht mein Bruder."

„Das ist das Beruhigende an der Sache", erwiderte Gamal mit einem Blinzeln. Ben war dafür bekannt, die Leibwächter wegen eigner Faulheit zu beschäftigen, um nicht zu sagen, auszunutzen. „Wie geht es dir?"

„Seit wenigen Augenblicken ausgesprochen gut", strahlte Lilian. „Nur der Fuß spielt immer noch verrückt."

„Brauchst du irgendetwas?" Gamal zog sich einen Stuhl heran und Lilian fasste sofort nach seiner Hand.

„Jetzt habe ich alles, was ich will. Du musst weder versuchen, mich auf Krampf unterhalten zu wollen, noch, meinetwegen Kopfstand zu machen."

Gamal lachte. „Nachdem wir das geklärt hätten, möchte dir erzählen, was dein Vater vorgestern gesagt hat."

Schon bei den ersten Worten wurde Lilian feuerrot. „Wenn er dir nicht zutiefst vertrauen würde, hätte er dich danach sicherlich nicht als Krankenpfleger bestimmt." Sie schaute ihn mit einem verunsicherten Augenaufschlag an. „Jetzt traue ich mich nicht einmal, dich um einen Kuss zu bitten."

Gamal beugte sich zu ihr hinunter. „So etwas zählt, gemäß den Grundsätzen deiner Mutter, unter heilungsfördernd." Er nahm Lilians Gesicht in beide Hände und küsste sie so innig, dass ihr heiß und kalt wurde.

„Kann ich sonst irgendetwas für dich tun?"

Lilian seufzte und deutete auf das Tischchen am Bett. „Ich hab wahnsinnig viele Hausaufgaben zu erledigen und von einigen Dingen keinen Schimmer. Vielleicht hast du ja hin und wieder einen Rat für mich."

Gamal griff nach den Büchern. Ein Haufen technischer Kram und eine Menge Programmierungsaufgaben, Dinge, mit denen er täglich zu tun hatte. „Was sagt Ben dazu?"

Lilian winkte ab. „Für ihn ist es keine Hürde, nur ist er selten zu Hause. Meinen Vater wollte ich nicht fragen", setzte sie kleinlaut hinzu. „Selber denken, wäre die erste Antwort gewesen und sicher hat er recht."

Gamal reichte ihr das erste Buch. „Lies die Aufgabe laut, das hilft oft schon."

Sie nickte und folgte seinem Rat. Tatsächlich! So erschloss sich der Sinn schneller. Also wiederholte sie noch einmal die Aufgabe und fügte sofort die Lösung an.

„Sehr gut", lobte Gamal. „Willst du es später selbst aufschreiben oder soll ich das für dich tun?"

„Ich wäre dir sehr dankbar, wenn du das machen könntest." Sie deutete zum Laptop auf dem Schreibtisch.

Nach einer dreiviertel Stunde verordnete ihr Gamal eine Pause. Zuerst wollte Lilian widersprechen, unterließ es aber sofort. Er schaute sie erstaunt an. „Heute kein Widerspruchsgeist?"

Ein zaghaftes Kopfschütteln. „Ich versuche gerade, mir das für dich abzugewöhnen. Du hast genug um die Ohren, da brauchst du irgendwann nicht auch noch eine Frau, die glaubt, alles besser zu wissen und die an allem herumnörgelt. Ich finde es beeindruckend, wie meine Mutter für meinen Vater da ist. Sie ist einfach nur sein Ruhepol. Sie weiß, wie eng die Grenzen sind, in denen er sich halbfrei bewegen kann. Dir geht es ähnlich. Nur sind deine Ketten etwas länger." Sie streichelte seine Hand. „Für mich sind sie lang genug, gemessen an dem, was mich hätte erwarten können."

„Ich verstehe nicht ganz", Gamal zog die Augenbrauen zusammen.

Lilian wiederholte die kurze Frage Saladins an Raschid bezüglich Rafi.

„Das ist eine jener Eigenschaften, deretwegen ich deinen Vater so verehre", verriet Gamal. „Er würde für kein Geld dieser Welt andere zu etwas zwingen, was er selbst nicht tun würde."

„Kendra spricht genau so von ihm", warf Lilian ein.

„Ich weiß. Ich und Abdullah haben es mit eigenen Ohren gehört", verriet Gamal. Dann presste er die Lippen aufeinander. „Hat sie dir von Silverrain erzählt?"

Lilian schüttelte leicht den Kopf. „Eigentlich macht es mich noch neugieriger, weil du schon wieder danach fragst …"

Er schloss die Augen. „Das habe ich nun gleich gar nicht gewollt."

„Kann ich mir vorstellen", stellte Lilian mit einem verlegenen Lächeln fest. „Ich habe zufällig ein paar Gardisten belauscht, die beim letzten Einsatz dabei waren. Sie konnten nicht ahnen, dass ich unter den Fenstern stand.

Ich wollte im Gegenlicht meines Zimmerfensters ein Foto durchpausen, und hab nicht gemerkt, dass der Riegel nicht eingeschnappt war. Es rutschte mir aus der Hand, direkt durch den Spalt und segelte davon. Um hinter das Haus zu gelangen, muss man an den Fenstern der Unterkünfte vorbei, wenn man nicht den offiziellen, viel längeren Weg nehmen will.

Ich hörte einige sehr obszöne Worte und blieb zwischen den Sträuchern stehen, um zuzuhören." Sie legte Gamals Hand an ihre Wange. „Wie ich schon einmal sagte, du bist mir keine Erklärung schuldig. Für jeden von euch ist die Kette ziemlich kurz. Außerdem hört man hier so viel Klatsch und Tratsch, dass man, wollte man sich über alles Gedanken machen, zu nichts anderem mehr käme. Ich will sagen, es gibt sehr viele Geheimnisse, die eigentlich keine sind."

Gamal hauchte ihr einen Kuss auf die Stirn. „Ich habe jetzt schon das Gefühl, mit meinem Ruhepol zu sprechen."

Lilian lächelte glücklich. „Sei so lieb und lass Ahmed das Essen in einer Stunde bringen. Bis dahin möchte ich schlafen, ich bin sehr müde."

Gamal erfüllte ihre Bitte, dann saß er am Schreibtisch und löste für sie die restlichen Aufgaben. Neben dem Drucker entdeckte er den Beipackzettel ihres Medikamentes. In den Nebenwirkungen bemerkte er einen Hinweis auf plötzliche Müdigkeit und wunderte sich nicht weiter, weshalb Lilian tief und fest schlief.

Er betrachtete andächtig seine zukünftige Frau, die er schon als Baby sanft im Arm gewiegt hatte. Wenn Ben später seine Schwester geneckt hatte, dann war sie oft in seine Arme geflüchtet und hatte sich Schutz suchend angekuschelt.

Sie wuchs heran, lernte alles über Etikette und Verhalten bei Hofe und ging betont auf körperliche Distanz. Dabei genoss sie seine Gesellschaft weiterhin sehr, wie ihr strahlendes Lächeln zeigte, wenn er zum Dienst antrat.

Sie lieferte sich hitzige Diskussionen mit Ben und Eric, ohne je bei ihm um Zustimmung zu ersuchen, wie es die Jungen stets taten. Sie hatte meist sogar die besseren Argumente und ließ sich höchstens von ihrem Vater beistehen, wenn es die beiden anderen gar zu arg trieben.

Gamals Gedanken schweiften zu jenem Tag zurück, als er das erste Mal wirklich bemerkte, dass sich Lilian von einem goldigen kleinen Mädchen zu einer jungen Dame gemausert hatte, der die Männer hinterher sahen, dass der Aufschlag der faszinierend großen grünen Augen sein Herz schneller schlagen ließ und er plötzlich immer wieder von ihr träumte.

In den letzten beiden Jahren war das Verlangen nach ihr fast unmenschlich geworden und er hatte versucht, in jedes Lächeln etwas hinein zu träumen, das nicht vorhanden war. Er gestand sich ein, dass er es noch immer nicht verarbeitet hatte, dass ihm dieses wundervolle Wesen versprochen worden war. Er hatte ja noch nicht einmal seinen Eltern mitgeteilt, dass er sich in ein paar Wochen verloben würde ... Gamal erschrak. Das war wirklich unverzeihlich. Er würde es noch heute nachholen.

Lilian erwachte und streckte sich. „Ich werde noch völlig einrosten."

„Denk daran, was du versprochen hast", erinnerte Gamal.

„Bin schon ganz brav", kicherte sie. „Womit hast du dich inzwischen gelangweilt?", fragte sie blinzelnd.

„Mit deinen Hausaufgaben und der Tatsache, dass ich meinen Eltern noch nichts von unserer Verlobung gesagt habe."

„Oh je! Du wirst es gleich nach dem Essen nachholen. Das musst du mir versprechen."

„Das werde ich. Ich schwöre."

In diesem Augenblick klopfte es und Ahmed schob den Servierwagen herein. Irritiert musterte er Gamal.

Lilian begann, herzhaft zu lachen. „Gamal ist von meinem Vater zum bewachenden Krankenpfleger ernannt worden. Er muss in meinem Schlafzimmer sein, selbst dann, wenn er keine Lust dazu hätte."

Ahmed winkte ab. „Ich halte es für ausgeschlossen, dass er keine hat. Lasst es euch schmecken!"

Gamal übernahm das Vorlegen der Speisen für Lilian selbst, nachdem er ihr geholfen hatte, sich halbwegs bequem aufzusetzen.

„Reichst du mir die Tabletten rüber", bat sie, auf den Schreibtisch zeigend.

„Da liegt nur der Beipackzettel", entgegnete Gamal erstaunt.

Lilian wurde rot. „Ich erinnere mich … Hab das Zeug in einem Anfall von heftigem Unwillen in den Papierkorb geworfen."

Da fand Gamal die Packung auch und brachte sie ihr mit einem amüsierten Grinsen.

„Ist doch schrecklich, wenn man ständig müde ist", platzte Lilian heraus.

„Keine Sorge, Dornröschen, dein Prinz ist schon da, um dich wach zu küssen."

„Du magst Märchen?", fragte sie überrascht.

„Sehr. Spätestens seit ein paar Tagen, wo ich selber mitten in einem gefangen bin und nicht wieder raus will."

„Das hast du aber schön gesagt", seufzte Lilian.

Gamal hob den Deckel des Kühlbehälters an. „Oh! Vanilleeis mit Himbeersoße!"

„Hmm, das mag ich am liebsten." Lilian nahm dankbar den Becher entgegen. „Isst du keins?"

„Mir ist die Soße zu süß", entschuldigte sich Gamal.

Lilian lachte. „Wenn das der einzige Grund ist, dann gib sie mir."

Gamal nahm das Angebot gern an und ließ sich das Eis pur munden. Am Ende stellte er das gesamte Geschirr auf den Servierwagen, den er gleich noch vor der Wohnungstür abstellte.

„Und nun?", fragte er, wieder bei Lilian eintreffend.

„Nimmst du deinen Kommunikator, oder noch besser, meinen Laptop, und meldest dich bei deinen Eltern."

„Zu Befehl!", schmunzelte er und wählte tatsächlich auf dem Laptop die Kennung seines Vaters an.

„Gamal! Hört man dich auch wieder einmal! Wir dachten schon, dich gäbe es gar nicht mehr!"

Lilian lächelte amüsiert, weil Gamal etwas verlegen wurde.

„Wo steckst du gerade?"

„Ich bin im Dienst", erklärte er.

„Ach so, ich habe mich schon über die fremde Kennung gewundert."

Gamal lachte. „Die werdet ihr wohl demnächst öfter zu sehen bekommen. Es ist die persönliche ID von Raschids Tochter. Du solltest sie dir speichern."

Gamals Vater wurde blass. „Weiß er davon?"

„Dass ich sie heute nutze, weiß er nicht. Für die nächste Zeit, das dürfte ihm bekannt sein."

„Junge, du sprichst in Rätseln. Willst du mir nicht lieber direkt sagen, warum du dich mitten am Tag, während des Dienstes, unter der Nummer eines jungen Mädchens meldest?"

„Will ich", erwiderte Gamal lächelnd und blinzelte Lilian zu.

Vater Al Aziz bekam auch das mit. „Du bist nicht allein?"

„Nein, das bin ich wirklich nicht. Aber nun zu dem, worum es geht. Am letzten Samstag in diesem Monat werde ich mich mit dem jungen Mädchen, zu der bewussten Kennung, verloben und hoffe, dass ihr unsere Einladung annehmt."

Verblüfftes Schweigen am anderen Ende der Verbindung. Dann ein Zaghaftes: „Man macht keine Scherze über die Tochter des Beraters Saladins."

Gamal begann zu lachen. „Sie würde mir die Augen auskratzen, würde ich die Verlobung als Scherz betrachten und ihrem Vater bräuchte ich dann nie wieder unter die Augen zu kommen."

„Und was sagt sie dazu, einen Gardisten heiraten zu müssen?", murmelte Vater Al Aziz beunruhigt.

„Ich glaube fast, du nimmst mich nicht ganz ernst. Willst du die Antwort von mir oder lieber von ihr selber haben?"

Al Aziz druckste herum.

„Also von ihr", stellte Gamal amüsiert fest.

„Dann drehe bitte den Laptop zu mir", bat Lilian blinzelnd und Vater Al Aziz bekam große Augen, als er das hörte.

Gamal erfüllte die Bitte, stellte den Laptop auf das Tischchen neben dem Bett und schob ihr noch ein Kissen unter den Kopf. Al Aziz rieb sich die Augen, aber offensichtlich saß sein Sohn wirklich am Bett der jungen Frau.

Lilian lächelte in die Kamera. „Guten Tag. Tut mir leid, dass ich Sie im Krankenbett liegend begrüßen muss. Zur Feier, auf die ich mich riesig freue, bin ich sicher wieder gesund. Bitte kommen Sie. Ich würde mich sehr freuen, Sie persönlich kennenzulernen."

Gamals Vater stammelte einige Entschuldigungen und versprach ganz fest, mit der zukünftigen Schwiegermama zu erscheinen.

Gamal setzte sich auf die Bettkante und zu dritt klärten sie die wichtigsten Punkte.

Als Gamal das Gespräch beendete, saß sein Vater noch lange wie erstarrt, versuchte seine Gedanken zu sortieren und stellte fest, dass er eigentlich kaum etwas über seinen Sohn wusste. Was davon der Schweigepflicht unterlag und was ihm Gamal von sich aus nie erzählt hatte, konnte er durch bloßes Nachdenken nicht ergründen. Felsenfest stand nur, dass Raschid, einer der einflussreichsten Männer, ihm tatsächlich seine Tochter versprochen hatte und dies in Bälde offiziell machen würde.

„Er ist sehr nett", stellte Lilian erleichtert fest.

Gamal streichelte ihre Hand. „Freut mich wirklich, zu hören. Ich schätze, er und Mutter werden heute keine ruhige Minute mehr finden."

„Bist du ihr einziger Sohn?"

Gamal nickte.

„Dann kann ich sie voll und ganz verstehen." Lilian schloss die Augen. „Sei nicht böse, ich glaube, ich nicke gleich wieder ein."

Gamal streichelte ihre Wange, brachte den Laptop an seinen Platz zurück und stellte beim Umdrehen fest, dass Lilian bereits ganz fest schlief. Geräusche auf dem Gang vor der Tür ließen ihn aufhorchen. Er ging leise hinaus und erstattete Raschid Bericht.

Raschid nickte. „Wir beide sind morgen für Saladin bei der Ministerkonferenz verantwortlich. Da haben wir genügend Zeit, um uns unterhalten zu können. Und danke, fürs Aufpassen", fügte er schmunzelnd hinzu.

Lilian wachte erst am späten Nachmittag wieder auf. Ihr Laptop stand zugeklappt auf dem Schreibtisch und hing am Ladekabel. Sie ließ ihn sich von ihrer Mutter reichen.

Jennifer schaute Lilian fragend an, die riesengroße Augen bekam, als sie ihn öffnete. Auf der Tastatur lag ein Notizzettel, den eine gemalte Sonne zierte und die Worte: *Ich liebe dich. Gamal. P.S. Werde ganz schnell gesund!*

„In unserer vollelektronischen Welt ein handgeschriebener Liebesgruß – das hat Stil", freute sich Jennifer. „Soll ich ihn dir laminieren?"

„Ja, bitte! Super Idee!" Lilian legte ihn ihr vorsichtig in die Hand und bekam ihn nach ein paar Minuten zurück.

Zwei Tage später, als sie endlich wieder aufstehen durfte, sah die Welt gleich noch einmal so freundlich aus. Erst recht, als sie mit ihren Ausarbeitungen in der Schule zum ersten Mal Ben ausstechen konnte. Und weil sie ihre Lektionen im Unterricht nun auch stets nach der neuen Methode anpackte, war der voll überzeugt, sie hätte alle Aufgaben allein gelöst.

In der darauffolgenden Woche begann für sie die Reha. Gamal brachte sie zur Therapie, wartete im Auto und chauffierte sie anschließend wieder nach Hause. Dass er beim Warten stets einige ihrer Hausaufgaben machte, blieb ihr gemeinsames Geheimnis und nicht einmal Raschid ahnte etwas davon.

„Warum tust du das?", hatte Lilian beim ersten Mal erstaunt gefragt.

„Damit du bisschen mehr Zeit für dich hast. Dir ist sicher nicht entgangen, dass ich nur die Dinge heraussuche, die einfach nur Fleißaufgaben sind und nicht viel mit wirklichem Nachdenken zu tun haben. Später, beim Studium, werde ich dir wohl kaum noch helfen können."

Lilian versuchte, in seinen Augen zu lesen. „Du würdest mich wirklich studieren lassen?"

Gamal nickte. „Unter der Maßgabe, dass es hier an unserer Uni wäre, würde ich das sogar sehr begrüßen. Ich halte nicht viel davon, eine Frau im Haus einzusperren."

In den letzten Tagen vor der Feier war Lilians Anspannung deutlich zu spüren und Saladin witzelte: „Hast du Angst, dass er plötzlich kalte Füße bekommt und kneift?"

„Das macht er ganz bestimmt nicht", bekam er entschieden zur Antwort. „Er würde nie ein gegebenes Wort brechen. Außerdem gibt es genügend Methoden für Männer eine ungeliebte Frau auf elegante Art wieder los zu werden."

„Oh ha!" Der Prinz kratzte sich am Ohr. „Wenn ich es nicht genau wüsste, dann würde ich dich nicht für siebzehn halten. Du erstaunst mich immer wieder mit deinem Wissen. Was macht dich jetzt so nervös?"

Über Lilians Gesicht huschte ein winziges Lächeln. „Ich habe mich für ein Jurastudium beworben und müsste in dieser Woche noch einen Vorentscheid bekommen, ob ich eine Chance habe, angenommen zu werden, wenn ich mein Abi bestehe."

Ben sprang auf. „Das gibt es doch nicht! Ich weiß nicht, wo vorne und wo hinten ist und sie hat ihren Studienplatz beinahe in der Tasche!"

„Sie hat ihn in der Tasche", sagte Raschid betont langsam, zog einen Brief hervor und reichte ihn Lilian. „Ich habe die Kopie heute per Mail von der Highschool bekommen. Das Original dürfte Lilian morgen in der Post haben."

Ben ließ sich in Zeitlupe wieder auf dem Stuhl nieder, während seine Zwillingsschwester in Freudentränen ausbrach. Saladin lehnte sich behaglich zurück.

„Versierte Juristen kann ich immer gebrauchen. An einem gut dotierten Arbeitsplatz dürfte es nicht mangeln, falls du dich nicht irgendwann mit einer eigenen Kanzlei niederlassen möchtest."

Ben schüttelte fassungslos den Kopf.

Natürlich gab Raschid noch am selben Abend Gamal Bescheid, der sich ehrlichen Herzens für Lilian freute. „Komm am besten noch ein paar Minuten rüber. Ehe sie es dir nicht selber gesagt hat, macht sie uns alle ganz hibbelig", schlug er vor.

Kaum, dass er im Salon auftauchte, lief ihm Lilian entgegen.

„Ich habe meinen Platz an der Uni ziemlich sicher! Aber das wird dir mein Vater sicher schon verraten haben."

Gamal lachte. „Hat er. Er hat mir aber auch verraten, dass du die ganze Nacht herumgeistern würdest, ehe ich es nicht von dir selbst gehört hätte." Er nahm ihre Hand. „Herzlichen Glückwunsch!"

„Hilfe! Ich bin für Sekunden mit Blindheit geschlagen!", rief Raschid breit grinsend.

„Dann sollten ich die Situation schamlos ausnutzen", erklärte Gamal, Lilian sofort küssend.

Und sie witzelte einen Augenblick später: „Die Wunderheilung dürfte soeben einsetzen."

„Na bestens", seufzte Raschid. „Ich habe auch noch eine gute Nachricht. Gamal, du kannst übermorgen in deine Wohnung einziehen. Nimm dir ein paar Jungspunde aus der Garde und lass die Möbel, die du nicht haben willst, ins Depot bringen."

„Was ist verändert worden?", fragte Lilian.

Raschid nahm sein Tablet zur Hand, rief den alten und neuen Plan auf. „Es gibt jetzt nur noch ein großes und ein kleines Bad. Auf dieser Seite sind zwei große Zimmer zu einem ganz großen zusammengelegt worden. Die beiden mittleren zu einem Schlafzimmer und dann gibt es noch die sechs kleinen Zimmer, als Kinder-, Arbeits- oder Gästezimmer. Ach ja, eine Küche ist auch vorhanden."

Wobei *klein* relativ zu sehen war. Die Räume waren immer noch stolze fast dreißig Quadratmeter groß.

„Über die Möbel möchte ich gern mit Lilian entscheiden", sprach Gamal.

Lilian holte ihren Laptop, um etwas mehr Platz auf dem Bildschirm zu haben, transferierte alle Daten in ein Programm einer Umzugsfirma und begann die virtuellen Möbel zu rücken. „Das, das und das kann weg", sagte sie schließlich, diverse Dinge mit roten Kreuzen markierend. Dann druckte sie gleich die Liste dessen aus, was sie als überflüssig empfand.

Die Männer hatten staunend zugesehen und Gamal nickte die Liste ab.

„Ihr habt aber gemerkt, dass, bis auf die Gästebetten, nichts mehr zum Schlafen da ist?", vergewisserte sich Raschid.

„Ich kann Lilians Wunsch nach einem fabrikneuen Bett durchaus nachvollziehen", erklärte Gamal. Er wandte sich an sie: „Such dir bitte dein Traumbett aus und lasse die Rechnung auf meinen Namen ausstellen."

Raschid tippte ein paar Befehle in seinen Kommunikator. „Wir fahren morgen gemeinsam einkaufen. Gamal, suche schon mal die günstigste Route zum Möbelriesen heraus." Am Ende drehte er sich schmunzelnd zu Lilian um. „Zumindest ist jetzt gesichert, dass sie heute Nacht wunderschöne Träume haben und uns in Ruhe schlafen lassen wird."

Am nächsten Morgen, der Van war gerade auf die Fernverkehrsstraße eingebogen, sagte Raschid. „Auch wenn wir nach außen nicht so wirken werden, bis zur Rückfahrt ist Privatleben angesagt."

„Sehr gut", murmelte Jennifer. „Gamal, in welchem Hotel werden deine Eltern die nächsten zwei Tage wohnen?"

„In keinem. Sie werden bei mir wohnen und Mutter will kochen."

„Vergiss das!", rief Raschid. „Sie werden zwar bei dir wohnen, aber das Essen nehmen wir alle gemeinsam im Palast und auf meine Rechnung ein. Wäre ja noch schöner, wenn sie zu Besuch sind und arbeiten sollen."

„Mein Bruder wird auch kommen", erzählte Jennifer.

„Wirklich?", rief Gamal erfreut. „Auf das Wiedersehen freue ich mich sehr. Kommt er mit Familie?"

Jennifer seufzte. „Er lebt noch immer allein, findet es gut so und will den Zustand auch nicht ändern."

„Eigentlich schade."

„Da kann man nichts machen. Statt eigener Kinder verwöhnt er meine beiden und das lässt er sich auch von niemandem nehmen."

„Wie verhält sich eigentlich Ben dir gegenüber?", fragte Raschid plötzlich.

„Als hätte er die Information über die Verlobung nie erhalten", entgegnete Gamal.

„Ist das nun gut oder schlecht?", überlegte Jennifer laut.

„Gut", antworteten die Männer und Lilian gleichzeitig.

„Wenn ihr euch alle so einig seid, dann muss ich es wohl glauben", schmunzelte Jennifer. „Ich hätte sogar gedacht, dass er stänkern würde."

Lilian lachte. „Das wagt er nicht. Tief in seinem Innersten blickt er zu Gamal auf."

„Gelungene Analyse", stellte Raschid zufrieden fest. „Ich hätte nur die Gesichter von Eric und Muhammad sehen wollen, als sie die Nachricht erhielten."

„Ich auch", lachte Lilian. „Dem lauten Gezeter aus Bens Zimmer nach, haben sie es wohl beide nicht glauben wollen."

Gamal und Jennifer lächelten still in sich hinein. Zwei Prinzen, denen ein Appetithappen genau vor der Nase weggeschnappt worden war.

Ein paar Minuten später streiften die vier Ausflügler durch die Schlafwelten des Möbelhändlers. Raschid und Jennifer wurden vom Personal erkannt und sofort erhielten sie umfassende Auskünfte zu jeglichem Ausstellungsstück.

Lilian schaute und wiegte immer wieder bedenklich den Kopf. „Nicht alles, was mir gefällt, ist auch praktisch. Immerhin muss ich alles in Ordnung halten." Dann drehte sie sich ruckartig herum. Im Spiegel einer Kommode hatte sie ihre Traummöbel entdeckt. Nun erspähte sie das Preisschild und schloss resigniert die Augen. „Oh je!"

Gamal schaute Raschid an, hob die Schultern und forderte von den Verkäufern: „Für diesen Preis erwarte ich, dass es heute noch, komplett wie hier ausgestellt, geliefert und aufgebaut wird."

Raschid grinste genüsslich. Im Auto klärte er die Frauen auf, warum. Auf den Schildern hatte kein Hinweis gestanden, dass die Möbel ohne Deko zum Verkauf standen und Gamal hatte das geschickt zu seinem Vorteil ausgenutzt. Im Beisein des Beraters des Prinzen und seiner Gattin wäre es ein böser Makel für den Besitzer gewesen, im Nachhinein darauf hinzuweisen, dass die vielen schönen Accessoires nicht zum Lieferumfang gehörten.

Die Frauen lachten herzlich.

Lilian warf Gamal einen liebevollen Blick zu. „Mit dir macht einkaufen richtig Spaß, obwohl ich ziemlich geschockt bin, dass du mich nicht von dem sündhaft teuren Ensemble abgehalten hast."

„Ich kann es zwar nicht aus der Portokasse bezahlen, aber ans Hungertuch bringt es mich auch nicht", erklärte Gamal. „Und wenn ich weiß, dass es dir wirklich gefällt, dann ist es schon so in Ordnung. Mach dir keine Gedanken, ich sage dir schon zeitig genug, wenn mich deine Wünsche wirklich überfordern."

Jennifer strich Raschid mit dem Finger über den Arm. „Ich glaube, darüber, ob es die beiden miteinander aushalten, brauchen wir uns wirklich nicht zu sorgen. Wer miteinander redet, erstickt Missverständnisse schon im Keim."

„Das war das Stichwort!", murmelte Raschid. „Gamal, fahr mal bitte auf dem nächsten Parkplatz raus. Ich möchte mit euch beiden reden, weil in einigen Wochen Hassans nächste Party ansteht", begann er, als das Auto hielt.

Lilian versuchte, zu lächeln. „Ich kann nur wiederholen, was ich Gamal schon einmal sagte: Solange wir nicht verheiratet sind, ist seine einzige offizielle Möglichkeit, sich wirklich abzureagieren, in Silverrain."

Gamal fuhr sich mit der Hand durch die Haare. „Okay, Raschid, dann teile mich bitte an allen Tagen zum zweiten Dienst ein."

„War ja klar, dass das jetzt kommt", seufzte der.

Gamal nahm Lilians Hände. „Ich könnte mir selber nicht mehr in die Augen schauen, nähme ich an Hassans Sexorgien teil, wenn meine zukünftige Frau zu Hause sitzt, die ganz genau weiß, was dort abläuft. Ich spare mir die vielen schönen Dinge lieber für dich auf."

Lilian sagte kein Wort und legte ihre Wange an die Seine. Nicht einmal Raschid hätte jetzt seine Tochter ermahnt, dass sich das in der Öffentlichkeit eines Parkplatzes nicht gehörte.

Am übernächsten Morgen begannen bereits die Vorbereitungen für die Feier. Saladin stellte den kleinen Saal mit der Alabaster-Fontaine zur Verfügung, Gamal holte seine aufgeregten Eltern direkt am Taxi am Haupttor ab und führte sie in seine Wohnung.

Mutter Al Aziz bekam riesengroße Augen. „Hier wohnst du???"

„Ja. Seit Kurzem. Prinz Saladin hat mir dieses Domizil zur Verfügung gestellt, damit ich meiner zukünftigen Frau ein standesgemäßes Leben ermöglichen kann."

„Meine Güte! Das ist ja ein halber Palast!", rief Vater Al Aziz.

Gamal lachte. „Für mich ist es ein ganzer, der demnächst eine wundervolle Blume als Herrin haben wird."

„Vater ist schwer beeindruckt und schwärmt noch immer von ihr", verriet Gamals Mutter.

„Da sind wir also schon zwei", amüsierte sich Gamal, seinem Vater auf die Schulter klopfend. „In zwei Stunden gehen wir hinüber zu Raschid, dann werdet ihr sie endlich wirklich kennenlernen. Gemeinsam suchen wir dann den Festsaal auf."

Gamals Mutter versteckte sich unsicher hinter den beiden Männern, als Gamal bei Raschid klingelte und der Hausherr selber öffnete. Sie hatte ihn zwar schon oft im Fernsehen und auf Bildern gesehen, aber plötzlich persönlich vor muskulösen zwei Metern zehn zu stehen, das beeindruckte sie dann doch zutiefst.

„Ah! Treten Sie ein!" Mit einem zu Herzen gehenden Lächeln gab er die Tür frei.

Im Salon warteten die Frauen und Gamal übernahm das gegenseitige Vorstellen. In wenigen Augenblicken war eine angeregte Unterhaltung im Gange und die Al Aziz' entspannten sich langsam.

„Wo steckt eigentlich Ben?", fragte Lilian plötzlich.

„Der hat noch etwas Dringendes zu erledigen. Pünktlich zur Feier wird er wieder zurück sein", versprach Raschid.

Gamals Eltern staunten, als sie etwas später in den Saal geführt wurden. Raschid hatte eine lange Tafel aufbauen lassen, und während sie noch staunten, trafen die anderen Gäste ein. So wie sie zur Tür herein kamen, erklärte Gamal flüsternd, um wen es sich handelte.

„Das ist Mr. Westwood, der Bruder meiner zukünftigen Schwiegermutter. Er hat ein Reiseunternehmen in den USA. Die Frau, rechts dahinter, ist Kendra Ibn Sina, die Frau des Thronfolgers."

„So hoher Besuch …", murmelte Mutter Al Aziz überrascht.

„Der große Mann ist der Kronprinz, Saladin Ibn Sina, und der andere sein Sohn Eric", fuhr Gamal fort. „Ach herrje! Nun bin ich geschockt. Rechts, das ist Ben, Lilians Zwillingsbruder, der daneben ist Prinz Muhammad, der jüngere Bruder Saladins. Und diese Dame ist die Frau des Königs und zugleich Mutter von Kendra."

Gamal eilte ihnen entgegen, um alle mit gebührenden Ehren zu begrüßen.

Ben grinste ihn breit an. „Ich wusste doch, dass ich dich auch mit irgendetwas überraschen kann." Er deutete blinzelnd mit dem Kopf auf Ronda und Muhammad Ibn Sina.

„Das ist dir wirklich gelungen." Gamal umarmte ihn herzlich.

Ronda reichte Gamal und Lilian beide Hände. „Sharif ist wieder mal die große Weltpolitik dazwischengekommen. Ich soll euch ganz herzlich von ihm grüßen."

Nun versanken Gamals Eltern restlos in Ehrfurcht. Der König hatte ihren Sohn grüßen lassen und das sogar durch seine eigene Frau.

Raschid übernahm kurzerhand die Rolle des Wortführers beider Elternpaare und die Al Aziz' waren äußerst dankbar dafür. Hatten sie bisher angenommen, Gamal wäre irgendein kleiner Gardist, so merkten sie recht bald, es bei ihm sogar mit einem Offizier der Spezialgarde zu tun zu haben.

„Stehst du noch im Training?", hörten sie auf einmal Ronda Raschid fragen.

„Ja, natürlich. Sonst würde mir etwas fehlen."

„Wie wäre es mit einem Beweis?", lachte Saladin. „Ahmed, bring die Waffen!"

Raschid und Gamal erhoben sich und legten ihre Festgewänder ab.

„Was geschieht jetzt?", flüsterte Mutter Al Aziz Lilian erschrocken zu.

„Sie prügeln sich", bekam sie mit einem Augenzwinkern von Jennifer zur Antwort.

Da war Ahmed schon zurück und präsentierte die frisch geschliffenen Krummschwerter und Dolche.

Gamals Eltern saßen mit weit aufgerissenen Augen und wagten kaum, zu atmen. Saladin gab das Zeichen zum Kampf und schon erfüllte das Klingen des Stahls und Kampfgeschrei den Saal. Die Prinzen genossen den Kampf der Extraklasse, denn Raschid und Gamal schenkten sich nichts. Frenetischer Jubel brandete auf, als sie nach drei Minuten die Waffen senkten.

„Auch hier bin ich noch im Training", erklärte Raschid, nach der dicksten Kette auf dem Rollwagen fassend.

Er spannte sie sich über den Rücken, konzentrierte sich und riss sie mit einem markerschütternden Schrei auseinander. Er warf die Stücke zu Boden. „Will noch jemand? Es sind noch genügend Probestücke da."

„Einen Versuch wäre es zumindest wert", meinte Gamal und nahm sich die zweitdickste Kette.

„Ich glaube nicht, dass er's schafft", ließ sich Eric vernehmen.

Prinz Muhammad kam herbei. „Ich setze dagegen. Er kann es."

„Ich hoffe, dass er es schafft", murmelte Vater Al Aziz.

„Mit so viel Rückenstärkung muss es klappen." Kendra nicke Gamal aufmunternd zu. „Ich drücke dir die Daumen."

Lilian und Jennifer hatten so wie so die Fäuste geballt und hofften für Gamal.

Der trat soeben in die Konzentrationsphase und riss mit einem ähnlichen Schrei wie Raschid an den Enden der Kette.

„Noch ein winziges Stück, das Glied ist völlig verbogen", rief Lilian und Gamal setzte noch einmal nach. Die Kette riss.

Stehender Beifall.

„Nicht übel für den allerersten Versuch", lobte Saladin. „Und keiner hatte wirklich damit gerechnet, dass es gelingt."

Raschid umarmte Gamal herzlich. „Ich bin verdammt stolz auf dich."

Vater Al Aziz sagte, als Gamal wieder mit am Tisch saß, dasselbe.

Eric blinzelte Lilian zu. „Da gewinnt der Spruch, *einen starken Mann an seiner Seite haben*, gleich eine ganz andere Bedeutung."

Das junge Mädchen lachte fröhlich. „Und wann punktest du mit einer starken Frau?"

„Die werden offensichtlich heimlich vergeben und ich bin immer zur falschen Zeit am falschen Ort." Er klopfte Gamal auf die Schulter. „Pass gut auf sie auf."

„Das werde ich."

Lilians strahlendes Gesicht zeigte so deutlich, dass sie glücklich war, dass keiner Fragen stellen musste, ob ihr der zukünftige Ehemann zusagen würde.

Ronda stellte allerdings Saladin eine Frage, die dieser nicht erwartet hatte. „Fliegen eure Frauen mit zum Fort?"

„Das ist so nicht geplant", entgegnete Jennifer rasch mit einem kaum merklichen Seitenblick auf Ben, den eigentlich nur Muhammad wahrnahm.

„Wenn Ben keine Lust hat, im Fort zu versauern, dann kann er mich und meine Eltern auf die Yacht zu einem Angelausflug begleiten", bot er an.

„Wenn es euch keine Umstände macht?", fragte Ben mit treuem Hundeblick und Ronda musste lachen. „Was sagt dein Vater dazu?"

„Es wäre Frevel, dagegen zu protestieren", erklärte Raschid. „Ich freue mich sehr, dass Ben als königlicher Gesellschafter erwünscht ist." Und ein paar Minuten später raunte er Lilian zu. „Wir anderen fliegen jetzt alle zum Fort. Du auch."

Lilian fiel vor Überraschung fast der Löffel aus der Hand.

Den nächsten Tag verbrachten die Al Aziz' und die Raschids gemeinsam im Park. Kendra hatte Saladin am Vorabend gefragt, wer ihnen als Leibwächter zugeteilt würde und hatte ein amüsiertes Lachen zur Antwort erhalten.

„Meine beiden Topleute werden es doch wohl schaffen, auf vier Spaziergänger aufzupassen."

Lilian und Jennifer schlenderten mit Mutter Al Aziz des Weges und die drei Männer folgten ihnen. Irgendwann kam auch die Sprache darauf, dass Gamal seine Eltern seit Jahren finanziell unterstützte.

Raschid schmunzelte. „So ist er eben. Er redet nicht, er macht."

„Ihr werdet es doch bald selber brauchen", warf Gamals Mutter ein.

Gamal lachte sie fröhlich an. „Wenn Lilian ihr geplantes Studium nicht in den Sand setzt, hat ihr Saladin einen Job angeboten. Sie ist auch keine verwöhnte Göre, die permanent mit Schmuck beschenkt oder mit Partys bei Laune gehalten werden will. Ich sehe keinen Grund, warum ich mich plötzlich grundlegend anders verhalten sollte."

„Und uns gibt es für die Überbrückung von Engpässen ja auch noch", erklärte Raschid und öffnete die Luftschleuse am Eingang des Tropenhauses. „Ich weiß, wie man sich fühlt, wenn man ganz unten ist. Meine Kinder und auch Gamal haben oft gefragt, woher die tiefen Narben an meinem Körper stammen. Die Einzigen, die bisher darüber Bescheid wussten, sind meine Frau, der König, seine Gattin, Saladin und Kendra."

115

Raschid blieb vor der Bank stehen, auf die sich die anderen gesetzt hatten. „Ich musste, bevor ich zu Saladin kam, beinahe täglich auf Leben und Tod kämpfen."

Lilian und alle drei Al Aziz schauten Raschid fassungslos an.

Gamal schluckte. „Und ich weiß nicht einmal, wie ich dir für all das Gute danken kann, dass du mir immer zuteilwerden lässt."

Raschid lächelte. „Indem du bleibst, wie du bist und meine Tochter glücklich machst."

„Was hast du ihr eigentlich zur Verlobung geschenkt?", fragte Vater Al Aziz kaum hörbar.

„Nur das Versprechen, dass sie es bis nächsten Mittwoch bekommen wird", blinzelte Gamal und verriet ihm flüsternd, was Lilian erwartete.

„Du bist Pilot???", platzte Vater Al Aziz verblüfft heraus.

„Ja und auch das verdanke ich Raschid", verriet Gamal mit tiefer Dankbarkeit in der Stimme.

Lilian blinzelte ihren zukünftigen Schwiegereltern zu. „Ihr ahnt jetzt bestimmt, warum ich sogar auf einen Prinzen verzichten würde. Nämlich, weil ich einen echten Alleskönner haben kann."

„Jetzt sag bloß noch, er kann auch kochen!"

„Aber sicher", warf Raschid ein. „Das verlange ich von allen meinen Untergebenen. Es gibt im Einsatz in der Wüste nichts Schlimmeres, als schlechtes Essen."

Diesmal brach sogar Jennifer in herzhaftes Gelächter aus. Gamals Eltern schauten aber auch zu komisch von einem zum anderen.

„Was glaubt ihr wohl, warum Saladin ihn und einige andere Eliteleute per Vertrag auf Lebenszeit an sich gebunden hat?", fragte Raschid. „Natürlich bringt der goldene Käfig auch einige Nachteile, zum Beispiel dadurch, dass die persönliche Freiheit beschnitten wird." Er nahm Jennifers Hand, lächelte sie liebevoll an und fügte hinzu: „Man kann sich aber durchaus damit arrangieren. Gamal wird es aber auch als Ehemann nicht sonderlich schwer haben, denn Lilian kennt kein anderes Leben."

Am nächsten Morgen brachte Gamal seine Eltern zum Bahnhof, um sich überaus herzlich von ihnen zu verabschieden.

„Du hast eine sehr gute Wahl getroffen", bestätigten beide und Gamal lachte. „Falsch. Sie hat die Wahl getroffen und ich habe mit größter Freude angenommen. Bei uns läuft das Leben eben etwas anders, als im Rest des Landes."

Sein Vater stimmte in das Lachen ein. „Egal wie. Passt beide gut auf euch auf. Jetzt fiebern wir, bestimmt nicht weniger als ihr, der Hochzeit entgegen."

Gamal seufzte. „Na, morgen geht erst mal der reguläre Dienst wieder los. Ansonsten vertraue ich voll und ganz auf Raschid."

Vater Al Aziz klopfte seinem Sohn auf die Schulter. „Nach dem gestrigen Tag glaube ich nicht, dass er euch lange auf die Folter spannen wird."

Kaum war er wieder im Palast zurück, rief Raschid die Eliteeinheit zur Lagebesprechung wegen Hassans Party im Fort. Am Ende hielt er Gamal noch zurück.

„Du wirst, wenn ihr heute euer Nachtpicknick beendet habt, Lilian und den kleinen Helikopter direkt zum Fort bringen." Auf Gamals Erstaunen fuhr er fort. „Sie weiß seit gestern, dass sie zum Fort mitfliegen wird, nur nicht, auf welche Weise. Sie weiß auch nicht, dass eine Tasche mit wüstentauglicher Kleidung für sie im Heli steht. Ich wünsche euch viel Spaß! Ach, noch was! Du bist, bis wir eintreffen, voll für sie verantwortlich."

Gamal nahm Haltung an. „Zu Befehl!"

Sofort eilte er den anderen hinterher, die bereits beim Mittagessen saßen.

Ibrahim hatte gewartet, bis Gamal am Tisch Platz nahm, dann sagte er: „Silverrain wird diesmal meine Abschiedsparty."

„Wie???", fragte Gamal verdattert.

„Im wahrsten Sinne des Wortes", erwiderte Ibrahim. „Ich gehe gleich danach in den Ruhestand. Saladin hat mein Gesuch angenommen."

Auch Abdullah schaute etwas irritiert drein. „Offensichtlich meinst du das ernst."

„Todernst. Ich werde reisen, die Welt ansehen und mir vielleicht, für meine letzten Jahre, noch was Anschmiegsames fürs Herz suchen. Es war schön mit euch. Jetzt kann das junge Volk zeigen, was es drauf hat."

Gamal lächelte melancholisch, ehe ein Schmunzeln über sein Gesicht huschte. „Wage es nicht, den Kontakt zu uns abbrechen zu lassen. Ich finde dich, egal, wo du dich versteckst."

„Ich lasse von mir hören. Versprochen."

Gamal nickte. „Na ja, ich kann dich verstehen. Ich gehe ja selber straff auf die vierzig zu."

„Aber du hast das wahnsinnige Glück, eine Frau gefunden zu haben", sagte Ibrahim sofort. „Sie ist jung, ausnehmend hübsch, überaus intelligent und allem Anschein nach, ist es wirklich tiefe Liebe."

Gamals breites Siegerlächeln sprach für sich selbst.

Die Geheimnisse von Fort Silverrain

Raschid brachte die völlig ahnungslose Lilian am späten Nachmittag zum Landeplatz der kleinen Hubschrauber, wo Gamal soeben den Check aller Geräte beendete. Sie, der Überzeugung, ihr Vater wolle noch einmal ihren Fuß im Krankenhaus untersuchen lassen, weil er mehrmals fragte, ob tatsächlich alles damit in Ordnung sei, fiel vor freudigem Schreck fast in Ohnmacht, als er zum Heli deutete und sagte: „Bitte umsteigen, dein Lufttaxi wartet schon."

Er half Lilian beim Einsteigen und Aufsetzen des Helmes, blinzelte Gamal verschwörerisch zu und gab sofort die Starterlaubnis, als dieser darum bat. Lilian hatte noch immer keine Ahnung, was hier eigentlich gespielt wurde. Sie schaute Gamal mehrmals von der Seite an, aber der war im Augenblick voll konzentriert, um das Fluggerät sicher über die Häuser zu bringen.

Da tauchte auch schon der Rand der Wüste auf und Lilian fragte erstaunt: „Wohin fliegen wir?"

Gamal lachte. „Heute ist der letzte Tag, an dem die Frist abläuft, in der ich dir das Verlobungsgeschenk versprochen habe. Erinnerst du dich?"

Lilian nickte.

„Wir fliegen, wie du es dir schon immer gewünscht hast, in die Wüste und machen ein Picknick unter samtschwarzem Himmel und Millionen Sternen."

„Ist das schön!", hauchte Lilian und faltete die Hände.

„Irgendwelchen Firlefanz kann man immer kaufen – das hier gelingt vielleicht nur ein Mal im Leben", fügte Gamal hinzu und freute sich über Lilians große strahlende Augen.

Die untergehende Sonne zog rotgoldene Bahnen über den Sand. Die Kämme der Dünen und Windriffel warfen, auf der, dem letzten Tageslicht abgewandten Seite, tiefschwarze Schatten in das rasch verblassende Farbenspiel. Lilian schaute und staunte andächtig und Gamal ließ sie den Flug still genießen. Auf einem Plateau brachte er den Heli sicher zu Boden.

„Hat diese Gegend hier einen besonderen Namen?", fragte Lilian.

„Das sind die Reste der *Singenden Düne*, von der du schon so viel gehört hast", erklärte Gamal.

Lilians Blick streifte das Thermometer mit den Außentemperaturen. „Ach du Schreck! Dafür bin ich viel zu dünn angezogen!"

„Kein Problem. Hier ist deine Tasche. Zieh dich in Ruhe um, ich bereite derweil den nächtlichen Liebeszauber vor." Er deutete hinter sich, wo auch zwei große Kunststoffbehälter verzurrt waren, welche er jetzt auslud und auszupacken begann.

Lilian beeilte sich, warme Kleidung überzustreifen. Als sie aus der Luke schaute, wartete Gamal schon, um sie aufzufangen, damit sie mit ihrem Fuß nicht erst auf die Idee kam, auf den Boden zu springen. Zärtlich drückte er sie an sich, küsste sie und trug sie zur Thermodecke, vor der ein kleines Kohlebecken anheimelnde Wärme und flackerndes Licht verbreitete.

Lilians Augen strahlten mit den Sternen um die Wette und zeigten Gamal, dass er genau das richtige Geschenk herausgesucht hatte. Sie teilten sich die vielen Köstlichkeiten aus dem großen Korb, Gamal bereitete verschiedene Sorten Tee zum Testen zu und irgendwann zog er Lilian auf seinen Schoß, um sie mit in den weiten Kamelhaarumhang zu hüllen. Diesmal huschte ihre Hand über die bewusste Stelle seiner Hose, unter sich recht heftiges Verlangen abzeichnete.

„Das fällt nicht mehr ganz unter die Rubrik *harmlos*", stellte Gamal fest, es nur zu gern geschehen lassend.

„Wenn ich mich recht an deine Worte erinnere, dann hat er auch anderes gesagt", flüsterte Lilian und fand zielsicher den Punkt, zwischen Haut und Stoff zu gelangen. „Verrate mir lieber, was ich tun muss, damit es dir wirklich Spaß macht."

Gamal öffnete wortlos seinen Hosenbund und Lilian mit ihrer anderen Hand seinen Reißverschluss, um sich anschließend ganz seiner Männlichkeit zu widmen, die, unter den zärtlichen Berührungen ihrer Hände, noch einmal erstaunlich an Größe zunahm.

Nach wenigen Augenblicken hatte sie ihn zum Höhepunkt gestreichelt, was sich Gamal nicht scheute, ihr mit einem lustvollen Stöhnen zu bestätigen. Nach ein paar Minuten gingen seine Hände auf ihrer heißen Haut auf Wanderschaft, liebkosten ihre Brüste, wohin sofort seine Lippen folgten. Lilian schloss seufzend die Augen und presste seinen Kopf fester an ihren Körper. Dann spürte sie, wie das Streicheln tiefer und tiefer wanderte.

„Den allerletzten Schritt hebe ich mir für die Hochzeitsnacht auf", flüsterte Gamal, als seine Fingerspitzen sehr vorsichtig zwischen ihre Schenkel glitten. Lilian spürte weder die Kälte der Nacht, noch, dass ihr Gamal die Hose etwas herunter streifte, um ungehindert mit der Zunge zwischen ihren Schenkeln für kräftigen Aufruhr der Gefühle zu sorgen.

„Nun ahne ich, auf was ich mich in der Hochzeitsnacht freuen kann", stöhnte sie, ihm lustvoll noch etwas mehr Platz zum Streicheln lassend.

Mit einem zufriedenen Blick auf den Ort des Geschehens entgegnete er: „Ich auch und ich werde versuchen, es für dich so schmerzarm wie möglich zu gestalten."

Er legte sich an ihre Seite und zog den wärmenden Umhang über ihren Körper, um einfach noch ein wenig dieses Gefühl von Zweisamkeit zu genießen.

„Ich schätze, ich würde es auch dann überleben, wenn du etwas ungestümer zur Sache gingest", blinzelte Lilian, sich eng anschmiegend. „Jedenfalls habe ich jetzt reichlich Stoff, um jede Nacht noch intensiver von dir zu träumen."

„Geht mir auch so", seufzte Gamal. Dank dem, was ihm Lilian heute Abend zum Geschenk gemacht hatte, konnte er auf die Verlockungen im Fort noch leichter verzichten. Er würde von ihrer Jungfräulichkeit träumen, die er zwar berührt, aber nicht zerstört hatte und sich auf die Nacht freuen, in der er es mit gutem Gewissen tun würde.

„Nicht einschlafen", bat er. „Wir müssen in wenigen Minuten fliegen."

„Schade." Sie streichelte sein Gesicht. „Einen ganz kurzen Moment haben wir doch bestimmt noch?"

„Ja. Was hast du vor?"

Statt einer Antwort beugte sie sich über ihn und ließ ihre warmen Lippen über seinen Penis wandern. „Jetzt können wir fliegen."

„Innerlich tu ich das gerade", murmelte Gamal sichtlich verwirrt.

Lilian blinzelte ihm zu und begann die Boxen vollzupacken.

Sanft hob der Helikopter ab, drehte bei und nahm den neuen Kurs auf.

„Was ist das?", fragte Lilian, als riesige leuchtende Halbkugeln in der Ferne auftauchten.

„Das ist Fort Silverrain, eine weithin sichtbare Perle in diesem schier unendlichen Meer aus Sand", erklärte Gamal. „Das ist der Ort, wo wir heute übernachten und morgen auf die anderen warten werden."

„Jetzt begreife ich, warum noch zwei andere Taschen da hinten stehen", schmunzelte Lilian. „Geheimniskrämer!"

„Ein bisschen Nervenkitzel muss schon sein", lachte Gamal. „Da bin ich gleich beim Thema: Ich bin bis zum Eintreffen des großen Helis für deine Sicherheit verantwortlich. Verlasse bitte Saladins Etage nicht ohne meine Begleitung. Die Männer hier sind sehr lange sehr einsam. Ihnen werden dann fast die Augen aus dem Kopf fallen, wenn sie dich sehen."

„Verstanden", entgegnete Lilian.

Gamal erhielt soeben die Landeerlaubnis und Lilian staunte, dass die beiden Hälften einer Kuppel auseinander fuhren, um einen riesigen Landeplatz für mehrere Helikopter freizugeben. Kaum stand das Fluggerät, eilten einige Techniker herbei, um es sofort aufzutanken und wieder einsatzbereit zu machen. Bei Lilians Anblick bekamen sie wahrhaft große Augen, genau wie der Diensthabende, der soeben erschien.

„Sind Saladins Gästezimmer vorbereitet?", fragte Gamal knapp.

Und auf das Nicken gab er bekannt. „Miss Lilian Raschid wird hier übernachten. Ich befehle, dass alles für ihre Sicherheit unternommen wird. Ich werde deshalb in einem der beiden anderen Zimmer schlafen und erwarte, dass vor Eintreffen des Prinzen der Raum wieder im Ursprungszustand ist. Lassen Sie noch die Picknickboxen aus dem Heli bringen. Sie können wegtreten."

Dann winkte er einen Gardisten heran, der Lilians Gepäck in Saladins Wohnetage brachte, nachdem Gamal per Fingerprint die Tür dahin geöffnet hatte.

„In genau diesem Augenblick ist dein Vater davon unterrichtet, dass wir Saladins Wohnetage betreten haben", erklärte er. „Hier ist überwachungsfreie Zone. Das ist auch der Grund, weshalb ich heute Nacht in deiner Nähe bleibe. Vertrauen ist gut, aber nicht überall angebracht."

Lilian gestand sich ein, dass sie ihn gerade eben das erste Mal als Kommandierenden erlebt hatte und, dass ihm diese Rolle durchaus stand. Vater und er waren sich in vielen Dingen ähnlich. Dieser Gedanke war ihr wohl so deutlich ins Gesicht geschrieben, dass Gamal lachen musste.

„Da sind wir beim alten Klischee, dass Frauen ihre Männer an den Eigenschaften ihres Vaters auswählen."

Lilian kicherte. „Da weiß man wenigstens, wie man wann zu reagieren hat."

Gamal küsste sie auf die Stirn. „Nun schlaf gut, mein Liebling. Wenn irgendetwas ist, Knopfdruck genügt."

„Schlaf du auch gut. Es war wunderschön mit dir in der Wüste." Lilian schloss die Tür.

Augenblicke später schlief sie, voll angezogen, ein. Es war wohl doch zu viel Aufregung für einen einzigen Abend gewesen.

Allerdings wachte sie schon im Morgengrauen auf. Etwas irritiert über ihren Aufzug beeilte sie sich, unter die Dusche zu kommen. Beim Einschäumen mit dem Duschgel hatte sie ständig das Verlangen, Gamals Hände auf der Haut zu spüren.

Sie atmete ein paar Mal tief durch, um ihre Gefühle wieder in den Griff zu bekommen. Frisch eingekleidet spähte sie auf den Gang und lief zu Gamals Zimmer. In Augenhöhe klebte eine kleine Haftnotiz: *Bin im Kraftraum, am Ende des Ganges, letzte Tür rechts.* Also begab sie sich in die angegebene Richtung, weil sie keine Lust hatte, bis zum Frühstück allein zu sein.

Neugierig zog sie die Tür auf und wurde prompt mit einem fröhlichen „Guten Morgen!" begrüßt, ohne, dass Gamal seine Übungen unterbrochen hätte. Lilian setzte sich auf die Bank an der Wand und schaute interessiert zu, mit der Folge, dass der nackte, vor Schweiß glänzende Oberkörper Gamals ihre Gefühlswelt wieder in komplettes Chaos stürzte.

Irgendwann schreckte sie zusammen, denn seine Stimme sagte direkt vor ihr: „Träumst du mit offenen Augen?"

Lilian wurde flammend rot bis in die Haarspitzen, was selbst die braune Haut nicht verbergen konnte.

„Und dann komme ich und stelle Fragen", fügte Gamal lächelnd hinzu.

Lilian schlug die Augen nieder. „Ich … ich hab nicht geahnt, dass der gestrige Abend solche Folgen haben würde."

„Was für Folgen?"

„Na, dass ich nichts anderes mehr im Kopf habe, als an deinen Körper", stammelte Lilian, hilflos die Schultern hebend. „Mir wird siedend heiß, wenn ich an dich denke."

Gamal rieb seine Nasenspitze an der ihren. „Sollte ich dich jetzt auf Goethes Zauberlehrling hinweisen? Den kennst du doch?"

„Ja, klar. Wir haben deutsche Literatur an der Highschool behandelt", murmelte Lilian, mühsam in ihrem Gedächtnis kramend. Als ihr die Lösung einfiel, nahm sie gleich wieder die Farbe einer reifen Tomate an.

Gamal brach in fröhliches Lachen aus. „Ja, ja, die Geister, die ich rief."

Lilian zog ein leidendes Gesicht.

Gamal seufzte. „Hoffentlich lässt uns dein Vater nicht so lange zappeln, ich hab doch auch nur noch den einen Gedanken."

„Aber du könntest hier, wenn du wolltest …"

„Was aber ganz und gar nicht das Gleiche wäre. Ich will dich und nicht Sex mit irgendeiner Frau." Gamal hob Lilians Kinn an, küsste sie und sagte: „Na komm, ich muss schnell unter die Dusche und dann wartet schon das Frühstück auf uns."

Im Speisesaal herrschte ziemlicher Trubel, wie schon vor der Tür zu hören war. Gamal öffnete und trat mit Lilian ein. Schlagartig herrschte Ruhe und dutzende Augenpaare taxierten das junge hübsche Mädchen. Waren etwa die Models schon unbemerkt eingetroffen?

Gamal brachte Lilian zu einem Tisch gleich neben der Durchreiche zur Küche. Beim Anblick der jungen Dame und des Offiziers in ihrer Begleitung eilte sofort ein Bediensteter herbei und nahm die Bestellungen entgegen.

„Sie ist Raschids Tochter", raunte Gamal auf den fragenden Gesichtsausdruck.

Während des Essens ließ er immer wieder seine Augen forschend in die Runde schweifen. Er kannte nur wenige der Anwesenden vom Sehen her. Die meisten waren wohl Neulinge, denen erst noch der rechte Schliff beigebracht werden musste.

„Solltest du dich jemals gefragt haben, was den Unterschied zwischen den Männern, die dein Vater befehligt und der einfachen Garde ausmacht, dann hast du hier die beste Antwort", erklärte er Lilian flüsternd, die sich sichtlich unwohl unter der ungenierten Beobachtung fühlte. „In diesem Haufen tauben Gesteines einen Rohdiamanten zu entdecken, ist, wie eine Nadel im Heu zu suchen."

Lilian lächelte. „Sonst wäre ein Diamant ja auch nicht so wertvoll. Du hast den Brillantschliff bekommen und alle Facetten funkeln, auch wenn wenig Licht darauf fällt. Deshalb liebe ich dich so."

Diesmal war es an Gamal einen Hauch mehr Farbe zu zeigen. „Das ist die wohl schönste Liebeserklärung, die ein Mann überhaupt bekommen kann."

Der Kommandant der Festung trat an ihren Tisch, begrüßte Lilian mit allen Ehren, ehe er sich Gamal zuwandte.

„Wünschen Sie, dass ich Ihnen das Kommando übergebe?"

„Keinesfalls! Mich würde nur interessieren, wie die Ausbildung der Neuen läuft."

„Ganz passabel. Sie sind seit zwei Wochen hier und langsam gibt es Fortschritte."

„Sie haben für die nächsten drei Tage eine Vorauswahl getroffen?", fragte Gamal.

„Habe ich. Am letzten Tisch vor der Tür sitzen ausschließlich die Männer, denen ich zutraue, sich mit der besonderen Situation zu arrangieren."

Gamal blickte sich um. „Leisten Sie Miss Raschid einen Moment Gesellschaft, ich bin sofort wieder da." Er ging auf die Gardisten zu.

Ganz eindeutig hatte er es hier mit Leuten zu tun, die schon die Grundprinzipien begriffen hatte, wie hier der Hase lief, denn sie sprangen sofort auf und nahmen Haltung an. Gamal grüßte.

„Setzen Sie sich, meine Herren. Ich habe soeben erfahren, dass Sie nach dem Wechsel zum Dienst im Fort eingeteilt sind. Ich werde Sie beobachten. Möglich, dass der eine oder andere von Ihnen später öfter mit mir zu tun haben wird. Ich wünsche Ihnen einen angenehmen Dienst."

Kaum hatte er den Rücken gedreht, flüsterte einer: „Leute, das ist Gamal Al Aziz, der Supermann der Leibgarde."

„Und die Kleine?"

„Halt die Klappe! Der frisst uns ungesalzen, wenn ihm solche Fragen zugetragen werden!"

Auf dem Weg aus dem Saal blieb Gamal noch einmal am Tisch der Ausgewählten stehen. „Seien Sie unbesorgt, ich habe schon gefrühstückt. Die Dame ist Lilian Raschid, die Tochter des Beraters Saladins. Ich erwarte ihr gegenüber absoluten Respekt."

Dann begleitete er Lilian zu ihrem Zimmer.

„Das kann er doch gar nicht gehört haben", murmelte der, der nach dem Mädchen gefragt hatte.

„Offensichtlich doch und ich beginne, zu glauben, dass die grandiosen Geschichten über diesen Mann stimmen", erwiderte der, welcher Gamal erkannt hatte.

Eine halbe Stunde später erreichte die beiden Männer der Befehl, sich unverzüglich bei Gamal in der Kommandozentrale einzufinden. Mit äußerst gemischten Gefühlen begaben sie sich da hin, in dem festen Glauben, ihren ersten heftigen Rüffel zu bekommen.

Gamal bot ihnen Platz an und musterte beide eingehend. „Sie sind informiert, was hier in den nächsten Tagen im Dienst geschehen könnte?"

Der Gardist, der am Tisch zuerst gesprochen hatte, nickte kurz. Der andere wurde eine Spur blasser und bejahte ebenfalls.

„Ich teile Sie zum ersten Dienst ein. Sie können wegtreten."

Die beiden nahmen mit solch verdatterten Gesichtern Haltung an, dass Gamal in schallendes Gelächter ausbrach. „Ich werde Männer, die gut informiert sind oder sich zu informieren versuchen, um auf dem Laufenden zu bleiben, nicht beim Erlangen neuer Kenntnisse behindern."

„Danke", murmelte der Erste und beeilte sich mit seinem Kameraden zu verschwinden.

Lilian erwartete die Rückkehr Gamals schon sehnsüchtig.

„So ganz meine Welt ist das Fort nicht", bemerkte sie nebenbei.

Er streichelte ihre Hand. „Dein Vater ist auch glücklich darüber, dass Saladin, seit er Familie hat, den Palast vorzieht."

Sein Kommunikator gab einen Summton von sich. „Ah! Sie landen in wenigen Augenblicken. Komm, gehen wir sie begrüßen!"

Von der Seitentür des Hangars aus beobachtete Lilian, wie Ibrahim den großen Heli punktgenau zum Stehen brachte. Saladin und Kendra stiegen aus, von Gamal salutierend begrüßt. Ihnen folgten Raschid, Jennifer und die Männer der Leibgarde.

„Hiermit gebe ich Lilian wohlbehalten in deine Hände", sagte Gamal soeben und Lilians strahlendes Lächeln erzählte in gleicher Sprache.

„Es war das wundervollste Geschenk, das ich jemals bekommen habe", schwärmte sie.

Raschid warf Gamal einen eigentümlich prüfenden Blick zu, den dieser mit einem fast nicht sichtbaren Kopfschütteln beantwortete. Der etwas festere Händedruck zeigte Gamal, wie dankbar Raschid ihm war, die Situation nicht ausgenutzt zu haben, obwohl er ihn ja fast ermuntert hatte.

Auf dem Weg zur Wohnkuppel raunte Gamal Raschid zu: „Lass uns bitte nicht zu lange schmoren, sonst passiert es doch noch. Das sind keine Schmetterlinge mehr im Bauch, das sind Jagdfliegerstaffeln."

Raschid, der, vor der Blitzhochzeit mit Jennifer, unter jedem Rock gewildert hatte und Hassans Models schneller zwischen den Beinen, als nach dem Gesicht identifiziert hatte, blieb stehen. „Ich werde noch im Fort einen Termin bekannt geben."

„Ich danke dir." Gamal atmete auf und schaltete sofort auf Dienst um. „Heute Mittag zeige ich dir zwei von den Neuen, die ich gern für unsere Einheit näher im Auge behalten würde. Ich habe sie zum ersten Dienst befohlen. Sag mir morgen Bescheid, ob sie unsere Erwartungen erfüllen könnten."

„Mach du das. Du hast sie schließlich entdeckt."

„Schon vergessen? Ich hab zweiten Dienst."

„Jetzt nicht mehr." Raschid drehte sich grinsend um und verschwand in Saladins Wohntrakt.

Lilian merkte Gamal sofort an, dass etwas nicht stimmte. „Was ist passiert?"

Gamal seufzte. „Dein Vater hat mich zum ersten Dienst befohlen."

„Und nun hast du Angst, dass dir die Sicherungen durchbrennen ..."

Er schüttelte den Kopf.

„Was dann?"

„Es ist ein deprimierender Gedanke, wenn du vielleicht zusehen musst, wie mir andere Frauen eindeutige Anträge machen."

Sie schloss die Augen und wiegte leicht den Kopf. „Du empfängst Befehle, also tu deinen Job und kümmere dich nicht darum, was ich davon halte."

Er hauchte ihr einen flüchtigen Kuss auf die Stirn. „Es ist eindeutig, wessen Tochter du bist. Danke. Ich liebe dich."

„Das weiß ich und deshalb vertraue ich dir noch mehr, als je zuvor." Sie streichelte seine Hand. „Beeile dich, du hast nicht mehr viel Zeit."

„Stimmt." Gamal blinzelte ihr noch einmal zu, während er mit langen Schritten den Gang entlang lief."

Hassan, inzwischen auch nicht mehr ganz taufrisch, mit seinen über 50 Jahren, hielt verblüfft inne, als Raschid mit Jennifer und Lilian am Arm erschien. Seit zehn Jahren hatte er Jennifer bestenfalls in der Zeitung und im Fernsehen, ihre Tochter aber gar nicht gesehen. Natürlich wusste er, dass es noch Zwillingsbruder Ben gab. Aber die Ibn Sinas waren auch nur mit ihrem jüngsten Sohn Omar angereist, den er noch nicht kannte.

Raschid stellte Lilian einem Herrn vor, der mit am Tisch des Prinzen saß und welchen ihre Mutter und Kendra überaus herzlich willkommen geheißen hatten und den sie, von Weitem, einige Male im Palast gesehen hatte.

„Das, Mr. Arion, ist meine Tochter Lilian."

„Sehr angenehm!" Arion begrüßte das junge Mädchen mit Handkuss.

Sie lächelte charmant. „Dann sind Sie also der geniale Künstler, der die Bänke und den Brunnen in der Schmetterlingshalle gefertigt hat."

Arion nickte erfreut.

„Sie sind hier um neue Inspiration zu finden?", fragte Lilian und der Bildhauer verstand, was sie eigentlich damit sagen wollte.

Arion schmunzelte. „Es ist nicht der Grund, den Sie vermuten, der mich her treibt. Ich bin Künstler und somit auf Gönner und Mäzene angewiesen."

„Ich verstehe …" Lilian nahm etwas mehr Farbe an, wie Saladin amüsiert feststellte.

Sie versuchte, sich möglichst unauffällig umzuschauen. Es beruhigte sie, dass Gamal, Abdullah und Ibrahim neben ihrem Tisch Aufstellung genommen hatten. Sie fühlte geradezu die Spannung, die entstanden war, als sie mit ihrer Mutter und Kendra den Raum betreten hatte.

Saladin begrüßte nun offiziell die Gäste mit Champagner und eröffnete das Bankett. Nach dem zweiten Glas wurde die Stimmung an den vielen Tischen ringsum ausgelassener und bald verschwanden auch die ersten Gardisten, um nach einer Viertelstunde wieder zu erscheinen. Gamal schaute hin und wieder auf die Uhr.

Zuerst wunderte sich Lilian, dann begriff sie, dass er zwei junge Gardisten geradezu analysierte. Das war es also, weshalb ihn ihr Vater zu diesem Dienst befohlen hatte! Natürlich entgingen ihr die Offerten den anwesenden Models an Gamal nicht. Nur traute sich keine auf Körperkontakt zu gehen, solange er in unmittelbarer Nähe zu Prinz Saladin stand.

Und Gamal hütete sich, sich auch nur einen Schritt von seinem Posten weg zu bewegen. Ali begleitete Omar, der sich sichtlich langweilte, schließlich hinunter in die Wohnetage, vor deren Tür er Posten bezog. Der Zwölfjährige nutzte die Zeit lieber, um am Computer seiner künstlerischen Kreativität freien Lauf zu lassen.

Hassan taxierte noch immer Lilian und versuchte schließlich, von Ibrahim mehr über sie zu erfahren.

Der schaute ihn fest an. „Kennen Sie Gamal Al Aziz?"

„Ja, natürlich. Das ist der Offizier links hinter Saladin."

„Sehr gut. Sie ist ihm versprochen."

„Ach!" mehr bekam Hassan nicht heraus, ahnte nun aber, warum ebenjener Offizier das zweite Jahr in Folge die Anträge der heißesten Pin-up-Girls eiskalt ablaufen ließ. Logischerweise verkniff er sich nun alle weiteren Fragen.

Gamal schmunzelte. Er hatte aus der Mimik Hassans deutlich das Frage- und Antwortspiel herauslesen können.

Gegen Mitternacht bat Lilian, sich zurückziehen zu dürfen. Gamal brachte sie in den Wohntrakt, strich ihr mit dem Finger über die Nasenspitze. „Schlaf gut."

Lilian blinzelte. „Du auch."

„Stehst du die ganze Zeit hier unten?", fragte Gamal Ali, als er wieder heraus kam.

„Mit Unterbrechungen", lautete die ehrliche Auskunft. „Farid löst mich hin und wieder ab."

„Gut. Sonst hätte ich dir jemanden geschickt."

Ali zuckte mit keinem Muskel, nur seine Augen blitzten amüsiert.

Gamal winkte lachend ab. „War ja klar, dass das jetzt eindeutig zweideutig ankam." Er stieg die Treppe hinauf und nahm seinen Platz hinter Saladin und Raschid wieder ein.

„Ist Omar auch schon zu Bett gegangen?", wandte sich Kendra an ihn.

„Ja", erwiderte Gamal. Dann fügte er hinzu: „Ich habe sein Tablet, welches noch auf dem Tisch lag, an die Ladestation angeschlossen."

„Danke, Gamal."

Eine Stunde später leerte sich das Areal um den Pool langsam, die Ibn Sinas und Raschids begaben sich ebenfalls zu ihren Wohnungen. Gamal übergab den Dienst an die Nachtwachen und ließ nur das Notlicht brennen.

Lilian war, wie immer, sehr zeitig munter, zumal sie auch nur das eine Glas Begrüßungschampagner getrunken hatte. Da ihr Gamal erklärt hatte, dass sie, solange Gäste im Haus weilten, hier völlig sicher war, ging sie in den Speisesaal, in der Hoffnung, schon frühstücken zu können.

Einige wenige Gardisten saßen erst hier, die sie ehrerbietig grüßten. Lilian erwiderte die Grüße und wurde sofort von Ahmed in Empfang genommen, zu einem Tisch geführt und äußerst zuvorkommend bedient.

„Hast du, trotz der ganzen Aufregung, wenigstens gut geschlafen?", fragte er.

„Ach doch, obwohl ich es nicht gewohnt bin, Alkohol zu trinken." Sie nahm dankend den heißen Kaffee entgegen.

„Gamal ist noch im Trainingsraum", verriet Ahmed mit Blick auf die Uhr. „In zwei Stunden beginnen die Schauduelle."

Lilian runzelte die Stirn. „Ich habe davon gehört, weiß aber nicht, ob ich sie mir ansehen werde."

„Es würde Gamal gut tun, vor Augen zu haben, wofür er kämpft. Obwohl es mir nicht zusteht, darüber zu befinden", sagte Ahmed leise.

„Wenn du das so betonst, dann sollte ich meine Entscheidung gründlich überdenken", gab Lilian ebenso zurück.

Dass sie die Richtige getroffen hatte, merkte die schon beim Betreten des Hangars, der sich für zwei Stunden in einen Kampfplatz mit Zuschauerplätzen verwandeln sollte. Gamals Augen nahmen bei ihrem Anblick einen unübersehbaren Glanz an.

Alle Stühle waren besetzt und dahinter standen die Gardisten, um von den Eliteleuten zu lernen. Sonst trainierten diese stets gesondert. Raschid sprach ein paar einführende Worte, besonders für die, die noch nie so einem Spektakel beigewohnt hatten. In den letzten Jahren war nicht mehr das Los über die Paarungen geworfen worden, sondern, jeder kämpfte einmal gegen jeden. So zeigte sich recht schnell, wer die beste Kondition, die meiste Kraft und die beste Kampftechnik für den Notfall parat hatte.

Dabei wurde streng darauf geachtet, dass nicht einer der Kontrahenten zwei direkt aufeinander folgende Duelle fechten musste. Gamal trieb seine Gegner durch den Ring, wie es früher nur Raschid möglich war. Saladins Augen funkelten. Das war Sport der Extraklasse. Raschid nickte anerkennend Lilian zu.

Nach dem Gong trat er in den Ring. „Meine Damen und Herren, bisher war alles nur Spiel, jetzt werden die scharfen Waffen eingesetzt."

Er winkte Ahmed heran, der ihm drei flache Koffer brachte. Sofort traten Ibrahim, Abdullah und Gamal in die Arena. Lilian bekam vor Schreck und Aufregung feuchte Hände. Nervös knetete sie ihr Taschentuch zwischen den Fingern.

„Zwei gegen einen", erklärte Raschid und der Aufstellung nach war deutlich genug, wer der eine war.

Sein Blick huschte zu Lilian, die schreckensbleich geworden war. Dann ertönte der Gong. Die Models, nachdem Gamal schon das zweite Jahr nicht an den Kämpfen zwischen den Laken teilnahm, der Meinung, man habe ihn als Opferlamm auserkoren, begleiteten schon die erste Attacke gegen ihn mit Gekreische.

In der Reihe der Gardisten herrschte die gleiche Aufregung, nur akustisch etwas gemäßigter. Gamal wehrte die Hiebe und Stiche ab, dann ging er zum Gegenangriff über. Als nach drei Minuten der Endgong ertönte, hatte Ahmed alle Hände voll zu tun, um die Schürf- und Schnittwunden zu versorgen.

Gamal hatte mehrere blutige Stellen auf der Brust und den Oberarmen. „Es ist nicht meins", rief er zu den Damen und Saladin hinüber, um sie etwas zu beruhigen.

Vor allem Lilian sah aus, als würde sie gleich aus den Schuhen kippen. Raschid reichte ihm ein feuchtes Tuch und Gamal trat den sofortigen Beweis seiner Worte an. Er hatte zwar einen Schnitt in die Haut bekommen, aber der blutet nicht einmal. Vorsichtshalber ließ er sich von Ahmed ein Pflaster geben, denn er ahnte, dass er gleich gegen Raschid kämpfen würde. Der ging schließlich niemals aus dem Ring, ohne selbst mit jemandem die Waffen gekreuzt zu haben. Nach fünf Minuten Ruhezeit, die er seinem Gegner zugestand, bat er schließlich zur letzten Runde, in der Gamal noch einmal bis an seine Grenzen gehen musste, um wenigstens unverletzt zu bleiben.

„Wie Gamal das schafft, obwohl er mehrere harte Kämpfe hinter sich hat und Raschid nur Zuschauer war, wird mir wohl ewig ein Rätsel bleiben", gab Saladin nach dem Kampf öffentlich bekannt. „Das Phänomen Raschid ist schon unerklärlich, aber das namens Gamal, steht dem Ersten in fast nichts mehr nach. Lass die beiden bei vollen Kräften aufeinander los, dann entfesseln sie wahre Urgewalten." Er betrachtete sie von allen Seiten. „Noch ein Gleichstand – zwei Kratzer für jeden. Aber kaum der Rede wert."

Ahmed nahte mit dem Pflasterspray. Lilian reichte danach Gamal seine Kleidung, wie es ihre Mutter mit Vater tat, worauf sich die Augen einiger Models ungläubig weiteten.

„Du musst keine Angst um mich haben", flüsterte er ihr kaum hörbar zu.

„Das ist leichter gesagt, als getan", gab sie lächelnd zurück.

Gamal schaute auf die große Wanduhr. „Ich gehe gleich zum Mittagessen und leg mich dann bis Dienstbeginn aufs Ohr. Hast du Lust, mich in den Speisesaal zu begleiten und mir ein wenig Gesellschaft zu leisten?"

„Nichts lieber als das. Ich sage nur kurz meiner Mutter Bescheid, damit sie mich nicht sucht."

An den Tischen saßen jetzt ausnahmslos die Männer, welche zum ersten Abenddienst eingeteilt waren. Unter ihnen die beiden, die Gamal unter besondere Beobachtung gestellt hatte. Er nickte ihnen zu.

„Ist das nun ein gutes oder ein schlechtes Zeichen?", fragte der eine den anderen.

„Ein gutes", gab der ganz ruhig zurück. „Wir haben also keine gravierenden Fehler begangen."

„Und Spaß hat es auch gemacht", grinste der Erste.

„Unbestritten."

Während Yussuf eigenhändig auftrug, schaute Lilian Gamal lange schweigend in die Augen, die jetzt einen milden Glanz ausstrahlten, aber im Kampf stahlhart und gnadenlos blicken konnten.

„Ich möchte dir danken, weil du den Kämpfen zugesehen hast", sagte Gamal, als sich Yussuf zurückzog.

„Du wusstest, dass ich eigentlich nicht kommen wollte?"

Gamal nickte. „Dein Vater hat mir erzählt, wie wenig du so etwas magst."

„Hat er dir auch gesagt, warum ich so reagiere?"

„Nein."

Lilian machte eine hilflos wirkende Handbewegung. Seit sie wusste, welches Schicksal ihren Vater geprägt hatte, jagten ihr Schaukämpfe mit Hieb- und Stichwaffen eine undefinierbare Furcht ein. „Sei versichert, dass ich, von nun an, immer da sein werde, wenn es die Situation erfordert", versprach sie. „Ich werde mich an viele Dinge gewöhnen müssen. Auf unserer Verlobungsfeier habe ich zum ersten Mal im Leben solch einen Kampf live gesehen und ich hatte wahnsinnige Angst um euch beide. Das heute, stellte mein Weltgefüge auf eine ziemlich harte Probe. An den Reaktionen der Gardisten habe ich aber am deutlichsten gesehen, was euch so besonders macht, auch wenn es für dich banaler Alltag ist."

Mit den Worten: „Seid ihr am Turteln oder darf ich stören?", trat Raschid an ihren Tisch.

„Bitte, setz dich", schmunzelte Lilian.

„Turteln klingt zwar gut, aber das war sicher alles andere, als das."

„Ihr seht auch ziemlich ernst aus."

Lilian winkte ab. „Ich sprach nur soeben über meine Scheu vor solchen Veranstaltungen."

Raschid schaute Lilian überrascht an. „Immer noch Albträume?"

„Manchmal."

Gamal hatte ratlos zugehört. „Worüber sprecht ihr?"

Raschid atmete tief durch. „Über etwas, das ich euch beiden und nur euch beiden, in den nächsten Tagen sehr detailliert erzählen werde. Lilian weiß noch lange nicht, was sich wirklich ereignet hat." Er schaute sie fest an. „Ich möchte dich bitten, bis dahin darüber zu schweigen. Nur das Königspaar, Saladin, Kendra und deine Mutter wissen wirklich, wer oder was ich einmal war."

„Das schwöre ich", erwiderte Lilian.

„Wie bist du mit den beiden Neuen zufrieden?", wollte Raschid dann von Gamal wissen.

„Ich bin jetzt schon geneigt, sie in das Anwärter-Team der Elite zu integrieren."

„Einverstanden. Im Palast wird sich zeigen, ob sie die hohe Messlatte wenigstens sehen können, auch wenn sie noch keine Chancen haben werden, sie zu erreichen. Ich kümmere mich darum."

„Dafür bin ich dir sehr dankbar. Ich bringe jetzt Lilian zur Wohnetage und werfe mich dann gleich Morpheus in die Arme."

Raschid schmunzelte. „Dabei ist dir deutlich anzusehen, dass du das lieber mit deiner Zukünftigen tun würdest."

Und noch mehr lachte er, als beide etwas mehr Farbe im Gesicht bekamen, was selbst die braune Haut nicht verbergen konnte.

„Er schafft es doch immer wieder, mich in völlige Verlegenheit zu bringen", gab Gamal auf der Treppe zu.

Lilian blinzelte fröhlich. „Diesen Zug mag ich an dir. Es muss doch der blanke Horror sein, mit einem aalglatten Typen zu leben, der niemals Gefühle zeigt."

Gamal zog sie vor der Tür in die Arme und küsste sie zärtlich. Ziemlich spät bemerkten beide, dass sich selbige von innen öffnete und Arion heraustrat.

„Oh, Verzeihung", flüsterte der irritiert. „Es lag mit fern, Sie zu kompromittieren."

Von drinnen hörten sie Saladin kichern. „Wenn es sich um Raschids Tochter und Gamal handelt, dann werden Sie diesmal nicht unfreiwillig zum Geheimnisträger. Die beiden sind einander versprochen."

„Na, Gott sei Dank!", stöhnte Arion aus so tiefer Seele, dass das Pärchen ebenfalls zu lachen anfing.

Saladin steckte den Kopf zur Tür heraus und grinste vergnügt. „Wenn Sie natürlich gern pokern würden, ohne dabei Hassan ablenken zu müssen, dann werde ich für heute Abend das Spiel organisieren."

Der Grieche nickte zaghaft, worauf sich Saladin die Hände rieb.

„Es wird geschehen." Als sich die Tür geschlossen hatte, erklärte der Prinz Lilian: „Arion gewinnt fast immer und ich liebe es, wenn Hassan vor Ärger beinahe aus der Haut fährt."

Lilian wiegte leicht den Kopf. „Ich weiß nicht, warum, aber dieser Hassan ist mir äußerst unsympathisch."

„Es gab eine Zeit, da hätte ihn dein Vater am liebsten erwürgt."

Lilian hob überrascht den Kopf und versuchte, in Saladins Augen zu lesen. Ob das wohl mit dem Geheimnis zusammenhing, welches Vater offenbaren wollte? Jetzt, wo man sie nicht mehr als Kind betrachtete, erschloss sich ihr das Leben im Gefolge Saladins in ganz anderen Dimensionen.

Es taten sich Abgründe auf, von denen sie in ihrer heilen Kinderwelt nichts geahnt und wovon sie ihr Vater stets ferngehalten hatte. Den Nachmittag verbrachte sie mit ihrer Mutter, Kendra und Omar im kleinen Salon, beim Mikadospiel.

Gegen Abend erklärte der junge Prinz. „Ich werde keinesfalls mit zum Pool hinaufgehen. Ich möchte hier essen."

Kendra hieß das eindeutig gut und beauftragte sofort Ahmed, alles in die Wege zu leiten.

„Möchtest du Gesellschaft haben?"

„Nein. Ich möchte lesen und will nicht gestört werden." Omar packte demonstrativ ein Buch aus und verschwand in seinem Zimmer. Kendra wartete, bis er die Türen geschlossen hatte, ehe sie Lilian ansprach.

„Dich haben wir ja hier auch ins eiskalte Wasser geworfen ..."

„Nicht ganz. Ich habe vor zwei Jahren zufällig ein paar Gardisten belauscht, ich wusste, was auf mich zukommen würde."

„Weiß Gamal davon?", fragte Jennifer beunruhigt.

„Ja. Als mich Vater ihm versprochen hatte, hielt ich es für angemessen, ihm zu sagen, dass ich informiert bin. Warum soll er sich erst Gedanken darüber machen, wie ich reagieren könnte, wenn ich erführe, was hier läuft. Wahrheit gegen Wahrheit. Auf Märchen können wir sicher beide gut verzichten."

Kendra atmete auf. „Dir ist bekannt, dass er schon im vorigen Jahr keines der Mädchen hier auch nur angefasst hat?"

Lilian schaute die Frau des Prinzen überrascht an. „Nein, das wusste ich nicht. Ich habe auch nicht danach gefragt. Wäre es nicht so gewesen, dann hätte ich ihm unnötig das Leben schwer gemacht. Natürlich freue ich mich nun umso mehr, über so viel Charakterfestigkeit." Lilian lächelte glücklich.

Kendras Kommunikator piepte.

„Wo steckt ihr? Alle warten schon!", tönte Saladins Stimme aus dem Gerät.

„Wir sind sofort da!" Kendra drängte zur Eile.

Lilian schenkte Gamal im Vorbeigehen ein bezauberndes Lächeln. Er zuckte kurz mit dem Augenlid. Arion registrierte das aus den Augenwinkeln und hatte sofort wieder tausend Ideen für neue Skulpturen.

Ohne die Anwesenheit des jungen Prinzen kam die Orgie schneller in Fahrt, als am Abend zuvor. Die Abendrobe der Damen landete auf den Sesseln und sie selber nur in Tanga und BH, so sie denn überhaupt einen trugen, im Pool.

Die Männer brauchten nur, mit einem Saunatuch am Rand, zu lauern und die Beute damit ins Bett zu tragen. Farid hatte heute Türdienst, Ali fing die *Fische* und überließ sie ihm, nachdem er sich zuerst *bedient* hatte. Gamal beobachtete wieder die beiden Gardisten und bemerkte plötzlich, dass einer von ihnen mit zwei Mädchen verschwand. Mit gerunzelter Stirn schaute er irgendwann auf die Uhr. Da kam der auch schon allein wieder und der andere verschwand ohne Mädchen.

Na gut, auch eine Variante, schmunzelte Gamal. Die Sicherheit der Gäste war auch in diesem Fall gewährleistet. Ibrahim und Abdullah gingen einzeln auf die Pirsch, wobei Ibrahim ziemlich wählerisch war, um den Abschied von seinem wilden Leben in bester Erinnerung behalten zu können. Er nahm ausschließlich Mädchen, die er schon kannte und von denen er wusste, dass die wenigen Minuten mit ihnen den allerhöchsten Genuss bereithielten.

Dann setzten sich die Männer zum Pokerspiel und Lilian verschwand mit den beiden anderen Frauen aus dem Poolbereich. Sie fühlte Gamals bedauernden Blick auf ihrer Gestalt ruhen und schaute sich an der Tür noch einmal lächelnd nach ihm um. Arion begann inzwischen seinen Mitspielern, wie schon so oft, die Taschen zu leeren und Saladin amüsierte sich wahrhaft königlich darüber, dass Hassan vor Wut wieder gelb und grün im Gesicht wurde.

„Anfängerglück, nichts als Anfängerglück!", pflegte der Grieche diesen dann zusätzlich zu foppen, was Raschid zu einem schadenfrohen Grinsen veranlasste.

Gegen drei Uhr morgens kehrte endlich Ruhe im Fort ein. Geregeltes Leben allerdings erst, nachdem Gamal die Partylöwen und ihre Betthäschen um vierzehn Uhr mit dem großen Hubschrauber in die Hauptstadt zum Flugplatz gebracht hatte.

Inzwischen schwärmten zwei Putzkolonnen aus, die die Gästeetage reinigten und für die nächsten Besucher vorbereiteten. Das Wasser im Pool wurde gewechselt und bald deutete nichts mehr darauf hin, dass es je eine Party gegeben hatte. Lilian konnte höchstens von weitem Gamal einen kurzen Blick zuwerfen. Saladin hatte im Fort größere Arbeiten befohlen, die er zu koordinieren und zu überwachen hatte. Erst zum gemeinsamen Abendbrot aller, trafen sie sich im Speisesaal.

Der glücklichste Mann auf Erden

Saladin stand plötzlich auf. „Meine Damen und Herren, ich bitte einen Moment um Gehör. Der Rückflug in die Hauptstadt wird sich um volle zwei Tage verschieben. Der Grund ist die morgige Hochzeit meines Eliteoffiziers Gamal Al Aziz mit Lilian Raschid, der Tochter meines Beraters."

Gamal bekam tellergroße Augen und Lilian kippte ihrer Mutter mit einem matten Seufzer ohnmächtig in die Arme.

„Ach du lieber Himmel! Das habe ich nicht vorausgesehen." Saladin eilte besorgt auf die andere Seite des Tisches, wo die überglückliche Braut soeben die Augen wieder aufschlug. Nun blinzelte er ihr lustig zu. „Ich dachte, so was gibt es nur im Film."

„Die Szene war ja auch fast filmreif", stellte Kendra amüsiert fest. „Denk an deinen ungewöhnlichen Heiratsantrag. In meiner alten Wohnung klingt heute noch der Jubelschrei aus zwei Männerkehlen nach."

Raschid grinste, um Verzeihung bittend, in die Runde. Denn, wie schon bei der Ankündigung der Verlobung, hatte niemand etwas gewusst. Diesmal eben auch nur Saladin, weil der die Logistik abnicken musste, damit es ein wirklich denkwürdiges Fest werden konnte.

„Wie bringe ich das alles nur so schnell meinen Eltern bei", stöhnte Gamal.

Saladin kicherte: „Indem du es ihnen am besten sofort persönlich sagst." Er deutete zur Tür.

Gamal sprang auf. Nur kam er nicht weit, denn die Türflügel schwangen auf und sein Vater flog ihm mit ausgebreiteten Armen entgegen. Mutter folgte ihm auf den Fuß. Spontan klatschten die Gardisten Beifall und am Tisch des Prinzen schlossen sich alle an. Lilian wischte so viele Freudentränen weg, dass ihr Ahmed, der Kammerherr, ein neues Taschentuch reichen musste.

Als sich der größte Trubel gelegt hatte, öffnete sich noch einmal die Tür und die Prinzen Eric und Muhammad, traten mit Ben herein. Lilian war selig. So musste es einfach eine grandiose Feier werden. Ihr war es völlig egal, dass sie nicht einmal ein Brautkleid hatte. Sie konnte ja nicht ahnen, dass Ahmed das Hochzeitskleid ihrer Mutter, die dieselbe Figur gehabt hatte, und Gamals Gala-Uniform in seinem Schrank versteckt hielt. Niemandem fiel auf, dass er und Ibrahim nicht zum letzten Mittagessen erschienen waren. Stattdessen hatten sie Raschids und Gamals Wohnungen im Palast und die Al Aziz' aufgesucht, um die letzten Überraschungen vorzubereiten.

Gamal konnte in der folgenden Nacht kaum schlafen. Immer wieder überlegte er, ob er nicht alles nur im Fieberwahn erlebte. Raschid musste Unsummen für das Glück seiner Tochter ausgegeben haben. Lilian schlief hingegen besonders gut. Sie träumte die ganze Nacht von Gamal.

Am Morgen wachte sie mit einem strahlenden Lächeln auf. Kaum aus dem Bett sichtete sie ihre Kleider und stellte fest, dass es Schlimmeres auf der Welt gab, als nicht im Prunkgewand auf der eigenen Hochzeit zu tanzen. Also legte sie das Schönste bereit, was sie im Schrank fand und wartete, bis auch die anderen zum Frühstück gingen. Das Küchenpersonal hatte schon jetzt die Tische zu einem riesigen festlichen Karree zusammengeschoben, in dem es zwei Durchgänge gab, Blumenvasen mit Orchideen verteilt und der ausgelassene Trubel, der sonst hier herrschte, fiel etwas würdevoller aus.

„Genieße deine letzten beiden Stunden in Freiheit", schmunzelte Abdullah, als Gamal erschien. „Du siehst etwas mitgenommen aus."

„Ich habe Angst, dass mich plötzlich jemand aus meinem schönsten Traum aufweckt", sagte der leise. „In zwei Stunden hoffe ich, genau so frisch und strahlend auszusehen, wie meine wunderschöne Braut."

Er warf Lilian einen so sehnsüchtigen Blick zu, dass es selbst Raschid einen heftigen Stich ins Herz gab. Lilian schloss für einen Moment die Augen und ihre Ruhe übertrug sich auf Gamal.

„Na also, endlich entspannt er sich etwas", flüsterte Kendra Jennifer und Mutter Al Aziz zu, die durchaus bemerkt hatten, unter welchem Druck Gamal stand. „Ich werde mit Saladin sprechen, dass er ihm drei Tage Sonderurlaub gibt."

Dankbar drückte Jennifer Kendras Hand. „Ich glaube, die würden ihm guttun, nach so vielen Psychoschocks, selbst wenn die positiv waren."

„Wundert mich bei beiden, dass es sie nicht völlig umgeworfen hat. Lilians kurze Ohnmacht hat mir gestern doch erheblich zu denken gegeben", gab Kendra unbemerkt zurück. „Unsere Männer sind manchmal wirklich unmöglich."

„Sag, um Gottes willen, bloß nichts in dieser Richtung Saladin", bat Jennifer.

„Wo denkst du hin?! Ich werde mich doch nicht selbst unglücklich machen", wisperte Kendra.

Als die Frühstückstafel aufgehoben wurde, zogen sich alle zurück, um sich für die Trauungszeremonie in Schale zu werfen. Lilian und Gamal öffneten ihre Zimmertüren und blieben, wie vor die Wand gelaufen, stehen. Der Bräutigam fand seine Prunkuniform für außergewöhnliche Anlässe, nebst allen Orden, vor. Die junge Braut ein wundervolles Kleid, zu welchem Ahmed noch Schuhe, Schleier und passenden Schmuck besorgt hatte. Sie stand noch immer mit dem Rücken zur Tür, als es klopfte. Lilian schreckte zusammen, öffnete und stand unvermittelt einer fremden Frau gegenüber, die sich als *Nadya, die Hairstylistin* vorstellte.

Augenblicke später trug Lilian das Brautkleid und ihre kupferrote Wuschelmähne verwandelte sich in eine mondäne Hochsteckfrisur, an der das Diadem mit dem Schleier befestigt wurde. Ein wenig Make-up, ein zufriedenes Lächeln und schon war Lilian wieder allein.

Selbstvergessen betrachtete sie sich im Spiegel, als auch schon Raschid erschien, um sie in den Saal zu führen, wo nicht nur Gamal auf seine wunderschöne Braut wartete, sondern, mit den hohen Gästen, die gesamte Belegschaft des Forts. Der Mufti war pünktlich eingeflogen worden und Lilian wurde in einer herzergreifenden Zeremonie Gamal angetraut, dem, im Augenblick der Unterschrift, ganz Gebirge vom Herzen fielen.

Mutter Al Aziz schluchzte vor Rührung mit Jennifer um die Wette, die beiden Väter strahlten vor Stolz und überall nur fröhliche Gesichter. König Sharif und Ronda meldeten sich per Videoanruf, um zu gratulieren.

Das Festbankett zog sich bis zum Abend hin, immer wieder unterbrochen von den Darbietungen einiger Folklorekünstler. Beim Tanzabend, nur in Runde der Gäste, kam Lilian kaum zum Ausruhen, die Männer standen Schlange, um wenigstens ein Mal mit der Braut zu tanzen. Saladin gönnte sich das Vergnügen, mit einem breiten Lächeln an die anderen Herren, gleich mehrmals hintereinander.

Um Mitternacht huschte das Brautpaar fast unbemerkt davon, um endlich das auszuleben, wovon es seit Monaten träumte. Saladin verbot sofort, bei Todesstrafe, wie er mit einem lustigen Blinzeln kundtat, das Betreten seiner Wohnetage vor Ablauf von mindestens einer Stunde.

Dem jungen Ehepaar Al Aziz wäre das möglicherweise völlig egal gewesen. Gamal nahm mit jedem Schritt drei Stufen, als er Lilian in ihr, nun gemeinsames, Zimmer trug. Er verriegelte nicht einmal die Tür, so eilig hatte er es, endlich mir ihr völlig allein zu sein. Erst vor dem Bett setzte er sie vorsichtig ab, um sie sofort in die Arme zu ziehen und so besitzergreifend zu küssen, dass Lilians weiche Knie bekam.

Wie er es geschafft hatte, sie unbemerkt zu entkleiden und sich gleich mit, wusste sie nicht. Sie kam erst wieder zu halbwegs klaren Gedanken, als er ihren heißen Körper streichelte und mit unzähligen Küssen bedeckte.

Seine Fingerspitzen schienen überall gleichzeitig über ihre Haut zu huschen. Sie sehnte den Augenblick herbei, wo er sie endlich zur Frau machen würde. Lustvoll zog sie ihn an sich, genoss die Wärme seiner Haut und gab einen erstickten Schmerzenslaut von sich, als er plötzlich tief in ihren Schoß eindrang. Gamals Versuch, seine wilde Lust etwas zu zügeln, fiel ziemlich hilflos aus.

Tief im Unterbewusstsein fühlte er, dass ihn dieser Liebesakt mehr befriedigte, als die unzähligen Quickies mit Hassans Models, mochten die noch so erfahren in Sachen Sex gewesen sein. Hier hielt er eine Frau in den Armen, die er mit jeder Faser seines Körpers liebte und kein kurzzeitig überlassenes Objekt zur gegenseitigen Befriedigung.

Er genoss es, wie Lilians Hände über seinen Rücken glitten, wie sie ihm hin und wieder ihre Fingernägel in die Haut grub, wenn er es zu heftig trieb. Dieses nie gekannte Gefühl, nach einem Orgasmus länger in Ruhe im Schoß einer Frau zu verweilen zu dürfen, setzte das Tüpfelchen auf das i.

Lilian hielt die Augen geschlossen, um jede seiner Regungen intensiver spüren zu können. Sie wusste ziemlich gut, dass sie den ganz großen Höhenflug, wie ihn Gamal erlebte, nicht beim ersten Mal haben würde. Sie freute sich aber darauf, dass er es sie, mit seinen vielen Erfahrungen, lehren würde, genau solch einen Genuss zu verspüren.

„Vielleicht gelingt es mir beim nächsten Mal, dich richtig glücklich zu machen", hörte sie ihn flüstern.

Sie lächelte. „Wer sagt, dass ich nicht richtig glücklich bin? Du musst es mir nur erst beibringen, die Lust wirklich zu entdecken."

Gamal wälzte sich neben sie, nahm sie in die Arme und Lilian schmiegte sich an seine Brust. Wenige Augenblicke später war sie eingeschlafen. Er deckte sie sorgsam zu, brachte sich vorsichtig in eine bequemere Schlafposition und glitt ebenfalls ins Land der Träume.

Am Morgen weckte ihn ein leichter Druck auf dem Brustkorb.

Mit freudigem Schreck stellte er fest, dass weder die Hochzeit, noch die Nacht danach, ein Traum gewesen waren und sich Lilian nicht einen Zentimeter bewegt haben musste.

Ein vorsichtiger Blick zur Uhr. Gerade noch rechtzeitig, um pünktlich im Trainingsraum zu erscheinen, denn von einem freien Tag war keine Rede gewesen. Also schob er ganz sacht seine schlummernde Gemahlin zur Seite, huschte aus dem Bett, zog sich mit fliegenden Fingern an und schlüpfte unbemerkt aus der Tür. Die anderen kamen auch gerade erst aus den Mannschaftsunterkünften.

„Gehst du nahtlos von der einen zur anderen Trainingseinheit über?", witzelte Abdullah.

Gamal grinste in die Runde. „Das überlasse ich jetzt ganz eurer Fantasie." Er legte sein Hemd auf eine der Bänke an der Wand.

„Erstaunlich, dass dein sanftes Frauchen auch die Krallen ausfahren kann", schmunzelte Ibrahim.

„Wie?", fragte Gamal überrascht.

Ibrahim machte kichernd mit dem Kommunikator ein Bild. „Deshalb!"

Der stutze kurz, dann begann er, amüsiert zu lachen. Lilian hatte ihm ein deutlich sichtbares Fischgrätenmuster in die Haut gekratzt. „Sonst noch Fragen, ob es schön war?"

Ali feixte. „Ich denke, sämtliche Antworten stehen deutlich auf deinem Rücken."

Gamal hob lustig die Augenbrauen, dann begann er mit dem Hanteltraining. Kurz vor Ablauf der Stunde tauchte Raschid auf. Er hatte Gamal bei Lilian gesucht, die völlig verschlafen durch den Türspalt blinzelte und keine Ahnung hatte, wo ihr Gatte steckte.

Raschid fiel es ebenfalls ein, dass von Urlaub keine Rede gewesen war, und so fand er den Gesuchten folgerichtig im Kraftraum. Er sagte zwar keinen Ton, aber das Aufblitzen seiner Augen zeigte deutlich, dass er sich ebenfalls über Gamals Muster auf dem Rücken amüsierte. Der blinzelte kurz und beendete ein paar Minuten später seine letzte Trainingseinheit.

„Bis zum Frühstück ist noch eine dreiviertel Stunde", sagte Raschid, scheinbar ohne Zusammenhang.

Gamal lachte. „Und die werde ich genießen! Darauf kannst du wetten!"

„Ich würde nicht dagegen halten", schmunzelte Raschid.

Lilians Herz machte einen großen Sprung, als Gamal zurückkam.

„Ich muss nur schnell duschen", erklärte er im Vorbeigehen, ihr einen Kuss auf die Wange hauchend.

Sekunden später war an *schnell* nicht mehr zu denken, denn Lilian schlüpfte mit in die Kabine. Das Einzige, was nun rasant ging, war die Geschwindigkeit, in der sie ihn bis zur höchsten Begeisterung trieb.

„Ich glaube, wir sollten trockeneres Territorium aufsuchen", flüsterte er ihr ins Ohr, stellte das Wasser ab und begann, ihren Körper zu frottieren.

Im nächsten Moment lag er schon im Bett zwischen ihren Schenkeln, stimulierte sie mit zartem Streicheln, ließ seine Zunge dahin huschen, wo sie es am meisten erregte und vollendete das heiße Vorspiel mit einem leidenschaftlichen Akt, der diesmal auch Lilian in einen wahren Glücksrausch versetzte. Gamal spürte das Beben ihres Körpers und ihr lustvolles Stöhnen heizte ihn derart auf, dass er noch ein weiteres Mal Erfüllung fand.

Wenn er jetzt Parallelen zu Raschid und Jennifer zog, konnte er voll und ganz verstehen, weshalb dieser sein wildes Leben für eine einzige Frau aufgegeben hatte. Ein behagliches Lächeln huschte über sein Gesicht. Ihm war es sogar vergönnt, eine Frau zu besitzen, die nie zuvor einem anderen gehört hatte. Lilian hielt ihn noch immer umfangen und genoss das tiefe Gefühl von Geborgenheit in seinen Armen liegend.

„Schatz, wir sollten langsam aufstehen", sagte Gamal liebevoll. „Sonst bleiben wir heute hungrig, oder zumindest ich."

„Ein echtes Argument", seufzte sie. „In deiner Nähe vergesse ich tatsächlich völlig die Zeit."

„Das macht mich auch unendlich glücklich", verriet Gamal. „Nur fordert körperliche Anstrengung auch Energie und mein Magen beginnt schon, zu protestieren."

Lilian schwang sich aus dem Bett. „Tut mir leid, wenn ich dein Leben völlig durcheinanderbringe."

Gamal winkte lachend ab. „Wir müssen es nur erst so sortieren, dass beide Seiten zufrieden sind. Ich bin froh, dass du ein wenig Wirbel in den grauen Alltag bringst." Er strich seine Uniform glatt.

Lilian entfernte noch schnell einen Fussel, schaute ihn kritisch an. „Alles bestens. Einem wohlgeordneten Frühstück steht nichts mehr im Wege." Sie ließ sich am Arm in den Speisesaal führen, wo ihre Eltern und Schwiegereltern gerade das Menü wählten.

„Guten Morgen!", wünschten die Neuankömmlinge fröhlich.

„Bis jetzt geschlafen?", fragte Vater Al Aziz blinzelnd.

Lilian schüttelte den Kopf. „Gamal ist schon eine kleine Ewigkeit auf den Beinen. Er ist schließlich im Dienst. Deshalb werden Mutter und ich, uns heute allein um euch und die Tagesgestaltung kümmern. Ich möchte nicht, dass er meinetwegen nachlässig wird."

Raschid brach in schallendes Gelächter aus. „Du kannst es wirklich nicht verleugnen, dass du Mutters Tochter bist. Mit genau diesem Satz hat sie einmal Sharif geantwortet, als wir frisch verheiratet waren."

Lilian warf Gamal einen zärtlichen Blick zu. „Dann muss unsere Ehe auf Dauer gut funktionieren. Ich habe eine Menge von Mutter, du bist in vielem wie mein Vater. Das kann nur die perfekte Mischung ergeben."

„Oho! Ein Rundumschlag an Liebeserklärungen!", rief Saladin, welcher soeben mit den anderen an den Tisch trat.

„An Wahrheiten", erwiderte Lilian lächelnd und freute sich, dass er ihr gegenüber Platz nahm.

„Du magst doch Geschenke?", vergewisserte sich Saladin.

Lilian nickte. „Wer mag die nicht?"

„Ich hätte ein Geschenk. Wie wäre es, wenn dein Gatte drei Tage Sonderurlaub bekäme, ab dem Zeitpunkt, wo wir morgen zu Hause landen?"

Lilian drückte freudig Saladins Hände. „Das wäre absolut fantastisch!"

„Er ist gewährt."

Gamal sprang auf, nahm Haltung an und bedankte sich in aller Form.

Kendra blinzelte Lilian zu, ehe sie sich an Gamal wandte und ihm etwas ins Ohr flüsterte. Er schaute die Ibn Sinas völlig perplex an. Erst als beide nickten, sagte er: „Herzlichen Dank. Das ist einfach wundervoll. Darüber wird sie sich riesig freuen. Nur verrate ich es ihr nicht, dann ist die Überraschung besonders groß."

Saladin ließ sich noch einmal Kaffee nachschenken. „Ach, ehe ich es vergesse. Gamal, du bist mit Ibrahim für unsere Gäste verantwortlich." Dabei zeigte auf die Al Aziz, Lilian und Jennifer. „Sie möchten sich gern die Schönheiten der Wüste anschauen. Fahrt mit der großen Raupe zum Hochplateau und macht ein kleines Picknick."

„Zu Befehl!" Gamal salutierte.

„Wir werden ein bisschen die jungen Männer auf Trab halten", fuhr Saladin, an Raschid gewandt, fort.

„Kommst du mit in die Wüste?", fragte Jennifer Kendra.

Die schüttelte den Kopf. „Ich werde ein wenig mit meiner Mutter videofonieren, wenn das junge Volk aus dem Haus ist. Hab selten genug die Gelegenheit, sie ganz allein sprechen zu können."

„Sag mal, Vater, wie kommt es, dass der Prinz Gamal aufgrund der Hochzeit so viele Vergünstigungen zugesteht?", fragte Lilian flüsternd, als die Ibn Sinas den Saal verließen.

„Das liegt ausschließlich an der Verbindung zwischen euch beiden. Du bedeutest ihm viel, weil du meine Tochter bist, und er sich selbst immer eine Tochter gewünscht hatte. Gamal mag er besonders, weil er der Einzige ist, dem er, nach mir, zu einhundert Prozent vertraut. Ich erzähle euch in den nächsten Tagen die ganze Geschichte."

Lilian streichelte unbemerkt Gamals Hand. Ihre Schwiegereltern warfen ihr stolze Blicke zu, die sie gern erwiderte.

Raschid erhob sich. „Viel Spaß da draußen. Wir haben Winter. Es herrschen jetzt tagsüber höchstens fünfundzwanzig Grad. Nehmt euch vorsichtshalber etwas zum Überziehen mit und denkt an wüstentaugliche Schuhe." Er verschwand rasch aus dem Saal.

Ibrahim hatte inzwischen den Dienstplan studiert und schon die große Sandraupe startklar gemacht. Gamal erschien, um seine sandfarbene Uniform und die Waffen zu holen, während sich die Ausflügler ebenfalls umzogen.

„Unsere letzte gemeinsame Tour", murmelte Ibrahim ein wenig wehmütig. „Einiges wird mir fehlen, auf anderes kann ich gut verzichten."

Gamal klopfte ihm auf die Schulter. „Du wirst die Freiheit genießen, dessen bin ich mir ganz sicher."

Gemeinsam holten sie die Transportboxen mit der Verpflegung und dem Geschirr aus der Küche, beluden die Raupe und warteten, bis Abdullah die Passagiere zum Hangar brachte. Gamals Mutter bestaunte mit großen Augen das imposante Fahrzeug, während sein Vater verunsichert die Waffen taxierte.

„Es hat noch nie Zwischenfälle gegeben. Aber Sicherheit ist das oberste Gebot. Immerhin ist die Familie eines der einflussreichsten Männer an Bord", erklärte Ibrahim und startete den Motor. Schaukelnd setzte sich das Fahrzeug in Bewegung.

Gamal drehte sich zu den anderen um. „In Ibrahims Beisein könnt ihr völlig frei sprechen. Das ist das gleiche Vertrauen, wie zu Raschid. Wir haben keine Geheimnisse voreinander, nur allen anderen gegenüber."

„Ich merke es mir", antwortete Vater Al Aziz. „Wir sind nur noch immer in einer Art Schockstarre, weil wir eine völlig falsche Vorstellung von der Welt hatten, in der du lebst."

„Kann ich nachvollziehen", ließ sich Jennifer vernehmen. „Ich habe Jahre gebraucht, um zu begreifen, wer Raschid ist. Wirklich verstanden habe ich es erst nach unserer Hochzeit."

Gamal übernahm es, die Topografie und Geografie des Geländes zu erklären, die Tier- und Pflanzenwelt und erntete viel Beifall für die vielen witzigen Bemerkungen am Rande. Er erzählte auch über die singende Düne, deren Reste schon vor zehn Jahren endgültig verschwunden waren.

„Nur Kendra hat sie noch in voller Schönheit erlebt", berichtete Jennifer. „Ich habe eine kurze Videoaufnahme mit meiner Kamera gemacht, als sie bereits im Untergang begriffen war."

„Wir haben nie davon gehört, dass es hier solch ein Wunder zu bestaunen gab", sagte Gamals Mutter.

„Es gibt viele Geheimnisse", murmelte Gamal, „und dieses gehörte zum Territorium der Ölförderanlagen, wo Fremde nichts zu suchen haben. Also hat man es lieber verschwiegen, um keinen Ärger heraufzubeschwören. Glaubt mir, es war besser so. In solchen Regionen lebt man immer, wie auf einem Pulverfass."

Al Aziz nickte. „Ist das der Grund für die schwere Bewaffnung?"

„Zum größten Teil", gab Gamal zu. „Ahhh! Da ist ja schon das Plateau! Schaut euch die wundervollen Goldtöne an, die die Sonne hier in den Sand zaubert!"

Ibrahim wendete sofort das Gefährt und parkte es abfahrbereit. Gamal stieg aus der klimatisierten Kabine und peilte die Lage.

„Alles bestens!", rief er. „Einem gemütlichen Beisammensein steht nichts im Wege."

Ibrahim begann auszupacken, Gamal heizte den Kocher vor und setzte starken, süßen Kaffee an, wie man ihn hier so liebte. Lilian half ihnen, auch wenn sie anfänglich abwehrten.

„Muss es Saladin erfahren?", schmunzelte sie.

Alle schüttelten mit den Köpfen und so übernahm sie kurzerhand die Bewirtung.

„Die beiden haben mich siebzehn Jahre lang verwöhnt, da ist es doch nur gerecht, wenn ich mich bei erster Gelegenheit revanchiere. Sie haben mich als kleines Mädchen durch die Gegend getragen, wenn ich nicht mehr laufen wollte.

Sie haben mich getröstet, wenn ich weinte und sie haben mit mir gespielt, wenn mein Bruder keine Lust dazu hatte. Vor allem haben sie immer und überall dafür gesorgt, dass ich in völliger Sicherheit leben konnte. Dafür muss man sich doch mal bedanken."

„Jetzt hast du beide ziemlich verlegen gemacht", lachte Jennifer.

Ibrahim nickte. „Schließlich ist das unser Job."

„Was aber kein Grund ist, es nicht zu würdigen, wenn ihn jemand so gut macht, wie ihr und Saladins gesamte Elite." Lilian schaute Jennifer an, deren Gesicht volle Zustimmung ausstrahlte. „Und dem einen, den ich von der ersten Sekunde an wirklich innig liebte, habe ich es auf etwas ungewöhnliche Weise gesagt." Sie legte ihren Kopf an Gamals Schulter. „Dass ich damit für einige Turbulenzen sorgte, steht auf einem anderen Blatt."

„Ich glaube, die Anwesenden sind mit dem Stand der Dinge überaus zufrieden", schmunzelte Jennifer. „Ich sehe ausnahmslos nur zufriedene Gesichter."

Ibrahim nickte. „Ja, denn das Glück hat einen getroffen, der sich das, was er ist, verdammt hart erarbeitet hat. Hat irgendjemand, außer dem Prinzen und Raschid, gewusst, dass Gamal während des Studiums den normalen Dienst verrichtete?"

Jennifer schaute überrascht auf.

„Es ist die volle Wahrheit", fuhr Ibrahim fort. „Wir anderen haben versucht, ihm etwas den Rücken frei zu halten, indem wir Dienste tauschten."

„Oh je", flüsterte Jennifer. „Hätte ich das geahnt, dann …"

Gamal winkte ab. „Dir und Kendra während dieser Zeit Arabisch beizubringen, war doch harmlos."

„Und wir haben nichts, aber auch gar nichts von allem gewusst", beschwerte sich Mutter Al Aziz scherzhaft.

Lilian nahm ihre Hand und blinzelte: „Ich werde euch auf dem Laufenden halten."

„Tu das. Schön, dass er solch eine Frau gefunden hat." Sie zog Lilian in die Arme.

Zwei Stunden später pflügten die Ketten des Fahrzeugs durch den Wüstensand, um die Ausflügler ins Fort zurückzubringen. Saladins Männer waren bereits mit den Vorbereitungen für den Abmarsch am nächsten Morgen beschäftigt, der Mannschaftshubschrauber wurde gewartet, betankt und beladen. Raschid hatte inzwischen Kendra, die jungen Prinzen und Ben nach Hause geflogen und die Dienstpläne für die kommenden Tage erarbeitet. Er ließ sich nun von Gamal Bericht erstatten.

„Am besten bringst du deine Eltern noch heute heim. Morgen könnte die Zeit knapp werden", erklärte er.

„Geht in Ordnung. Ich werde sie sofort über die Abflugzeit unterrichten." Gamal eilte in die Gästeetage.

Die Al Aziz waren nicht sonderlich überrascht, hatte ihnen Ibrahim doch schon beim Abholen gesagt, dass der genaue Zeitplan nicht feststand und jederzeit mit dem Rückflug gerechnet werden musste. Sie waren überaus dankbar für die Stunden, in denen sie ein wenig über das Leben in dieser so fremden Welt um den Prinzen erfahren durften.

Lilian begleitete sie zum Hangar und winkte, bis sich die Kuppel nach dem Start wieder schloss. Dann beeilte sie sich, ihre und Gamals nicht mehr benötigte Kleidung, in den Reisetaschen zu verstauen. Wenig später klopfte es und Jennifer trat ein.

„Ach, du bist schon fast fertig! Ich wollte gerade Bescheid geben, dass es besser wäre, heute noch zu packen."

Lilian nickte. „Hoffentlich ist in Gamals Tasche alles vernünftig geordnet. Ich habe mich an Vaters Einteilung orientiert."

„Damit wirst du richtig liegen, denke ich", bekräftigte Jennifer. „Und wenn nicht, dann wird er es verschmerzen. Gamal ist nicht der Typ, sich von solchen Lappalien aus der Ruhe bringen zu lassen."

„Zumindest habe ich darauf geachtet, dass nicht meine BHs zwischen seine Uniformen geraten sind", witzelte Lilian und Jennifer fiel in das fröhliche Kichern ein.

Schließlich setzten sich beide in die bequemen Sessel und ließen die letzten Tage noch einmal Revue passieren. Abends gingen sie gemeinsam hinunter in den Saal, wohin die Männer später kommen würden. Yussuf nahm persönlich die Bestellungen der beiden Frauen entgegen.

Saladin hatte ihm eingeschärft, Lilian keinen einzigen Mucks über die Abendgestaltung zu verraten und so sparte er dieses Thema beim Small Talk völlig aus, um bloß nicht gegen das Verbot zu verstoßen. Es dauerte auch nicht lange, da tauchte der Prinz mit seinen Elitemännern auf. Sie begrüßten die Damen, ehe sie sich dem Essen widmeten. Saladin bekam ein Zeichen von Ahmed und gab es unbemerkt an Gamal weiter. Dieser stand sofort auf.

„Lilian, würde es dir viel ausmachen, die Abendgesellschaft jetzt zu verlassen?"

„Nein, natürlich nicht", beeilte sie sich, zu versichern und folgte ihm zur Tür.

Saladin rieb sich für alle sichtbar die Hände. Logisch, dass ihn unzählige fragende Blicke trafen. Er grinste breit: „Ich habe für die beiden, in Kendras Auftrag, das Badebecken füllen und mit allen Annehmlichkeiten versehen lassen. Gamal weiß Bescheid."

„Ach, das ist also das geheimnisvolle Geschenk", staunte Jennifer. „Jetzt kann ich mir seine Begeisterung auf Kendras Ankündigung auch erklären."

Raschid schüttelte ungläubig den Kopf.

„Es wäre ziemlich unfair, der Tochter etwas vorzuenthalten, was die Mama bekommen hat", schmunzelte der Prinz. „Meinst du nicht auch, Raschid?"

„Mir fehlen die Worte!"

Saladin lachte herzlich. „Ich merke es schon. Das dürfte dann wohl auch das erste Mal sein, dass ich solches erleben darf."

Das frischgebackene Ehepaar war inzwischen in seinem Zimmer angekommen und Lilian schaute ihren Mann erwartungsvoll an.

Mit den Worten: „Lass dich einfach überraschen", küsste er sie zärtlich und begann gleichzeitig, den Reißverschluss ihres Kleides zu öffnen. Doch statt, wie bisher, sofort das Bett anzusteuern, tastete er blindlings mit der Hand hinter sich nach der Schranktür, zog einen flauschigen Badeponcho hervor und streifte ihn ihr über. Als Lilian eine Frage stellen wollte, legte er ihr den Zeigefinger auf die Lippen und machte: „Pssst". Dann schlüpfte er rasch aus seiner Kleidung, in genau so einen Poncho und führte sie in Saladins Wohnbereich. Lilians Augen wurden immer größer. Da öffnete Gamal auch schon eine der Türen und ließ sie eintreten.

„Oh!", war alles, was Lilian hervorbrachte. In überwältigtem Staunen betrachtete sie den mit kunstvollen Mosaiken in blau, türkis und grün gefliesten Raum. Einige Stufen führten in ein Badebecken hinab, dessen Inhalt mit anregenden Ölen durchsetzt war, intensiv nach Frangipani duftete und auf dem unzählige Blütenblätter, anderer Gewächse, schwammen. Dass der ganze Rand voller Obstschalen und Naschwerk stand, bemerkte sie erst auf den zweiten Blick. Gamal nahm ihr den Poncho ab. Vorsichtig trug er sie in den Badetraum aus *Tausend und einer Nacht*.

„Bis Mitternacht haben wir Zeit", flüsterte Gamal.

Lilian schmiegte sich fest in seine Arme. „Ich bin glücklich, dass ich derart Einmaliges mit dir erleben darf."

Gamal zog die Flasche aus dem Sektkühler und füllte Champagner in zwei Gläser. Lilian beobachtete das Spiel seiner stahlharten Muskeln unter der braunen Haut, was durch die leicht ölige Feuchtigkeit noch grandioser wirkte.

„Du lächelst so hintergründig", bemerkte Gamal mit einem Schmunzeln.

Lilian nahm ihm das Glas ab. „Ich habe nur gerade wieder mit tiefer Befriedigung festgestellt, welch wundervolle Mischung es ist, wenn sich Muskeln und Hirn nicht ausschließen."

Gamal begann zu lachen. „Du bist ja auch ein gutes Beispiel dafür, dass Schönheit und Intelligenz hervorragend zusammenpassen." Er hob sein Glas. „Auf eine Liebe, die auf Lebenszeit glücklich sein möge."

Lilian stieß mit ihm an. „Genau so soll es sein."

Gamal stellte die Gläser beiseite und widmete sich mit allen Sinnen dem schlanken Körper in seinen Armen. Zwischendurch testeten sie sich durch die Köstlichkeiten auf dem Rand, ruhten auf den beheizten Mosaiken des Liegebereiches, genossen einfach nur den Zauber inniger Nähe, den der erfahrene Gamal so zu variieren wusste, dass sich Lilian wie im Traumland fühlte.

Die Zeit bis Mitternacht verflog so schnell, dass sie fast erschrak, als Gamal mit bedauerndem Blick zu den Handtüchern zeigte. Mit dem gleichen Genuss, wie er sie schon die halbe Nacht verwöhnt hatte, trocknete er sie ab und trug sie, in den Poncho gehüllt, ins Bett. Lilian schlief noch auf der Kante sitzend ein. Gamal bettete sie mit mildem Lächeln auf die Matratze, ehe er das Licht löschte und sich zu ihr legte.

Zwar hatte er völlig vergessen, den Weckton am Kommunikator zu aktivieren, wachte aber, dank der Gewohnheit, gerade noch rechtzeitig auf. Die Zeit reichte sogar noch zum Zähneputzen und, sich den Schlaf aus den Augen zu waschen. Er kam nicht einmal als Letzter in den Trainingsraum.

„Du duftest irgendwie blumig", stellte Ibrahim sofort fest.

Gamal zog eine lustige Grimasse. „Das bringen stundenlange orientalische Ölbäder mit Blütenessenzen so mit sich."

„Heh, heh, heh! Jetzt sag bloß noch, Saladin hat euch für eine Nacht sein Badebecken überlassen!"

„Stimmt auffallend und wir haben es genossen. Dafür nehme ich sogar in Kauf, heute ganztägig wie ein Blumenstrauß zu riechen." Gamal legte sich auf die Hantelbank. „Was machen eure Blessuren vom letzten Kampf?"

„Den Versuch, langsam zu heilen", gab Abdullah bekannt. „Hast uns und auch Raschid, ganz schön zu schaffen gemacht. Dein Schatz beflügelt dich."

„Tut sie", gab Gamal gerne zu.

„Wie hat sie Hassans Wahnsinn verkraftet?", fragte Ibrahim.

„Erstaunlich abgeklärt, zumal sie seit Jahren wusste, was hier gespielt wird", erwiderte Gamal, ohne das Training zu unterbrechen.

„Ooops!" Die anderen schauten sich erschreckt an.

Gamal ließ sich noch zwei Gewichtsscheiben auflegen, um einen neuen Rekord aufzustellen. Raschid pfiff durch die Zähne, als er den Raum betrat und das bemerkte.

„Wie oft?", lautete die kurze Frage.

„Fünf Mal", die ebenso kurze Antwort.

„Fantastische Leistung. Die Frauen sind gerade über dem Einpacken, wir verschwinden zehn Uhr. Ich fliege die Ibn Sinas, Ibrahim und du die Mannschaften mit den beiden großen Helis. Für unsere beiden Neulinge steht ein Doppelzimmer im B-Flügel bereit. Sie haben nach der Landung frei zum Umzug. Aber das dürfte dich sicher weniger interessieren, du hast ja da schon Urlaub."

So kam es auch, dass Gamal Lilians Reisetaschen sofort in die gemeinsame Wohnung trug. Kaum war die Tür ins Schloss gefallen, ließ er alles fallen, um seine junge Frau in die Arme zu nehmen. Nach einem schier endlosen Kuss deutete er mit den Augen auf die Schlafzimmertür und bekam ein begeistertes Nicken. Hier, wo niemand plötzlich lauschend stehen bleiben konnte, gaben sich beide mit ganzer Leidenschaft einem geradezu berauschenden Liebesspiel hin.

„Ich bin süchtig nach dir", flüsterte Gamal in höchster Erregung, als Lilian rittlings auf seinen Schenkeln saß. Seinen Penis tief in ihrem Schoß, versetzte ihn das leichte Wippen ihrer festen Brüste, im Rhythmus der Vereinigung, in Ekstase. Die folgenden beiden Stunden verbrachten sie mit zärtlichem Kuschelsex, bis irgendwann die knurrenden Mägen verkündeten, dass die Mittagszeit lange vorbei war.

Gamal winkte ab. „Wir machen uns jetzt etwas Schnelles und heute Abend nehmen wir uns Zeit für die kulinarischen Genüsse."

„Was hast du heute alles vor?", fragte Lilian, während sie in ihre Kleider schlüpfte, wobei ihr Gamal sehr interessiert zuschaute.

„Ich fange am besten von hinten an", sagte er mit funkelndem Blick. „Direkt vor dem Schlafengehen werde ich dich vernaschen"

Lilian blinzelte. „Also nur leichte Kost zum Abendbrot."

„Dann aber reichlich", witzelte Gamal. „Und vorher sollten wir deine ganze Habe aus der Wohnung deiner Eltern zu uns holen. Mit Einpacken, Wegtragen, wieder Auspacken und Einräumen wird kaum etwas vom Tag übrig bleiben."

„Stimmt."

Gamal zückte seinen Kommunikator und rief Jennifer an, um ihr zu sagen, dass sie in einer halben Stunde zusammenpacken wollten.

„Kein Problem, ich bin da und kann helfen" lautete die Antwort.

Also tigerten die beiden los, nachdem sie eine Kleinigkeit gegessen hatten. Von unterwegs bat Gamal Ahmed um zehn große Transportboxen, die ihm umgehend zugesichert wurden. Kaum war das Gespräch beendet, trabten ihnen die beiden neuen Anwärter über den Weg.

„Umzug schon beendet?", fragte Gamal.

„Ja. Und vielen Dank für das große Vertrauen."

„Ihr seid doch gut in Übung beim Tragen?"

„Ja, sicher."

„Ich brauche euch in einer Viertelstunde am Lift vor Raschids Wohnung." Er beschrieb den Weg. „Die verlorene Freizeit hänge ich euch bei erster Gelegenheit woanders an." Sich zufrieden die Hände reibend, sagte er zu Lilian. „So, die Transportfrage wäre auch geklärt. Wenn alles drüben ist, dann trinken wir mit den beiden schön gemütlich Kaffee. Gebäck findest du in der Gefriertruhe. Du musst es nur drei Minuten bei 800 Watt in die Mikrowelle stellen."

„Perfekt." Lilian schloss die Wohnungstür auf.

Jennifer nahte sofort mit einem Haufen Beutel und hinter ihnen brachte ein Angestellter den Rollwagen mit den Boxen.

„Noch perfekter", schmunzelte Lilian.

Gamal begann, gleich ganze Kleidungsstapel vorsichtig aus den Fächern zu ziehen und in den Kunststoffkisten zu deponieren. Mit seinen Bärenkräften fiel es ihm auch nicht sonderlich schwer. Von den Kleiderstangen hakte er mit einem Mal fast ein Drittel ab und legte es sorgfältig in die Größte der Boxen.

Lilian und Jennifer packten Kleinkram und Bücher zusammen und räumten den Schreibtisch aus. Gamal verstaute die technischen Geräte. Inzwischen trugen die beiden Transporthelfer alles vor den Lift.

„Was nimmst du von den Möbeln mit?", fragte Jennifer, als es Gamal gerade tun wollte.

Lilian schaute sich um. „Den Schreibtisch mit Drehstuhl und die Bücherregale. Ach, und den bunten Teppich, auf dem der Schreibtisch steht. An dem hänge ich sehr."

Anderthalb Stunden später trugen sie und ihre Helfer bereits alles in Gamals Wohnung. Lilian deckte rasch den Tisch. Inzwischen stellten die Männer die Möbel ganz nach Lilians Wunsch auf, installierten die Technik und füllten gleich noch das Bücherregal.

„Feierabend", schmunzelte Gamal. „Mit dem Rest muss sie sich allein herumärgern."

Da zogen auch schon unwiderstehliches Kaffeearoma und der Duft von Gebäck heran. Lilian musste nicht zweimal einladen. Rasch Hände waschen, dann erschienen die drei Männer auch schon. Gamal lehnte sich behaglich zurück. Der liebevoll gedeckte Tisch und seine ganze Wohnung strahlten bereits jetzt die anheimelnde Atmosphäre aus, die Lilian seit zwei Tagen in sein Leben brachte.

Als die jungen Männer eine Stunde später gingen, hatten sie unzählige nützliche Informationen bekommen, die ihnen die Eingewöhnung sehr erleichtern sollten. Die wichtigsten Regeln lauteten: Seid immer ehrlich euch selbst und den Kollegen gegenüber. Trainiert, so hart ihr könnt – Schmerzresistenz kann man mit der richtigen Einstellung erreichen.

Lilian trug das Geschirr in die Küche und sichtete bei der Gelegenheit den Inhalt der Schränke an Lebensmitteln. Frisches Obst und Gemüse würde sie vom Markt holen müssen. An dieser Stelle wurde ihr bewusst, dass sie Gamal erst noch um Haushaltsgeld bitten musste. Das tat sie auch sofort.

„Ach ja, da war doch noch was", blinzelte der fröhlich. „Ich lasse gleich morgen dafür dich ein Konto einrichten."

Er überschlug, was er allein gebraucht hatte, multiplizierte mit zwei, rechnete ein Drittel für Dinge hinzu, die Frauen benötigten und wenn nicht, dann trotzdem haben wollten, veranschlagte Gästebewirtung und einen Betrag als Taschengeld und rundete das Ganze schließlich großzügig auf. Lilians Augen wurden immer runder. Damit konnte sie nicht nur erstklassig wirtschaften, sondern sogar noch einiges sparen, um sich Sonderwünsche erfüllen zu können.

„Ich melde mich, bevor ich am Rand des Ruins stehe", schmunzelte Gamal, ihr einen Kuss auf die Nasenspitze hauchend. Weil sie doch etwas verstört wirkte, erklärte er: „Du musst dir keine Sorgen machen, ich verdiene wirklich ausreichend, um standesgemäß, wenn auch nicht luxuriös, leben zu können."

„Das kommt auf die Definition von Luxus an." Lilian breitete, alles umschließend, die Arme in der riesigen Wohnung aus.

„Dich hast du vergessen", lachte Gamal und zog sie an sich. „Eine Frau, die ich wirklich liebe, das ist purer Luxus, weil äußerst schwer zu finden, wenn man solch einen Job macht."

Lilian kamen die Plastikboxen in den Sichtbereich. „Ach herrje! Ich muss doch noch fertig einräumen!"

„Wieder stapelweise?"

„Wenn du so lieb wärst!"

Kurze Zeit später stellte Gamal die Behälter neben die Wohnungstür, wo sie sofort abgeholt wurden. Dann sprach er ein Machtwort.

„Genug geschuftet! Jetzt gehen wir auf den Markt, setzen uns in ein gemütliches Restaurant und lassen uns bedienen."

Lilian strahlte. „Das habe ich bisher nicht oft erlebt."

„Ich weiß."

Sie musste lachen. Logisch, dass er bestens informiert war, er hätte bei solchen Anlässen als Leibwächter fungiert.

„Der bin ich für dich immer, überall und zu jeder Zeit", sagte er lächelnd.

„Ist das da drüben nicht Ahmed?" Lilian deutete auf die andere Straßenseite.

„Das ist er", bestätigte Gamal. „Er ist froh, wenn er auch mal etwas anderes, als immer die gleichen Palastwände sieht.

Da hatte der Besagte in den Spiegelungen der Schaufensterscheibe die beiden schon erspäht und steuerte zielsicher ihren Tisch an.

„Bei uns ist ein lauschiges Plätzchen frei", bot Gamal an und Ahmed setzte sich dankend.

„Ihr wart aber flott mit dem Transport!", lobte er sofort.

Lilian lächelte. „Ich hatte drei starke Männer, da wäre es doch gelacht gewesen, nicht in Rekordzeit fertig zu werden."

„Auf diese Weise haben unsere neuen Anwärter gleich mitbekommen, wo die Leute wohnen, denen sie zu gehorchen haben und dass wir sie nicht fressen werden, wenn mal etwas nicht nach Plan läuft. Ganz privat bei Kaffee und Kuchen, erscheinen viele Dinge doch in völlig anderem Licht. Vor allem hat keiner der beiden komisch reagiert, weil sie ja eigentlich Freizeit hatten. Der bisherige Eindruck hat sich also bestätigt."

Er wiegte den Kopf. „Ich war damals in genau dem gleichen Alter, als mich Kendra plötzlich Raschid genau vor die Nase schob."

„Apropos Nase – schaut mal, wer sich da drüben die Nase am Glas platt drückt. Sieht mit verdächtig nach Yussuf aus." Ahmed grinste breit.

Augenblicke später saßen sie zu viert und amüsierten sich prächtig über die vielen kleinen Dramen der letzten Tage.

„Du musst nicht alles selber vom Markt holen", bot der Küchenchef Lilian an. „Gib mir deine Bestellung oder such dir bei mir im Lager die frische Ware aus. Ich kaufe doch beim Großhändler viel preiswerter ein."

„Das nehme ich gern an!", rief Lilian. „In drei Tagen gehen die vier allerletzten Schulwochen wieder los und ich werde einen Haufen Aufgaben haben.

Den Weg zu dir schaffe ich auf jeden Fall. Für einen heißen Tipp bei der Zubereitung bin ich auch immer dankbar. Schließlich möchte ich Gamal nicht mit eintönigem Essen langweilen."

Und ihre Augen sagten ihm: *Ich würde dich niemals mit einer anderen Frau teilen wollen, weil ich vielleicht zu nachlässig beim Kochen bin.*

Amüsiert fielen ihm Raschids Worte ein, wonach Lilian einer anderen mit größter Sicherheit die Hölle heiß machen würde.

So bewies er ihr in der folgenden Nacht ausgiebig, wie viel ihm daran gelegen war, seine Manneskraft ihr allein zu widmen.

Morgens standen sie spät auf, deckten gemeinsam den Tisch und ließen es sich ganz in Ruhe schmecken, als es plötzlich an der Tür klingelte. Gamal ging öffnen und kam mit Raschid wieder.

„Oh. Nun störe ich doch. Ich wollte eigentlich nur fragen, ob ihr noch irgendwelche Dinge braucht."

Lilian brachte ein Gedeck.

„Ich bin im Dienst."

„Es behauptet auch keiner das Gegenteil", schmunzelte sie und Gamal grinste breit. „Kommt am besten, falls ihr noch nichts vorhabt, heute Abend rüber. Da können wir bei einem guten Häppchen ungestört alle Dinge klären, die noch offen sind."

„Passt perfekt", freute sich Raschid. „Ben ist mit Muhammad unterwegs und ich kann mein Versprechen einlösen, euch einige Dinge ins richtige Licht zu rücken. Er wird noch eine Weile länger brauchen, um Lilians geistige Reife zu erreichen. Mädchen sind halt schneller fit für das Leben. Deshalb hatte ich keinerlei Bedenken, sie dir jetzt schon anzuvertrauen." Raschid trank seinen letzten Schluck Kaffee, erhob sich und sagte zufrieden. „Danke, viel Spaß und bis heute Abend!"

Die beiden Al Aziz' fuhren wenig später in die Stadt, wo Gamal für Lilian das Konto einrichten ließ, schlenderten durch die Kaufhäuser, einfach nur, um zu schauen, was der Markt zu bieten hatte und schleckten unter Palmen Eis. Vor dem Schaufenster eines Juweliers blieb Gamal abrupt stehen.

„Dieser Smaragd hat genau die gleiche Farbe wie deine Augen. Komm, den sehen wir uns aus der Nähe an."

Als sie das Geschäft wieder verließen, funkelte der Stein an einer goldenen Kette an Lilians Hals. Ihre Einwände hatte er kurzerhand mit dem Satz erstickt: „Das brauche ich für mein Ego."

„Du bist unverbesserlich", seufzte sie auf dem Heimweg, mit den Fingerspitzen das wundervolle Geschenk streichelnd.

„Ich werte das eindeutig als Kompliment", entgegnete Gamal mit fröhlichem Schulterzucken.

Er ließ es sich auch nicht nehmen, den Abend mit den Schwiegereltern kulinarisch mit vorzubereiten.

Gleich nach Dienstschluss machte sich Raschid für den Abend frisch. Jennifer schüttelte lächelnd den Kopf. „Gehen wir zum Ball?"

„Zu dick aufgetragen?", fragte er irritiert und schaute in den Spiegel.

„Nein, es passt schon." Sie hakte sich bei ihm unter und ließ sich hinüber in das andere Gebäude führen, wo sie bereits erwartet wurden.

Der Tisch quoll fast über vor Schalen mit den leckersten Häppchen. Auf einer mobilen Heizplatte, die sich Lilian von Yussuf geborgt hatte, standen die warmen Gerichte und jeder konnte sich nehmen, wonach ihm der Sinn stand. Irgendwann begann Raschid, das eigentliche Thema anzusprechen.

„Was jetzt kommt, wird für Gamal völlig neu sein, dessen bin ich mir ganz sicher", sagte er und schaute Lilian an. „Du kannst dich bestimmt lebhaft an den Tag erinnern, als ich euch, wegen Bens unmöglichem Benehmen, im Beisein Saladins etwas unschön beibringen musste, dass ich ein freigekaufter Sklave bin?"

Lilian bejahte, während Gamal absolut ungläubig Jennifer anschaute, die das aber mit einem kurzen Nicken bestätigte.

„Auch, wenn es kaum einer für möglich hält, in unserem Jahrhundert gibt es noch Sklaverei. Ich war nicht nur irgendein Sklave schlechthin, ich war ein Gladiator, der beinahe täglich um sein Leben kämpfen musste. Woher die grässlichen Narben stammen, hatte ich nach eurer Verlobung eher beiläufig erwähnt.

Nun ja, die sind von den Kämpfen, die ich nur dank meiner Zähigkeit überlebt habe. Das, was du dir in deinen Albträumen vorgestellt hast, ist nur ein winziges und ziemlich harmloses Körnchen Wahrheit", erzählte er weiter, an Lilian gewandt. „Wir wurden schlimmer behandelt, als die römischen Gladiatoren der Cäsarenzeit, denn man verschleppte uns schon als kleine Kinder in einen unterirdischen Bunker und hielt uns in vergitterten Einzelzellen, wie wilde Tiere.

Mich hat man in einem Waisenhaus aufgegabelt, als ich gerade zehn Jahre alt war. Ich habe nie erfahren, wer meine Eltern sind. Mit Prügel bis zur Bewusstlosigkeit und Essenentzug machte man uns gefügig. Viele haben schon das nicht überlebt. Fast täglich wurden Leichen einfach in die Wüste gezerrt und den Geiern überlassen.

Mit sechzehn hatte ich meinen ersten Kampf auf Leben und Tod, an dem sich irgendwelche reichen Leute gegen viel Geld ergötzten."

Lilian und Gamal sahen Raschid entsetzt an.

„Ich überlebte den Kampf und durfte die Nacht mit einer Frau verbringen. Diese Art der Siegprämien war wohl das Einzige, was mich irgendwie am Leben hielt und mich immer wieder aufrichtete. Eines Tages kam der Sohn des Königs, um sich die Kämpfe anzusehen. Noch während der ersten Vorführung wurde das makabre Treiben plötzlich beendet. Unser Aufseher kam zu unseren Käfigen, um uns mit satanischem Grinsen mitzuteilen, dass wir verkauft worden waren.

Saladin überwachte persönlich das Verladen seiner Fracht. In meinem grenzenlosen Hass hätte ich ihn erwürgen mögen. Wer gab ihm das Recht, ein Menschenleben zu kaufen, um es im Spiel zu opfern? Man brachte uns in die Stadt. Einzeln wurden wir aus dem Fahrzeug gelassen. Als ich an der Reihe war, begriff ich plötzlich.

Jemand drückte mir einen Umschlag mit Geld in die Hand und sagte: *Das reicht, um nach Hause zu kommen. Geh!*

Ich blieb stehen, ich hatte nie ein Zuhause gehabt. Wo sollte ich hin, in einer Welt, die ich nicht einmal kannte? Da fühlte ich eine Hand auf meiner Schulter. Erstaunt drehte ich mich um. Saladin persönlich stand vor mir.

Warum gehst du nicht?

Mit wenigen Worten erklärte ich meine Situation. Er überlegte kurz. Dann bot er mir an, in seinen Sicherheitsdienst einzutreten. Er versprach mir freie Kost und Wohnung, angemessene Bezahlung und, dass ich mich auf dem Palastgelände frei bewegen dürfte. Ich nahm sofort an. Hatte ich mir doch geschworen, egal wer es war, dem Menschen, der mir jemals eine Chance auf ein besseres Leben geben würde, bedingungslos zu dienen.

In der Eskorte des Prinzen fiel ich nicht nur durch meine ungewöhnliche Größe auf, sondern durch meine fast übermenschliche Kraft. Saladin hatte schon immer ein Herz für die, die wirklich in Schwierigkeiten stecken und so beschloss er, dem Sklavenhalter endgültig das Handwerk zu legen. Mehrere Tage hielten wir uns in der Wüste auf, beobachteten und sammelten Daten.

Plötzlich hörten wir aus dem Zelt des Prinzen einen verzweifelten Ruf. Wir stürzten hinüber und erstarrten. Eine Speikobra lag mit aufgerichtetem Kopf vor seinem Feldbett und war nahe daran, ihn zu töten. Ehe die anderen ein geeignetes Werkzeug gefunden hatten, schlich ich mich an die Schlange heran, fasste blitzschnell zu und zerriss das Reptil in der Luft.

Seit jenem Augenblick bin ich der Schatten Saladins.

Etwas später bewahrte ich ihn vor einem hinterhältigen Verrat durch seinen Vetter. Von nun an zog er mich immer öfter ins Vertrauen. Er ließ mich studieren und in allem ausbilden, was ich heute kann. Ich wurde sein offizieller Berater und eines Tages sein einziger Freund."

Raschid schaute die jungen Leute lächelnd an. „Das sind die Gründe, weshalb ich für ihn, ohne zu zögern, in den Tod gehen würde. Er hat mir überhaupt erst ein Leben geschenkt, das diese Bezeichnung auch verdient."

Lilian warf sich mit Tränen in den Augen an die Brust ihres Vaters. „Noch mehr Gründe, dich zu lieben."

Er begann zu lachen. „Mit den gleichen Worten hat deine Mutter reagiert, als ich ihr am Tag unserer Hochzeit davon erzählte. Du bist ihr wirklich unglaublich ähnlich."

Gamal saß noch immer wie erstarrt. Dann drückte er ganz fest Raschids Hand. „Mir geht es wie Lilian. Du weißt, wie sehr ich dich verehre."

„Ach, übrigens, ich betrachte Frauen nach wie vor als ein Geschenk. Allerdings beweise ich das seit meiner Hochzeit nur noch der einen, die mich gezähmt hat", fuhr Raschid fort, Jennifer zärtlich in den Arm nehmend. „Denn die Gerüchte, die ihr gehört habt, dass ich der schlimmste Schürzenjäger aller Zeiten gewesen sein soll, sind in allen Punkten wahr. Aber auch dafür stehe ich gerade."

„Wo … wo hat man dich als Sklave gehalten?", fragte Lilian mit stockender Stimme.

„In unmittelbarer Nähe der Stelle, wo jetzt Fort Silverrain steht", erklärte Raschid. „Es gibt die Reste der Sklavenarena noch. Tief in einem Stollen im Berg. Nur mit einem speziellen Code kann man sie jetzt betreten. Ich habe also die Stelle, wo ich die schlimmsten Grausamkeiten erdulden musste, des Öfteren genau vor der Nase. Das härtet zusätzlich ab, obwohl es manchmal ziemlich schwer fällt."

Gamal war überrascht „Du warst tatsächlich noch einmal dort?"

„Unfreiwillig. Aber es war gut so. Kendra hat mich dort meinen inneren Frieden finden lassen, als mir Saladin befahl, sie beide dahin zu begleiten. Sie hat ihn dafür, dass er mich unbedacht noch einmal an den Ort des Schreckens führte, mit Worten bis auf die Grundmauern niedergemacht und mich zugleich wieder aufgerichtet.

Ich verehre Kendra, genau wie ihn. Na ja, und du tust es aus ähnlichen Gründen wie ich. Wie Lilian immer sagt, wir beide sind uns, vom Charakter, auch ziemlich ähnlich.

Auf alle Fälle habe ich nun einen Schwiegersohn, dessen Eigenschaften ich liebend gern bei meinem Sohn sehen würde. Aber man kann nicht alles im Leben haben."

„Aber du hast eine Tochter, auf die du, so glaube ich, sehr stolz sein kannst", warf Gamal ein.

„Das stimmt, so wahr ich hier sitze", bestätigte Raschid und erzählte ihm die ganze Begebenheit, wie es dazu gekommen war, Ben vor Saladin die Flügel zu stutzen.

Jennifer hatte bisher nicht viel gesagt, aber den ganzen Abend glücklich vor sich hin gelächelt. Erst, als Lilian nach Hassan fragte und Saladins Worte wiederholte, änderte sich das.

„Na gut, nun erzähle ich etwas, das du nicht weißt, aber Gamal bestens bekannt sein dürfte", begann sie.

Sie berichtete, wie sie vor vielen Jahren als Model nach Fort Silverrain kam, wie sie alles unternommen hatte, um Raschid wiedersehen zu können und auch, welchen Preis das gehabt hatte.

„Oh weh", seufzte Lilian. „Ihr habt beide schwarz, weiß und sämtliche Grautöne um die Ohren bekommen."

„Lustig ist, dass weder du noch ich im Brautkleid, aber beide im selben Kleid geheiratet haben", lachte Jennifer schließlich und berichtete von der Traumhochzeit der Ibn Sinas, auf der Raschid im Handstreich alle Pläne des Bruders des Königs zunichtegemacht hatte, indem er sie nachts heimlich geehelicht hatte.

„Wo andere Omas und Opas haben und einen Haufen Verwandtschaft, habt ihr nur einen einzigen Onkel, der aber buchstäblich alles für euch tut. Das ist ganz einfach die Folge, wenn zwei Waisen heiraten." Jennifer hob die Hände.

Lilian winkte ab. „Dafür hatten wir einen Onkel Saladin und eine Tante Kendra, um die uns alle beneidet haben und ganz viele andere Onkels, die immer für uns da waren. Wie sagte Vater vorhin? Man kann nicht alles im Leben haben. Das Wichtigste ist, das Stück Glück, das man sich reservieren kann, immer gut zu hüten." Sie streichelte zärtlich Gamals Hand.

Die anderen begannen, herzlich zu lachen.

„Darin, sich Glück zu reservieren, bist du wohl am kreativsten gewesen", amüsierte sich Gamal. „Flucht nach vorn, zupacken und nicht mehr loslassen."

Schwarzen Wolken über Raschid

An jenem Abend ahnte keiner, dass Raschids sorgsam gehütetes Glück bald auf eine äußerst harte Probe gestellt werden sollte. Auch, wenn Ben meist mit Muhammad etwas unternahm, missfiel es Raschid sehr, dass er immer öfter irgendwann in der Nacht nach Hause kam, statt sich endlich um einen Studienplatz zu kümmern. Prinz Eric musste hin und wieder die Wogen glätten, wenn Ben wieder alle Register gezogen hatte, um die Anweisungen Saladins und Raschids zu umgehen. Dabei wusste jeder, dass es Eric äußerst ungern und mitunter sehr widerwillig tat.

In dieser Nacht rief Ben wieder einmal bei ihm an und bat um ein *brandeiliges* Treffen.

Kendra ließ Ben eintreten. Schon wenige Augenblicke später hob sie lauschend den Kopf. Eric sprach ungewöhnlich laut, wenn auch in ruhigem Tonfall. Was Ben antwortete, war nicht zu hören, nur dann wieder Erics Stimme, die nun zum Teil recht ungehalten klang.

„Was hast du diesmal angestellt, dass du mitten in der Nacht bei mir erscheinst?", hatte Prinz Eric ganz amüsiert gefragt.

Das Lächeln verging ihm bei Bens Antwort schlagartig, denn der sagte: „Ich habe ein Mädchen geschwängert und ihr Vater verlangt nun, dass ich sie heirate. Danach steht mir nun aber ganz und gar nicht der Sinn."

„Ach ja? Und was erwartest du nun von mir? Hast du wenigstens schon mit deinem Vater darüber gesprochen?"

Ben schüttelte den Kopf. „Der zerreißt mich doch in der Luft."

„Das wird er auch tun, nämlich, wenn du es ihm verschweigst und er es von anderer Stelle erfährt." Eric erhob etwas die Stimme. „Warum kannst du dich nie an die einfachsten Regeln halten? In Dingen Sex heißt das: Benutze ein Kondom. Du kannst den letzten Gardisten fragen, jeder hat mindestens eins einstecken, weil es hier im Palast nun mal Gesetz ist. Du hast die Regeln hier gelernt, aber offensichtlich nicht begriffen. Wie alt ist das bedauernswerte Wesen überhaupt?"

„Siebzehn."

„Sei froh, dass sie nicht jünger ist, sonst hätte ich dich jetzt möglicherweise hinausgeworfen." Eric stützte die Hände auf das Fensterbrett und schaute in den Park, um erst einmal seinen Unmut in den Griff zu bekommen. Ben war eindeutig zu weit gegangen und das, wo er genau wusste, dass es auch jetzt noch einen gewaltigen Makel für eine Familie darstellte, wenn die Tochter Sex vor der Ehe hatte. Hier wog es mehrfach schwer, denn sie war schwanger und der Erzeuger des Kindes weigerte sich, die Verantwortung für Mutter und Kind zu übernehmen.

„Was soll ich denn nun machen?", murmelte Ben.

„Mit deinem Vater reden! Zwar gehören zwei dazu, ein Kind zu zeugen, aber der Mann bist du. Die Frage, ob sie es ganz freiwillig getan hat, stelle ich lieber nicht erst. Und den albernen Spruch: *Ich passe schon auf,* den kenne ich zur Genüge." Eric zog seinen Kommunikator aus der Tasche und wählte Raschids Kennung. Der meldete sich buchstäblich im nächsten Moment. „Ich möchte dich bitten, sofort zu mir zu kommen", sagte Eric und legte wieder auf.

Ben wurde leichenblass. „Oh Gott!"

„Das wird die Kleine auch gesagt haben", schnaufte Eric und öffnete auf das Klopfen seine Zimmertür. „Bitte setz dich, Raschid, es gibt erhebliche Probleme." Dann wandte er sich Ben zu, der am liebsten im Boden versunken wäre. „Dein Part."

Raschid schaute seinen Sohn mit zusammengezogenen Augenbrauen an. „Ich höre!"

„Ich habe ein Mädchen geschwängert."

Raschids Miene verfinsterte sich noch um einige Grad. „Und weiter?"

„Ich ... ich will sie nicht heiraten, wie es ihr Vater verlangt."

„Ach ja? Und wie stellst du es dir vor, die Sache zu bereinigen? Selbst wenn du sie zu einer Abtreibung im Ausland überredest, ist sie für ihre Familie eine Hure", sagte Raschid betont beherrscht, obwohl er Ben am liebsten geohrfeigt hätte. Aber damit wäre das Problem nicht aus der Welt gewesen. „Wann ist es passiert und wo ist das Mädchen jetzt?"

169

Ben wand sich wie eine Schlange. „Es war vor sechs Wochen. Jetzt schläft sie bei einer Hilfsorganisation, weil sie ihr Vater rausgeworfen hat."

„Das dachte ich mir", grollte Raschid. „Morgen früh, Punkt neun Uhr, erwarte ich dich mit ihr in meinem Büro. Zu ihrem Problem weiß ich noch keine Lösung, aber zu deinem ist mir eine passende eingefallen."

Eric schaute Raschid beunruhigt an, während sich Ben mühsam an die Tischkante klammerte.

„Eric, ich möchte dir danken und werde dich über meine Beschlüsse auf dem Laufenden halten." Raschid deutete für Ben zur Tür.

Prinz Eric blieb noch lange grübelnd sitzen. Er hoffte inständig, dass Raschid auch diesmal nicht die Beherrschung verlöre.

Der schickte Ben nach Hause und eilte, trotz der fortgeschrittenen Stunde, hinüber zu seinem Schwiegersohn.

Gamal öffnete ziemlich schlaftrunken, war aber bei Raschids Anblick hellwach. „Komm rein! Du siehst aus, als wärest du einem Geist begegnet."

„Schlimmer! Gamal, ich brauche deinen Rat." In wenigen Sätzen berichtete er von der vergangenen halben Stunde. „Ich werde Ben in die Garde Sharifs stecken. Das ist grausamer für ihn, als Galeere."

„Die Idee begrüße ich eindeutig. Nur, was wird mit ihr?"

Raschid rieb sich das Gesicht. „Das ist der Punkt, wo bei mir das logische Denken aussetzt. Gerade noch die Lösung im Kopf und schon habe ich tausend Zweifel."

„Wie sah denn dein erster Plan aus?"

Raschid seufzte. „Auf alle Fälle bekommt sie bei mir erst einmal ein Dach über den Kopf, bis eine brauchbare Lösung gefunden ist. Ich hatte schon den Gedanken, sie ins Ausland zur Abtreibung zu schicken und dann erst weiter zu planen. Nun habe ich Zweifel, ob ich es wirklich fertigbringe, denn es ist mein Enkel, um den es hier geht."

Gamal legte Raschid einen Arm um die Schulter. Worte zum Trost fand er nicht. Die Situation war so vertrackt, dass irgendwie alles falsch war. Fest stand nur, dass Raschid Ben diesmal mit aller Härte bestrafen würde.

Raschid stand auf. „Wenn dir irgendetwas einfällt, dann sag's mir. Ich muss es jetzt erst mal Jennifer beibringen. Warum ist der Junge nur so aus der Art geschlagen?!"

„Dazu kann ich dich vielleicht doch etwas trösten. Ziemlich viele Dinge finden sich erst in den Enkeln wieder, wenn du verstehst, was ich meine."

Raschid nickte. „Oh ja, er würde, so wie es sich gerade darstellt, sein eigenes Kind auch bei Nacht und Nebel auf die Schwelle eines Waisenhauses legen. Das könnte tatsächlich eine Antwort auf die Frage sein, die ich mir seit Jahren stelle."

Gamal schloss leise hinter ihm die Tür.

Saladin erschrak am nächsten Morgen regelrecht, als Raschid den Kraftraum betrat. „Bei Allah! Raschid, was ist los mit dir?"

Raschid ließ sich auf eine der Bänke fallen und schloss die Augen. „Ich fühle mich wie an jenem Tag, als ich meinen ersten Gladiatorenkampf führen musste. Du willst nicht kämpfen, aber du musst und du weißt genau, dass du sterben wirst, wenn du das Falsche tust."

Saladin setzte sich zu ihm. „Willst du reden? Hat das was mit Ben und deinem nächtlichen Besuch zu tun?"

„Hat es. Saladin, bitte veranlasse, dass Ben für volle drei Jahre in die Garde deines Vaters einberufen wird, ohne Promibonus und ohne jegliche Vergünstigung, die er haben könnte."

Wenn Raschid zu solchen Mitteln griff, dann war das Maß in der Tat übervoll. Saladin zog seinen Kommunikator hervor.

„Grüß dich, Vater. Schicke mir bitte, so schnell es machbar ist, eine Einberufung für Ben Raschid in die F-Garde. Nein, das ist kein Witz. Stelle keine Fragen, tu es einfach. Raschid? Der hätte es am liebsten in den nächsten fünf Minuten! Warte, ich gebe ihn dir." Saladin reichte das Gerät weiter.

„Sei gegrüßt, Sharif. Es ist mir verdammt ernst damit. Danke. Grüße deine Familie."

„Verrätst du mir, was dich zu solch drakonischen Maßnahmen treibt?"

Raschid nickte und begann zu erzählen. „Ich bin Eric jedenfalls überaus dankbar, dass er mich sofort gerufen hat", beendete er seinen Bericht.

Beim Frühstück der Ibn Sinas und Raschids war deutlich die frostige Atmosphäre zu spüren, die Ben heraufbeschworen hatte. Er aß schweigend und entschuldigte sich sogleich mit einem dringenden Termin.

Pünktlich auf die Sekunde, klopfte er am Arbeitszimmer seines Vaters und trat mit dem jungen Mädchen ein, um welches sich seit Stunden der ganze Wirbel drehte. Raschid bot ihnen Platz an und war schon nach den ersten Sekunden im Bilde, wer hier der treibende Keil gewesen war.

Das zitternde Bündel Mensch mit den großen rabenschwarzen Augen war auffallend hübsch, aber auch unübersehbar schüchtern. Nachdem Ben noch einmal erklärt hatte, sie keinesfalls heiraten zu wollen, schickte ihn Raschid hinaus und versuchte die Atmosphäre wenigstens etwas zu entspannen.

Zumindest bekam er erst einmal heraus, dass sie Laila hieß, drei Brüder hatte, was die Sache auch nicht vereinfachte, zumal einer von ihnen Ben in flagranti ertappt hatte. Jennifer kam, servierte Tee und Gebäck und verschwand wieder.

Auf die Frage, ob sie das Baby überhaupt wolle, schüttelte Laila vehement den Kopf. Raschid seufzte. Er steckte mitten in einer Sackgasse. Es klopfte und Saladin trat ein, schaute sie kurz an, legte ein Blatt Papier auf Raschids Schreibtisch und begann flüsternd auf ihn einzureden.

Laila drückte sich völlig verschüchtert in ihren Sessel. Mit weit aufgerissenen Augen beobachtete sie, wie über ihr Schicksal beraten wurde. Allerdings sah sie auch, wie sich ein Funken Hoffnung in Raschids Augen stahl. Er nahm Saladins Hand und der verschwand so schnell, wie er gekommen war.

„Ungewöhnliche Vorkommnisse erfordern ungewöhnliche Lösungen. Du hast sicher Prinz Saladin erkannt."

Laila nickte.

„Du willst das Baby nicht haben, ich möchte, dass es lebt und glücklich aufwachsen kann. Also fliegen wir noch heute in eine Spezialklinik, wo eine andere Frau den Embryo eingepflanzt bekommt. Der Prinz hat mir soeben mitgeteilt, wo solche Eingriffe schon Routine sind. Dann bringe ich dich wieder hierher und werde mich um einen Ehemann für dich kümmern, der dich trotz allem gut behandeln wird. Mehr kann und will ich nicht für dich tun. Ich gebe dir genau eine Stunde Zeit. Dann möchte ich wissen, ob du so mit allem einverstanden bist oder, ob du das Baby behalten wirst." Raschid verließ das Zimmer.

In Lailas Gedanken jagten sich die Katastrophen. Es dauerte eine Weile, bis sie begriff, dass der Vater des Mannes, der sie geschwängert hatte, der Berater des Prinzen war. Und auch, dass dieser ihr und dem Baby Obdach angeboten hatte, obwohl sich sein Sohn mit Händen und Füßen gegen eine Hochzeit wehrte. Zurück konnte sie nicht mehr. Sie war eine Ausgestoßene. Hier hingegen hatte sie niemand wie Dreck behandelt. Der Berater des Prinzen hatte über das Baby gesagt: *Ich möchte, dass es lebt und glücklich aufwachsen kann.* Über ihr Kind, das sie nicht wollte. Er würde es lieben.

„Hast du dich entschieden?"

Laila hatte ihn nicht kommen hören und zuckte so heftig zusammen, dass Raschid schon glaubte, er müsse den Arzt holen.

„Ich darf mit dem Baby wirklich hier bleiben?", fragte sie zaghaft.

„Du willst es behalten?", stellte Raschid völlig überrascht die Gegenfrage, denn damit hatte er tatsächlich nicht mehr gerechnet.

Nicken. „Ist Ben wirklich dein Sohn?"

„Ist er. Aber völlig aus der Art geschlagen", erwiderte Raschid. „Ich werde versuchen, gutzumachen, was er dir angetan hat und vielleicht finden wir zusammen noch einen Mann, der kein Problem damit hat, ein fremdes Kind großzuziehen.

173

Komm, ich zeige dir, wo du ab heute wohnen wirst." Gleichzeitig zückte Raschid den Kommunikator. „Saladin, der Flug fällt aus. Ich darf meinen Enkel behalten."

Laila schaute Raschid aus großen ungläubigen Augen an.

„Willkommen in der Familie, Laila."

Jennifer trat auf den Flur und schaute beide fragend an.

„Sie hat sich entschieden, bei uns zu bleiben und das Kleine zu behalten. Übernimm du es am besten, ihr das Zimmer zu zeigen und sie in unsere Gepflogenheiten einzuführen. Ich möchte Saladins Geduld nicht überstrapazieren. Außerdem müsst ihr beide miteinander klarkommen, da könnt ihr euch gleich zusammenraufen."

Jennifer lachte. „Okay, dann raufen wir mal …" Sie öffnete eine Tür. „Hier hat früher unsere Tochter gewohnt, ich denke, du wirst die Zimmer mögen. In den Schränken dürfte Platz genug sein, um all deine Sachen unterzubringen."

Laila schluckte. „Ich habe nur das, was ich gerade anhabe. Mein Vater würde es nicht dulden, würde ich etwas holen wollen. Und viel ist es auch nicht."

„Ha, das werden wir ja sehen!", rief Jennifer. Sie bat Gamal, zu kommen, von dem sie wusste, dass er Spätdienst hatte.

„Gamal, das ist Laila. Sie wohnt seit heute bei uns, und weil zu viel Aufregung für Schwangere nicht gut ist, möchte ich dich um einen Gefallen bitten. Fahre zu ihren Eltern und lasse dir ihre ganze Habe aushändigen. Mach es spannend", fügte sie noch mit einem Zwinkern hinzu.

„Zu Befehl", schmunzelte Gamal und setzte die Bitte gleich in die Tat um. Er unterrichtete Raschid von Jennifers Wunsch, der sofort bekannt gab, auch mitfahren zu wollen. Gamal zog sich die Uniform an und ging in die Tiefgarage, um einen Transporter zu holen. Am Tor wartete Raschid mit zwei Gardisten in voller Bewaffnung und fünf großen Transportboxen. „So", sagte er, „das dürfte genügen."

Eine halbe Stunde später versetzte die Ankunft des gepanzerten Fahrzeugs die halbe Vorstadt in Aufruhr.

174

„Ziemlich ärmliche Gegend", murmelte Gamal.

„Umso schlimmer, dass man das hier mit völlig übertriebenem Stolz auszugleichen versucht. Man würde Laila steinigen, bekäme man sie in die Finger. Lass uns vorsichtig sein."

Die beiden Gardisten blieben neben dem Transporter stehen, Gamal und Raschid näherten sich der Haustür, klingelten und mussten sich das Lachen verkneifen, als der Hausherr in völligem Entsetzen zurückprallte.

Gamal salutierte zackig. „Leibgarde des Prinzen, händigen Sie uns die gesamten persönlichen Dinge Ihrer Tochter Laila aus." Er hielt ihrem Vater seinen Dienstausweis unter die Nase.

Innerhalb weniger Augenblicke waren die dürftigen Habseligkeiten des Mädchens eingepackt und die Männer schickten sich an, zu gehen.

„Wo ist sie?", flüsterte Lailas Mutter Raschid zu.

Der drehte sich um und sagte laut. „An einem Ort, wo man sich darum kümmert, dass ihr und dem Baby nichts geschieht."

Eine lange Staubfahne hinter sich her ziehend, fuhr das schwarze Fahrzeug schließlich ab. Zurück blieb eine ziemlich verängstigte Familie, die ihre Rachegelüste gegen den Vater des ungewollten Kindes schlagartig aus ihren Gedanken verbannte. Wenn sich die Leibgarde des Prinzen einmischte und gleich zwei hohe Offiziere erschienen, dann war es besser, einen weiten Bogen um das Wespennest zu machen.

Laila schüttelte ungläubig den Kopf, als man ihr die vollen Boxen vor das Zimmer stellte.

„Zufrieden!", schmunzelte Gamal.

Jennifer und Laila bejahten gleichzeitig.

„So, nachdem wir das geklärt hätten, überlegen wir, wie wir den Tagesablauf in die Reihe bekommen. Ich kann dich leider nicht mit in den privaten Bereich der Ibn Sinas nehmen."

Jennifer zog ihren Kommunikator und checkte den Dienstplan der Garde.

„Ach, hervorragend! Da hätten wir ja einen, der sich ein wenig um dich kümmern, dich zum Essen begleiten und etwas im zugänglichen Bereich herumführen kann. Er heißt Abdullah und ist einer der besten Männer des Prinzen."

„Hallo, Abdullah, darf ich dich um einen riesengroßen Gefallen bitten, der etwas mehr Zeit in Anspruch nimmt? Super. Danke. Bis gleich."

Zehn Minuten später trat er ins Zimmer und begrüßte die Damen. Leila versuchte, sich in ihrem Sessel wieder ganz klein zu machen, was der Leibwächter aus den Augenwinkeln trotzdem gewahrte. Das wiederum blieb Jennifer nicht verborgen.

Sie deutete auf das Sofa neben sich. „Nimm Platz. Ich weiß nicht, ob und wie weit Raschid an euch, von der Elite, private Informationen weitergegeben hat, die unsere Mitbewohnerin betreffen."

„Keine", erwiderte Abdullah, das hübsche junge Mädchen fast unbemerkt musternd.

Jennifer seufzte. „Na gut, dann muss ich etwas weiter ausholen und dich bitten, Stillschweigen zu bewahren. Nur Gamal, Saladin und Eric sind detailliert eingeweiht."

Abdullah zuckte mit keinem Muskel, obwohl ihn die Informationen, welche ihm Jennifer gab, fast aus den Socken warfen.

„Das ist der Grund, weshalb ich mich ihretwegen an dich wende und nicht an die jungen Männer. Nach dem, was vorgefallen ist, bist du der beste Kandidat, um ihr ein wenig die Angst zu nehmen. Du siehst ja selber, wie sie versucht, in den Polstern zu verschwinden.

Gamal und Lilian werden sich auch mit um sie kümmern, wenn es sich mit seinem Dienst und ihrem Studium vereinbaren lässt. Geh mit Laila zu Mittag essen, zeig ihr, in welchen Bereichen sie sich völlig frei bewegen kann und gib mir bei Problemen sofort Bescheid. Ich möchte sie hier nicht mutterseelenallein lassen, wenn ich meinen Aufgaben bei Kendra nachgehe."

Jennifer nickte Laila aufmunternd zu. „Geht am besten gleich in den Saal. Jetzt ist noch nicht so viel los."

„Darf ich dich Laila nennen?", fragte Abdullah vorsichtshalber und bekam eine schüchterne zustimmende Kopfbewegung als Antwort. Er wunderte sich auch nicht, denn die Kleine stammte so offensichtlich aus ärmlichen Verhältnissen, dass sie schon deshalb auf all das hier verschüchtert reagieren musste.

Die Tische in der Nähe der Durchreiche waren besetzt, so brachte sie Abdullah an die Fensterfront des Saales und rückte ihr den Stuhl zurecht. Dann schlug er die Menükarte auf. Eine junge Frau vom Küchenpersonal erschien, um die Bestellungen aufzunehmen. Weil Laila mit vielen Bezeichnungen in der Karte nichts anfangen konnte, bestellte Abdullah kurzerhand für sie ein Menü, wie es Lilian am liebsten mochte. Natürlich freute er sich, genau das Richtige getroffen zu haben, denn Laila schmeckte es ausgezeichnet.

„Wessen Gast ist sie?", fragte Yussuf, um keinen Ärger mit den Abrechnungen zu bekommen.

„Raschids", antwortete Abdullah wahrheitsgemäß.

„Bens Flamme?", flüsterte Yussuf.

„Eher nicht", raunte Abdullah und begleitete Laila hinaus.

In der großen Halle kam ihnen Gamal entgegen. „Hallo, ihr beiden!"

Laila beantwortete den Gruß sogar mit einem winzigen Lächeln. Schließlich wusste sie von ihm sogar nun schon, dass er Lilian, die Tochter der Raschids, geheiratet hatte, in deren Zimmern sie nun wohnte.

„Zeigst du ihr den Park?"

„Das hatte ich eigentlich vor."

„Dann will ich euch nicht weiter aufhalten. Bis später."

Auf den stillen Wandelgängen schaute sich Laila immer wieder nach dem Palast um und Abdullah ahnte langsam, weshalb. Also erzählte er bei passender Gelegenheit, dass der gesamte Park videoüberwacht sei. Das Mädchen entkrampfte sich merklich. Sie rückte auch nicht weg, als er sich auf einer der Bänke neben sie setzte. Schließlich war er nicht im Dienst und es bestand keine Notwendigkeit, hinter ihr stehen zu bleiben.

Nach ein paar Tagen verlor Laila ein wenig ihre übergroße Scheu. Sie half Jennifer in der Küche und beim Putzen, wie sie es immer zu Hause tun musste und sie freute sich auf die Spaziergänge mit Abdullah. Darauf sogar so sehr, dass man ihr die Enttäuschung ansah, wenn er hin und wieder plötzlich einen anderen Dienst übernehmen musste.

„Sollte sich da etwas anbahnen?", fragte Raschid erstaunt Jennifer.

„Keine Ahnung. Wobei ich das sogar begrüßen würde. Er ist ja auch auf Lebenszeit verpflichtet und hat kaum eine Möglichkeit, eine Frau wirklich kennenzulernen. Auf alle Fälle hat sie vor ihm keine Angst, wie vor den meisten anderen hier."

Raschid überlegte kurz. „Ich werde ihn einfach direkt befragen. Es wäre Unsinn, würde sie sich Hoffnungen machen, wenn er vielleicht unumwunden erklärt, dass eine Frau, die ein anderer geschwängert hat, für ihn niemals infrage käme. Wir haben so schon genug Probleme." Raschid schaute kurz in den Dienstplan, wo Abdullah zu finden wäre. Er saß im Gemeinschaftsraum und langweilte sich beim Fernsehen. Ziemlich erfreut sprang er auf, kaum, dass Raschid den Kopf durch die Tür steckte.

„Gehen wir zu dir", bat Raschid sogleich und schritt schweigend neben Abdullah her.

„Um welche Katastrophe geht es?", fragte der sofort, als er seinem Gast Platz und einen Abendsnack angeboten hatte.

„Um Laila", lautete die kurze Antwort.

„Gibt es Ärger?"

„Das nicht, aber Beobachtungen, die vielleicht ein paar Worte wert sind."

Abdullah bat Raschid mit Handzeichen, zu sprechen.

„Sie scheint dich etwas fester ins Herz geschlossen zu haben, als alle anderen", erklärte Raschid.

„Kommt mir auch so vor", bestätigte Abdullah. „Neuerdings stellt sie von sich aus Fragen, auch zu meiner Person."

„Wie würdest du sie mit wenigen Worten beschreiben?"

Abdullah überlegte kurz. „Ein wenig naiv, nicht ungebildet, sehr hübsch und unübersehbar schwanger."

„Autsch", machte Raschid.

„Was willst du? In ein paar Tagen pfeifen es alle Spatzen von den Dächern. Ein verschluckter Badeball kann es schlecht sein. Aber warum fragst du?"

„Ich will ehrlich sein. Ich hatte gehofft, dass die Sympathie nicht ganz einseitig wäre. Sie trägt meinen Enkel unter dem Herzen, auch wenn dessen Vater ein ehrloser Lump ist. Natürlich liegt mir sehr viel daran, dass das Kleine einen Stiefvater bekommt, der es gut behandelt und vielleicht sogar einmal, wie ein eigenes Kind liebt."

In Abdullahs Augen spiegelte sich ein innerer Kampf wider. „Mir sind diesbezüglich auch schon tausend Gedanken durch den Kopf gegangen. Was, zum Beispiel, wenn der Vater Kind und Frau eines Tages für sich zurückfordert? Oder nur das Kind?"

Raschid wiegte den Kopf. „Kann ich dir nicht sagen, obwohl es heute absolut unwahrscheinlich anmutet. Mir wäre es nur sehr wichtig zu wissen, ob du die Möglichkeit, eine Frau mit Kind zu heiraten, komplett ausschließen würdest."

„Bei dieser Frau und diesem Kind", betonte Abdullah, „würde ich es nicht für völlig unmöglich erklären."

Raschids Miene hellte sich auf. „Jedenfalls weißt du nun, was ich davon halte. Solltest du es doch irgendwann für richtig befinden, auf die schönen Augen, die sie dir macht, zu reagieren, dann tu es, wenn wirklich ernste Heiratsabsichten dahinter stecken."

Abdullah hatte mehrere schlaflose Nächte. Je mehr sich sein Verstand gegen Laila wehrte, umso mehr sehnte sich sein Herz nach ihr und schließlich geriet sein ganzer Hormonhaushalt in Aufruhr.

Irgendwann sagte sie: „Du wirkst so unendlich bedrückt. Ich stehle dir deine ganze Freizeit. Wenn es dir zu viel ist, mich ständig unterhalten und begleiten zu müssen, dann sag es doch. Raschid wird es verstehen."

179

Abdullah nahm ihre Hand, die sie diesmal auch nicht wegzog, wie sie es sonst sofort tat, wenn sie überhaupt jemand zufällig berührte. „Ich würde dich lieber ein ganzes Leben lang begleiten, falls du mir eine Chance dazu gäbest."

Lailas Mundwinkel zuckten, als sie in stummer Verzweiflung auf ihren Babybauch deutete. Abdullah zog sie einfach an seine Brust, streichelte ihren Bauch und flüsterte. „Das ist kein unüberwindliches Hindernis. Es ist nur nicht mehr viel Zeit, um zu heiraten, damit das Kind bei der Geburt meinen Namen trägt. Komm, reden wir mit Raschid!"

Laila nickte hoch erfreut und schmiegte sich für einen Moment fester an ihn. Abdullah rann ein wohliger Schauer über den Rücken.

Die Raschids fanden sie schließlich, nach langem Suchen, bei den Al Aziz'.

„Kommt rein!", freute sich Lilian über noch mehr Besuch.

„Wir wollen nicht groß stören", begann Abdullah. „Wir haben beschlossen, zu heiraten und das möglichst vorgestern."

Lilian sprang auf und nahm Laila in den Arm. „Ist das schön! Die Nachricht muss gefeiert werden!" Sie eilte in die Küche und tafelte festlich auf. Laila half ihr. Egal, was die Männer planten, sie würde zu allem *ja* sagen, da musste sie wahrlich nicht daneben sitzen.

„Was hat dich so plötzlich dazu bewogen?", fragte Gamal, der von Raschid stets über alles unterrichtet war.

„Der letzte Tropfen, welcher alle Bedenken davonspülte, war ihre Frage nach meinem Befinden. Warum ich so bedrückt sei. Bis dahin glaubte ich, mich nach außen völlig im Griff zu haben. Außerdem war da noch die winzigkleine Information, dass sie ein Mädchen erwartet. Damit umzugehen, fällt mir um einiges leichter. Bei einem Jungen hätte ich möglicherweise doch mit meinem Schicksal gehadert."

Abdullah nippte an seinem Teeglas. „Dann gibt es noch das Getuschel unter den Gardisten, dass ich es gewesen sei, der sie geschwängert hätte.

Schließlich würde ich täglich mit ihr irgendwo im Park gesehen werden und dort steht ja auch das Schmetterlingshaus ... Also machen wir Nägel mit Köpfen, heiraten vor der Geburt der Kleinen, sie wird meinen Namen tragen, die einen nehmen ein Gerücht als Gewissheit und der andere wird es kaum wagen, an diesem Zustand etwas ändern zu wollen."

Raschid lachte. „Das Gerücht, ich würde sie als Nebenfrau ehelichen wollen, gab es auch schon. Und jetzt heißt es hinter vorgehaltener Hand, ich würde es nicht tun, weil du sie geschwängert hättest. Und, dass du es warst, sei auch der einzige Grund, aus dem ich keinen internen Krieg anzetteln würde. Saladin ist bereits nahe dran, die Herren zusammenzurufen und ihnen gründlich Maß zu nehmen."

Abdullah schüttelte widerwillig den Kopf und Laila sah aus, als begänne sie, jeden Moment, zu weinen. Dann sagte er: „Eigentlich wollten wir nur mit euch und den Eliteleuten eine kleine Feier planen. Aber unter diesen Umständen wird es ein großes Fest mit Kaffeetafel für alle geben, wo die beste Gelegenheit ist, öffentlich den Gerüchten den Garaus zu machen. Wenn mir Raschid drei Tage Urlaub genehmigt, kann am dritten Tag die große Party steigen."

Logisch, dass der alle Hebel in Bewegung setzte, damit andere Abdullahs Dienst übernahmen. Dieser hatte volles Programm, um die Ringe, ein Geschenk und für seine praktisch mittellose Braut die Festkleidung zu besorgen.

Die *große Party* begann eine Stunde nach dem Mittagessen. Das Servicepersonal schmückte in Windeseile den Saal. Die Einladungen waren mit den Dienstplänen auf die Kommunikatoren geschickt worden. Neben denen, die dienstfrei hatten, waren sogar der Prinz und seine Gemahlin erschienen. Der Mufti nahm die Trauung vor und Laila strahlte mit sämtlichen Kerzen auf der großen Tafel um die Wette. Saladin erhob sich und es wurde still.

„Um dem glücklichen Paar den Start in ein gemeinsames Leben etwas zu erleichtern, ist es an der Zeit einige Gerüchte vom Tisch zu fegen, die sich seit Monaten hartnäckig halten. Ich beginne am besten von hinten. Abdullah musste Laila nicht heiraten, weil er sie geschwängert hat. Er hat sie geheiratet, obwohl sie bereits schwanger war, als sie von den Raschids aufgenommen wurde.

Was wiederum der Grund ist, weshalb sie sie überhaupt zu sich genommen haben. Der biologische Vater des kleinen Mädchens, welches bald Abdullahs Namen tragen wird, ist Ben Raschid, der sich sämtlichen Verantwortungen für sein Tun zu entziehen versuchte. Ich kann Ihnen versichern, meine Herren, dass ich mich nicht scheuen werde, im Falle übler Nachrede, auch andere in die F-Garde des Königs zu stecken, wie es mit Ben, auf Bitte seines Vaters, geschehen ist."

Verblüffte Gesichter im ganzen Saal. Man hatte sich zwar gewundert, dass Raschids Sohn plötzlich von der Bildfläche verschwunden war, aber keiner wusste, warum und wohin.

Gamal stand ebenfalls auf. „Ich habe noch eine gute Nachricht, sowohl für das Brautpaar als auch für meine Schwiegereltern. Die Kleine wird nicht lange allein spielen müssen. Wir werden auch in fünfeinhalb Monaten zu dritt sein." Er blinzelte Lilian fröhlich zu.

„Geheimniskrämer", raunte Raschid, gespielt entrüstet, zu Schwiegersohn und Tochter hinüber.

„Heimlichbrüter meinst du wohl?", schmunzelte Saladin.

Lilian kicherte. „Das liegt an den Genen. Meiner Mutter hat auch ewig keiner angesehen, dass sie sogar mit Zwillingen schwanger war."

Saladin stimmte lachend zu. Nun zog er ein gefaltetes Blatt aus der Tasche, reichte es Abdullah. „Mein Hochzeitsgeschenk. Baut euch das kleine Haus in der alten Wehrmauer aus."

Laila war so überwältigt, dass sie Saladins Hände küsste.

„Wo ihr Helfer findet, die kräftig zupacken können, wisst ihr ja!", rief Ali auf die Spezialgarde deutend, wobei er Gamal und Raschid logischerweise mit einschloss, die ebenfalls heftig nickten.

„Dafür lassen ich euch gern den Vortritt woanders. Ich bin jetzt in einem Alter, wo Qualität statt Quantität im Vordergrund steht", erklärte Abdullah, worauf alle im Saal amüsiert zu kichern anfingen.

So, wie sich Laila ein Zipfelchen vom Glück reservierte, indem sie eine vernünftige, wenn auch schwere Entscheidung getroffen hatte, kämpfte Ben mit allen erdenklichen Widrigkeiten, in die er sich selbst hineinmanövriert hatte.

Zwei Tage nachdem Raschid Laila bei sich aufgenommen hatte, erreichte seinen Sohn die Nachricht, sich innerhalb vierundzwanzig Stunden bei den Truppen des Königs einzufinden, Garde F. Er drehte das Schreiben mehrmals in seinen Händen und glaubte zuerst an ein Versehen. Aber das Siegel war echt und außerdem war es direkt durch einen Boten in seinen Besitz gelangt. Langsam dämmerte ihm, dass er weder Eric, noch Saladin und erst recht nicht seinen Vater zu bitten brauchte, dieses Verhängnis abzuwenden. Ganz im Gegenteil.

Er wäre am liebsten im Boden versunken, als er die Tragweite begriff. Als Sohn eines bedeutenden Mannes zu der Einheit verbannt zu werden, die sich aus Analphabeten und Versagern rekrutierte, war schlimmer als Gefängnishaft. Muhammad würde ihn nicht einmal von Weitem grüßen, sollte er ihm irgendwo begegnen und das, wo sie gemeinsam die unmöglichsten Dinge unternommen hatten. Vielleicht war es ja besser, sich gleich eine Kugel in den Kopf zu jagen, überlegte Ben. Er warf sich in der letzten Nacht zu Hause unruhig in seinem Bett hin und her.

Feigling, hörte er immer wieder tief in seinen Gedanken die Stimmen seines Vaters, Gamals, Erics und Saladins. *Man wird sie steinigen,* flüsterten andere Stimmen und er sah Laila in einer riesigen Blutlache liegen. Schweißgebadet fuhr er aus dem Schlaf, stand auf und packte die Tasche für seinen wohl schwersten Weg im ganzen Leben.

Drei lange Jahre, in denen er inmitten des Abschaums existieren würde und von wo es kein Entrinnen gab.

Du bist ein erbärmlicher Feigling, hämmerte es in seinen Gedanken, *eben nichts weiter, als Abschaum. Du hast andere so behandelt und nun wird man dir zeigen, wie man sich als solcher fühlt.*

Ben schaute sich noch einmal in seinem Zimmer um, dann trat er festen Schrittes aus der Tür, um die Strafe abzuleisten. Sharifs Offiziere waren unterrichtet worden und verhielten sich vereinbarungsgemäß so, als hätten sie den Namen Raschid noch nie gehört. Die einzige Vergünstigung, Ben nicht sofort den Kameraden zum Spießrutenlauf auszuliefern.

Was kommen würde, läge ganz allein an dem Verhalten, das er ab sofort an den Tag legen würde. Ben bemühte sich, möglichst wenig aufzufallen. Jeden Abend verfluchte er sich selber, für das, was er sich und vor allem den anderen angetan hatte. Er konnte es nicht mehr ungeschehen machen. Nach einem Vierteljahr saß Gamal plötzlich abends im Freizeitraum seiner Einheit.

Er deutete auf den Platz neben sich. „Wie geht es dir?"

„Ich lebe", entgegnete Ben leise. „Und euch?"

„Alles senkrecht. Ich soll dich von deinem Vater, deiner Mutter und natürlich von Lilian grüßen."

„Danke. Grüß sie auch alle."

Als er wieder zu Hause eintraf, wartete Raschid schon in der Tiefgarage. Auch ohne akustische Frage baten seine Augen um Nachricht, weil er wusste, dass Gamal in Saladins Auftrag bei Sharif gewesen war.

„Es geht ihm nicht gut. Aber er trägt es mit Fassung", sagte Gamal, ohne einen Namen zu nennen. „Ich soll euch alle grüßen."

„Tausend Dank." Raschid wirkte um vieles erleichtert. „Ich hatte inständig gehofft, dass du zu ihm gehen würdest."

„Warum hätte ich es nicht tun sollen? Selbst Inhaftierte können Besuch empfangen. Für ihn gibt es im Augenblick da nicht viel Unterschied. Wobei er dir wirklich dankbar sein kann, so glimpflich davon zu kommen."

Raschid stimmte mit einer Handbewegung zu. Er hatte Laila, als routinemäßige Schwangerschaftsuntersuchung getarnt, von einer Spezialistin untersuchen lassen und dem Bericht war ziemlich deutlich zu entnehmen gewesen, dass der erste Geschlechtsverkehr zu einer deutlichen und noch nicht ganz verheilten Verletzung geführt hatte.

Als die Ärztin ihm den Bericht aushändigte, fügte sie erklärend hinzu: „Es ist mit höchster Sicherheit davon auszugehen, dass der Akt nicht ganz freiwillig von ihrer Seite aus erfolgte."

Das bestätigte nur Raschids Vermutungen, weil sich Laila stets sofort verschloss, wenn auch nur die geringste Frage gestellt wurde, wie es überhaupt zum Kontakt zwischen ihr und Ben gekommen war. Weder über das Wo, noch Warum, gab sie Auskunft, begann aber immer wieder, heftig zu zittern. Das hatte Raschid schließlich zu jenem ungewöhnlichen Mittel fassen lassen, um überhaupt einen Funken Licht ins Dunkel zu bringen.

Der einzige Mensch, mit dem er darüber gesprochen hatte, war Gamal und der wusste ziemlich gut, wie man mit Ben umgesprungen wäre, hätte auch nur einer herausbekommen, dass er ein unberührtes Mädchen zum Sex gezwungen hatte.

Warum sich Ben vehement dagegen gewehrt hatte, sein geschwängertes Opfer zu heiraten, wusste der möglicherweise selber nicht. Denkbar, dass sein Standesdünkel tiefer saß, als er nach außen demonstrierte. Gamal wusste, dass es absolut falsch gewesen wäre, Ben völlig allein zu lassen. Wollte man ihn wieder auf den rechten Weg führen, dann musste er wissen, dass er der Familie nicht gleichgültig war.

„Fragt er auch nach ihr?", wollte Raschid plötzlich wissen.

„Das Thema spart er peinlichst aus."

„Na ja, wundert mich nicht. Ist auch besser so."

Gamal erzählte Ben auch nur, wonach er von ihm gefragt wurde. So war er weder informiert, dass Abdullah die schwangere Laila geheiratet hatte, noch darüber, dass Gamal auch kurz davor stand, Vater zu werden.

Als er nach den drei Jahren der Verbannung bei Sharif nach Hause zurückkam, fielen ihm sofort zwei kleine Mädchen auf. Sie spielten mit Puppenwagen im Garten des alten, aber nun modern anmutenden Häuschens an der Wehrmauer.

„Wer sind die beiden?", fragte er den Posten am Tor überrascht.

„Die Töchter von Gamal und Abdullah."

Ungläubig schüttelte Ben den Kopf und durchquerte rasch den großen Vorhof, um zur Wohnung seiner Eltern zu kommen. Jennifer erwartete ihn schon, drückte ihn an sich und flüsterte. „Schön, dass du wieder da bist. Vater hat Dienst und Gamal steckt bei Abdullah, der auch im Dienst ist. Er passt auf die Kinder beider Familien auf. So verdient er sich gleich noch das Mittagessen bei Abdullahs Frau."

„Dann wohnt Abdullah jetzt in dem schmucken Häuschen?"

„Ja, er hat es liebevoll ausgebaut. Saladin hat es ihm zur Hochzeit geschenkt."

„Hat es Sinn, hinüberzugehen?", fragte Ben.

Jennifer presste die Lippen aufeinander und schüttelte den Kopf. Ben sah sie fragend an.

„Lass es bleiben, wenn du nicht alte Wunden aufreißen und in Ruhe gelassen werden willst. Abdullah hat Laila geheiratet, als sie von dir hochschwanger war."

Ben fuhr sich mit der Hand durch das Gesicht. Er hatte nicht erwartet, so schnell mit der Vergangenheit konfrontiert zu werden. Gamal hatte all seine Fragen stets wahrheitsgemäß beantwortet, so auch die, ob Laila noch bei seinen Eltern wohne.

Die Antwort darauf lautete: *Nein, sie ist ausgezogen.*

Nach dem Warum und dem Wohin, hatte er ja nicht gefragt. Sie war zwar weg, aber trotzdem noch da. Er würde ihr möglicherweise täglich begegnen und seinem Kind, das zu einem anderen *Papa* sagte. Gamal spielte gerade Karussell mit den Zweijährigen. Das glückliche Lachen der fast gleichaltrigen Freundinnen hörte Ben durch das offene Fenster bis hier hinauf.

Er schaute hinaus, sah, wie Abdullah zum Mittagessen nach Hause, statt in den Saal, ging, wie ihm beide kleine Mädchen entgegenliefen, und nun von ihm auf die Arme genommen wurden.

Ben begann schweigend, seine Tasche auszupacken. Jennifer verließ ebenso das Zimmer. Eine Stunde später klappte die Wohnungstür und die Stimmen von Raschid und Gamal erklangen.

„Ben ist schon zu Hause", hörte er seine Mutter sagen.

Zu Hause – Ben fühlte sich wie ein Fremder in den eigenen vier Wänden. Es klopfte und Raschid trat ein. Ben sprang auf und ging seinem Vater entgegen. Der breitete die Arme aus. Ben nahm das Angebot an.

Gamal und Jennifer tauschten erleichterte Blicke.

Eine Willkommensfeier schlug Ben komplett aus. Auch verließ er jeden Morgen mit Sonnenaufgang das Haus und kam erst am späten Abend wieder. Mit ziemlicher Sicherheit machte er Gelegenheitsjobs, irgendwo in der Stadt. Niemand drängte ihm Hilfe auf, die er ohnehin ausgeschlagen hätte.

Ein Dreivierteljahr später fand Jennifer beim Putzen einen Bogen Papier mitten auf seinem Tisch.

Bin zu Onkel Jonathan unterwegs und werde in den USA bleiben. Lebt wohl. Ben.

Der kinderlose Bruder Jennifers nahm Ben gern bei sich auf, finanzierte ihm ein Studium und machte ihn zum Teilhaber seines riesigen Reiseunternehmens. Als er acht Jahre später starb, schlug Jennifer ihren Anteil zu Bens Gunsten aus, der das Abenteuerimperium weiter ausbaute.

Er videofonierte wöchentlich mit seinen Eltern und der Familie seiner Schwester. Freute sich, dass sie jedes Jahr für vier Wochen zu Besuch an den Rand der Mojave-Wüste kamen, wobei abwechselnd Raschid und Gamal nur je zwei Wochen da sein konnten. Einer von ihnen war immer als Schatten Saladins und Erics unabkömmlich.

Erst, als sein Vater im stolzen Alter von fast 100 Jahren starb, kehrte er für wenige Tage an den Ort seiner Kindheit zurück, wo er sich mit Gamal um die Beisetzung kümmerte.

Bei der Anreise ahnte er noch nicht, dass es zwei Begräbnisse werden würden. Jennifer starb vier Tage nach Raschid. Die Geschwister ordneten den Nachlass und Ben erfuhr, dass Abdullahs Witwe schon einige Jahre ein einsames Leben im Häuschen an der Wehrmauer fristete. Er fasste sich ein Herz, sie endlich um Verzeihung zu bitten.

Gamal wunderte sich nicht, bis in die tiefe Nacht Licht in den Fenstern zu sehen. Dreißig Jahre sind eine lange Zeit und Laila hatte ihm schon lange verziehen.

Ohne je Worte darüber zu verlieren, hatte Ben ihrer Tochter monatlichen Lebensunterhalt überwiesen, seit er den Job bei Jonathan angetreten hatte. Ben verschob die Heimreise um zwei Tage. Als er zurückflog, flog er nicht allein – Laila begleitete ihn in ein neues Leben.

Und irgendwann erfuhr es ihre Tochter, dass Mutters zweiter Mann, ihr leiblicher Vater war, der für Mutter nun Licht und Liebe in den Lebensabend brachte.

Gamal wurde im Jahr darauf mit allen Ehren zu Grabe getragen. Prinz Eric, noch immer nur Anwärter auf den Thron, ehelichte nach Ablauf der Trauerzeit die Witwe als Nebenfrau, der er allerdings erheblich mehr Zeit, als seiner Hauptfrau widmete. Seine aus politischen Gründen zustande gekommene Ehe war nie glücklich gewesen und nun holte er all das nach, was ihm versagt geblieben war.

Saladin nahm die großen Geheimnisse Fort Silverrains mit ins Grab, ohne Eric jemals eingeweiht zu haben. Sandstürme verschütteten im Lauf der Zeit alle Zugänge zur Gladiatorenarena und damit zur Grotte des Silberregens, der einst dem Fort Namenspate gestanden hatte.

Und nur zwei Generationen nach Eric hielt man alle Aufzeichnungen über das, was die Familie einst ausgezeichnet hatte, für heroische Legenden aus der Feder eines Geschichtenerzählers.

* ENDE *

Die Geschichte, wie alles begann, finden Sie in diesem Buch:

Weitere spannende Romane über Abenteuer in der Wüste sind:

Sina Blackwood

Claire

Die Frau,
die vom Himmel fiel